金庸群俠生活誌

吳鉤 著

香港中和出版有限公司
www.hkopenpage.com

目錄

第七輯：社會・制度

［自序］　從金庸的窗口翻入歷史

　　我的家鄉小鎮，雖說是一個始建於明代洪武年間的文化古城，但其實已經沒有甚麼文化遺存了，在我的少年時代，小鎮幾乎沒有一間像樣的書店，對於那些不知為何居然養成了讀書癖好的孩子們（比如我）來說，如何找到一本書讀，真的有點飢不擇食。

　　幸好小鎮有一間租書的小店，而且裡面的書永遠只有兩種：從港台來的言情小說與武俠小說。男孩子對言情小說不感冒，所以都租武俠小說看。我那時候只要身上有點零花錢，都要到那個租書店租武俠小說。由於租書店是按日計算租金的，你看得飛快，就能用更少的錢讀到更多的小說，所以從小就訓練出一目十行的閱讀速度，一套四五冊的武俠小說，一天一夜就能看完。

　　在我的少年時代，讀得最多的便是武俠小說了。金庸的「飛雪連天射白鹿，笑書神俠倚碧鴛」，古龍的陸小鳳系列、楚留香系列、小李飛刀系列，基本上都讀過一遍以上。此外，梁羽生、臥龍生、陳青雲、諸葛青雲、上官鼎、柳殘陽、雲中岳、溫瑞安等人的作品（能一口氣說出這麼多武俠作家名字的，顯然是武俠

小說的忠誠擁躉），也都讀過一些。印象最深刻的當然是金庸與古龍的小說。直至今天，有空或者無聊的時候，我還會翻翻這兩位武俠大家的小說，當消遣。

古龍的小說都架空了歷史背景，金庸的小說恰恰相反，除了少數作品（如《笑傲江湖》、《連城訣》、《俠客行》）有意將故事發生的時代背景模糊處理之外，多數作品都交待了明晰的歷史背景，將虛構的傳奇巧妙地糅合進真實的歷史場景中，讓虛構的江湖人物與真實的歷史人物發生密切聯繫，從而達到一種虛實交融的藝術效果。我從小就對歷史有些興趣，所以金庸的武俠顯然更對我的胃口。

從金庸建造的江湖世界中，我們可以找到非常多的歷史人物，像《書劍恩仇錄》中的乾隆、福康安；《鹿鼎記》中的康熙、鰲拜、索額圖、吳三桂、鄭經、施琅、顧炎武、黃宗羲；《碧血劍》中的李自成、李岩、袁崇煥、崇禎皇帝；《倚天屠龍記》中的朱元璋、常遇春、韓山童、韓林兒、陳友諒、王保保；《射雕英雄傳》中的鐵木真、托雷、王罕；《天龍八部》中的宋哲宗、蘇軾、耶律洪基、完顏阿骨打，等等，都是人們熟知的歷史名人，自不必多說。

很多被金庸當成「江湖中人」塑造的人物，歷史上也是確有其人，如《倚天屠龍記》中的明教「五散人」，除了「布袋和尚」取自虛構的神話人物之外，彭和尚彭瑩玉、鐵冠道人張中、冷面先生冷謙、周顛都是元末明初的傳奇人物，名字見之史料。武當張三豐以及他的徒弟「武當七俠」，也非虛構，史書中可以找到宋遠橋、俞蓮舟、俞岱岩、張松溪、張翠山、莫聲谷的名字，只有殷梨亭原來叫殷利亨，金庸老爺子將他改成了殷梨亭。

《射雕英雄傳》中的全真教掌教王重陽，王的徒弟「全真七

子」——丹陽子馬鈺、長春子丘處機、長真子譚處端、玉陽子王處一、廣寧子郝大通、長生子劉處玄、清靜散人孫不二（馬鈺之妻），全都是真實的歷史人物。他們的徒弟，即全真教的「志」字輩，從尹志平、張志敬（金庸寫成了趙志敬）到李志常，也都是元初的知名道士。不過，跟金庸虛構出來的抗金抗元形象不同，歷史上的全真道士，基本上是跟金元汗廷合作很愉快的宗教人士。

這麼熱衷於將歷史人物寫入江湖世界的武俠小說作家，除了金庸，只有梁羽生了。不過從文學技巧來說，金庸似乎技高一籌。

金庸用十五部武俠小說創造了一個包羅萬象的武俠世界，吸引了無數讀者，凡有華人處，俱有金庸武俠書。坊間還出現了一門「金學」，從文學、史學等角度研究金庸武俠小說。不過，坊間種種評說金庸武俠的文字，似乎多數不入金庸法眼，他老人家曾說：「有人未經我授權而自行點評，除馮其庸、嚴家炎、陳墨三位先生功力深厚兼又認真其事，我深為拜嘉之外，其餘的點評大都與作者原意相去甚遠。」

坦率地說，我對金庸老爺子的這個意見，是不敢苟同的。一篇作品發表之後，讀者怎麼評說，便全然由不得作者了，「未經授權而自行點評」是很正常的現象。馮其庸、嚴家炎、陳墨三位先生的金庸小說評論，我也略看過，無非是中規中矩的文學鑒賞罷了。

對於金庸創造出來的龐雜無比的武俠世界，應該有更加有趣的解讀才對。我的朋友葉克飛先生，便寫了一部《金庸政治學》，煞有介事地探討金庸江湖社會中的派系、組織結構、謀略與權力運作，別開生面。

作為一名資深的金庸小說讀者和一名不太資深的歷史研究

者，我不打算辜負我的平生所學，決定從社會史的角度翻入金庸的武俠世界。當然，我不想考據金庸先生筆下有哪些人物是真實的歷史人物，哪些故事是歷史上發生過的真事——似乎已經有人在做這個工作了。

我想談點更特別的東西。

讓我先從網絡上流傳頗廣的「金庸學三大不解之題」說起：《射雕英雄傳》中，梅超風練了「九陰白骨爪」，指甲暴長，解手後怎麼擦屁股？《神雕俠侶》中，獨臂的楊過單身過了 16 年，他是怎麼剪指甲的？《倚天屠龍記》中，小昭的腳脖子被鐵鍊鎖住了，她又是怎麼換內褲的？問題非常無聊，卻吸引了無數網友解答，各種腦洞紛呈。其實，從技術的角度解答這些問題並沒有甚麼意思，我們換一角度，從史學切入，便會發現無聊的問題也蘊含著嚴肅的歷史知識。有些網友說，古人不穿內褲，所以根本就不存在小昭的問題。這便是不了解社會生活史的表現。

我想做的，是借用金庸武俠小說中的一部分生動細節，進行社會生活史方面的考證，為你打開一扇觀察古人社會生活的窗口。

在我看過的評說金庸武俠的文字中，以新垣平博士的《劍橋倚天屠龍史》最為精彩，令人擊節。新博士惟妙惟肖地模仿「劍橋中國史」的體例與文字風格，重新將《倚天屠龍記》的故事講述了一遍，故意講成嚴肅學術論文的樣子。如果說，《劍橋倚天屠龍史》看似是一本正經地做學問，實則是在戲謔地解構金庸的武俠世界；那我的這本小書呢，大概可以說，看似是在戲謔地解構金庸的武俠世界，實則是想一本正經地做學問——只是，由於個人學識有限，這學問做得不深。

讀金庸武俠小說時，許多人都未必留意到小說中的歷史細

節，注意力往往為起伏跌宕的故事情節、性情各異的人物所吸引。如果你掌握了更多的社會生活史知識，再讀金庸小說的時候，可能會有不一樣的體驗。即使不打算讀武俠小說，這些社會生活史知識也可以讓你的茶餘飯後多一些有趣的談資。

希望你喜歡。

是為序。

第一輯

日常衛生・日用品

一、楊過如何剪指甲

　　金庸武俠小說《神鵰俠侶》中，獨臂的楊過單身過了 16 年，他是怎麼剪指甲的？這是江湖上流傳甚廣的「金庸學三大不解之題」之一。另外兩道「不解之題」是：《倚天屠龍記》中的小昭，腳脖子被鐵鍊鎖住了，她是怎麼換內褲的？《射鵰英雄傳》中的梅超風，練了「九陰白骨爪」，指甲暴長，解手後又怎麼擦屁股？

　　與「楊過剪指甲」難題相關的問題還有：在楊過那個時代，指甲鉗顯然還沒有發明出來，人們究竟需不需要剪指甲？如果需要，又是用甚麼工具來剪指甲呢？

　　人類當然需要剪指甲，不論是今人，還是古人。我們人體的組織，如牙齒的長度、骨頭的長度、耳廓的大小、內臟

的大小，發育到一定程度，便不再生長，只有頭髮與指甲，可以維持終生生長。指甲如果不剪，它們就會不停地長長長（zoeng²），長（zoeng²）長長（coeng⁴），長長長（coeng⁴），給你的日常生活造成極大不便。

舉個例子，你彈過結他吧？彈結他需要留一點指甲，但指甲也不宜過長。有一位明朝人寫了一本《彈琴雜說》，其中就特別提到，彈琴之人，「指甲不宜長，只留一米許，甲肉要相半，其聲不枯」。這裡的「一米」當然不是我們現在所說的長度單位，而是指「一粒米」那麼長。我們去看宋徽宗繪畫的《聽琴圖》，圖中的彈琴者，指甲修剪得非常整齊，差不多就是「一粒米」長。

貓科動物的利爪、嚙齒類動物的牙齒，也都能夠終生生長。動物解決爪牙過長的方法是磨損，不停地撓硬物，或者不停地啃木頭。我們可以想像，生活在石器時代的人們，也是通過磨石頭來防止指甲過長的。金屬器具發明之後，人類慢慢學會了用刀片來削短指甲（古龍筆下的李尋歡，就常常用他的飛刀修指甲），或者用銼刀來磋磨指甲。當然，在指甲鉗發明之前，最常見的修指甲工具是剪刀。

中國的剪刀，又稱鉸刀，鉸，交也，「剪刀兩刀相交，故名交刀耳」（王先謙：《釋名疏證補》）。相傳剪刀為魯班發明，但從出土的實物來看，目前發現最早的剪刀來自西漢初期，是交股剪刀，其形制跟現在的 U 形剪刀有點接近。

交股剪刀是漢代至五代的主流剪刀形制。簡單的力學知識告訴我們，這種剪刀用起來比較費力。不過如果用來剪指甲，無疑是綽綽有餘的。五代之後，帶有支軸的雙股式剪刀

興起，由於應用了槓桿原理，用雙股式剪刀剪東西會更省力一些。長沙出土的一把五代時期的雙股式剪刀，從形制看，已經跟今天我們常用的剪刀沒有甚麼區別了。

那麼，你又如何證明古人是用剪刀修剪指甲的呢？畢竟剪刀是用來裁剪布匹、紙張的。

好，我們先來看看明末清初董以寧寫的一首小詞《蘭陵王》，裡面寫道：「先將榴齒微微刷，取繡絨銀剪，輕修指甲，歸來戲把檀郎招。」說的是，一名閨中女子與情郎約會前，細心梳洗，刷了牙，剪了指甲。在古代女性的梳妝盒內，是少不了這麼一把修剪指甲用的小剪刀的。一首元曲也寫道：「粉雲香臉試搽，翠煙膩眉學畫，紅酥潤冰筍手，烏金漬玉粳牙，鬢攏宮鴉。改樣兒新鞋襪，挑粉垢修指甲。收拾得所事兒溫柔，妝點得諸多餘里顆恰。」（喬吉：《一枝花·雜情》）修剪指甲，這是古時女性妝扮的基本功。

出土的文物也可以佐證。許多小型的剪子，多出土於女性墓中，與女性化妝用品存放在一起，如廣東淘金坑出土的剪子，與鑷子、銅鏡一起包裹在一個漆盒中；河北邢台唐墓出土的剪子，與銀釵、骨釵、銅鑷、銅飾同出。可以推知，這些小剪刀，實際上就是當時女性的化妝用具。日本東京國立博物館收藏有一幅傳為南宋劉松年的《宮女圖》，圖中仕女的桌案上擺有幾件女性的梳妝用具，其中便有一把交股式小剪刀。

男性也有專用的修甲用具。晚明高濂的《遵生八箋》記錄了一種流行於士大夫群體的「途利文具匣」：「內藏裁刀、錐子、挖耳、挑牙、消息、肉叉、修指甲刀銼、髮刡等件、

酒牌一、詩韻牌一、詩筒一（內藏紅葉各箋以錄詩），下藏梳具匣者，以便山宿外用。關鎖以啟閉，攜之山遊，似亦甚備」。差不多同時代的屠隆《考槃餘事》「文房器具」條也說：「小文具匣一，以紫檀為之，內藏小裁刀、錐子、挖耳、挑牙、消息、修指甲刀、銼指、剔指刀、髮刡、鑷子等件。旅途利用，似不可少。」看來，這修剪指甲的刀、銼，正是士大夫居家、出遊之必備用具。

古時的出家人尤其重視身體的清潔，用來刷牙的「齒木」就是僧人發明的。佛經《十誦律》說：「佛聽蓄刀子，一用割皮；二用剪甲；三用破瘡；四用截衣；五用割衣上毛縷；六用淨果。乃至食時種種須故，是以聽蓄。」佛家是允許僧人收藏刀子的，因為需要用刀子來削果皮、修指甲，等等。

古代還有「刀鑷工」的行當，其工作就是給顧客修面、修眉、刮鬍子、剃髮，以及修剪指甲。北宋張擇端的《清明上河圖》就畫有一個刀鑷工，在城牆腳下開了一間舖子，正給顧客修面呢。

明代筆記《鳳凰台記事》中，還有一則軼事說：「太祖時，整容匠杜某專事，上梳櫛修甲。一日，上見其以手足甲用好紙裡而懷之，上問：『將何處去？』杜對：『聖體之遺，豈敢狼藉？將歸謹藏之。』上曰：『汝何詐耶？前後吾指甲安在？』杜對：『見藏奉於家。』上留杜，命人往取甲。其家人從佛閣上取之，以朱匣盛，頓香燭供其前。比奏，上大喜，謂其誠謹知禮，即命為太常卿。」這個姓杜的整容匠（刀鑷工），專職給朱元璋梳頭、修甲，將剪下來的「龍爪龍甲」收藏起來，以香燭供於佛閣。這馬屁拍得朱皇帝龍顏大悅。

《清明上河圖》中的刀鑷工。

　　看到這裡，或許會有朋友問：古人不是講究「身體髮膚，
受之父母，不敢毀傷」嗎？怎麼會忍心剪掉指甲呢？確實，
受「身體髮膚，受之父母，不敢毀傷」觀念的影響，古人有留
髮的習慣。不過，對於指甲，古人持另一種觀念，東晉張湛
的《養生要集》說：「爪，筋之窮也。爪不數截筋不替。」爪，
指人的指甲、趾甲。古人認為，如果指甲與趾甲沒有經常修
剪，就會不利於筋氣的新陳代謝。

　　因此，許多傳統醫書、養生書都提倡定時修剪指甲，如
唐代唐臨《腳氣論》說：「丑日手甲、寅日足甲割之。」唐代
孫思邈《保生銘》說：「寅丑日剪甲，理髮梳百度。」明代高
濂《遵生八箋》說：「寅日剪指甲，午日剪足甲，燒白髮，
並吉。」

　　由於古人使用剪子或刀片修剪指甲，容易誤傷皮肉，傳
統醫書中也收錄有不少醫治指傷的藥方，如明代薛鎧的《保嬰

撮要》記載說:「一女子十四歲,修指甲誤傷痛,妄敷寒涼及服敗毒之藥,遂腫至手背,肉色不變,余先用內消托里散,手背漸消,次以托里散為主,八珍湯為佐,服兩月餘而癒。」

　　回到「楊過剪指甲」的問題,答案是:首先,楊過當然需要修剪指甲,否則,他的手指甲會長得只適合練「九陰白骨爪」。其次,楊過可以到市集中找刀鑷工幫他修剪指甲,只要付幾文錢就行了。楊過獨臂,說不定還能打個五折。最後,實在不行,他還可以用石頭磨、牙齒咬的古老方法來弄短手指甲。

二、梅超風怎麼如廁

　　還有一道「金庸學」不解之題：《射鵰英雄傳》裡的梅超風，練了「九陰白骨爪」，指甲暴長（這個印象應該來自改編的電視連續劇），那麼問題來了，有著超長指甲的梅超風，每次上廁所大解之後，該怎麼擦屁股？

　　這個問題，涉及中國人的如廁文明史。梅超風生活在南宋後期，儘管紙早已在宋代前發明出來，但人們還不敢奢侈到將乾淨的紙張用於清潔屁屁。那個時候，中國人普遍使用的清潔工具是木片、竹片，叫作「廁籌」。

　　廁籌很可能是隨佛教傳入中國的。我們以前說過，佛教徒很講究身體的衛生，佛祖常教導信徒要每日刷牙，經常修指甲，佛經《毗尼母經卷》中還有專門指導僧人如廁的文字：

上廁所時,「當中而坐,莫令污廁兩邊。起止已竟,用籌淨刮令淨。若無籌不得壁上拭令淨,不得廁板梁枨上拭令淨,不得用石,不得用青草,土塊、軟木、皮軟葉、奇木皆不得用;所應用者,木竹葦作籌。度量法,極長者一磔,短者四指。已用者不得振令污淨者,不得著淨籌中。」這段如廁指南,非常有操作性。

南唐李後主好浮屠氏之法,曾經為僧侶親自削廁籌:「後主與周后頂僧伽帽,披袈裟,課誦佛經,跪拜頓顙,至為瘤贅。親削僧徒廁簡,試之以頰,少有芒刺,則再加修治。」(《南唐書·浮屠傳》) 不要取笑古人,中世紀後期的法國,皇宮內還用一根懸掛著的麻繩拭穢呢,而且,這根麻繩是公用的,國王用過之後,王后繼續用,王后用過,其他人接著用。

日本有些寺院,至今還保留著古老的廁籌清潔法。據陳平原先生遊歷日本寺院時所見,京都東福寺,禪林東側有僧人專用的廁所,叫「東司」,裡面插有「廁篦」。陳平原說:「廁篦也叫『廁簡』、『廁籌』,乃大便後用以拭穢之竹木小片。廁所邊上插著木竹小片,這情形我還依稀記得。」(陳平原:《閱讀日本·廁所文化》)

雖說唐朝時,人們普遍使用「廁籌」,但此時已開始有一些人利用廢棄的紙張拭穢。據唐代《教誠新學比丘行護律儀》記載,僧人如廁規範,僧侶被要求「常具廁籌,不得失闕」,「不得用文字故紙」。

既然特別提到了「不得用文字故紙」,顯然已經有人這麼做了,因此才需要禁止。不過,這個時候應該還沒有專門的手紙,偶爾被用來拭穢的只是「文字故紙」。

那麼中國社會究竟甚麼時候出現了手紙呢？有些網絡文章說：「中國人使用手紙的最早記載見於元朝，大概是因為元朝是外族入主，沒有漢民族『敬惜字紙』的意識。」還有一篇網文，題目叫《元朝取代宋朝是歷史的巨大進步》，作者這麼認為的依據之一，就是相信元朝的蒙古貴族帶來了手紙，如果沒有蒙古貴族率先使用手紙，只怕中國人還堅持用「廁籌」擦屁股呢。作者引用蘇軾的詩「石建方欣洗牏廁」來論證，說「牏廁」即「廁籌」，說明宋朝人沒有手紙，只有「廁籌」。

這是典型的「半桶水晃蕩」。其實，蘇軾詩中的「牏廁」，只是「廁牏」的筆誤，並不是「廁籌」，而是指貼身襯衫，或者便器。南宋學者葉夢得早已在他的《石林詩話》中糾正過蘇軾的筆誤：「古今人用事有趁筆快意而誤者，雖名輩有所不免。蘇子瞻『石建方欣洗牏廁』，據《漢書》，廁本作廁牏，蓋中衣也，二字義不可顛倒用。」

不過，元朝時，皇宮之內的御廁，確實有了專供皇帝、后妃使用的手紙。據《元史·后妃列傳》，忽必烈的兒媳婦，「性孝謹，善事中宮，世祖每稱之為賢德媳婦。侍昭睿順聖皇后，不離左右，至溷廁所用紙，亦以面擦，令柔軟以進」。用臉部測試手紙的柔軟度，大概是仿效南唐李後主與周后用臉部測試廁籌的光滑度。

但《元史》后妃列傳並不是「使用手紙的最早記載」，因為南宋時，至少在皇室與政府部門中，已出現了專用的手紙，叫作「淨紙」。南宋《館閣錄》載：「國史日曆所，在道山堂之東，北一間為澡圃過道，內設澡室，並手巾水盆，後為圃，儀鸞司掌灑掃，廁板不得污穢，淨紙不得狼藉，水盆

不得停滓，手巾不得積垢，平地不得濕爛。」顯然，南宋杭州的國史日曆所內，設有公共廁所，裡面陳設完備，有淨紙、水盆、手巾，而且非常乾淨、衛生。

這才是我們目前見到的中國人使用手紙的最早記錄。不必奇怪，南宋時，造紙術已經推廣開來，紙的生產已經規模化，紙張早已不是甚麼貴重物品，被應用於如廁，也是順理成章的事情。

不過，宋元時期，手紙的使用尚未普及，民間兼用「廁籌」。元初筆記《南村輟耕錄》載，「今寺觀削木為籌，置溷圊中，名曰廁籌」。可知當時一些寺院的廁所還在使用「廁籌」。但有些寺院已用上了手紙。崑曲《西廂記》中有一段精彩的打諢，來看看：

【付】：啊呀，走錯哉，走錯哉。走至東圊半邊來哉！

【小生】：何謂東圊？

【付】：俗家人叫毛坑，出家人叫東圊。道人，拿草紙來。

【小生】：做甚麼？

【付】：請相公出恭。

【小生】：不消。

【付】：小恭？

【小生】：也不消。

【付】：屁總要放一個。

【小生】：甚麼說話？

【付】：真個標標緻緻面孔，肚皮裡連屁才無得個。

上面的「付」是崑曲中的角色，類似於插科打諢的丑角。這段戲曲告訴我們，張生歇息的這個寺院，是備有手紙的。

到了明清時期，手紙的使用已經相當普遍。皇家自不待言。明朝宮廷內設有一個專門給內廷宮人製造手紙的機構，叫作寶鈔司（好名字哇！），「掌造粗細草紙」。寶鈔司造的草紙，「豎不足二尺，闊不足三尺，各用簾抄成一張，即以獨輪小車運赴平地曬乾，類總入庫，每歲進宮中以備宮人使用」。皇帝使用的手紙更加講究，由監紙房特製、特供：「至聖上所用草紙，系內官監紙房抄造，淡黃色，綿軟細厚，裁方可三寸餘，進交管淨近侍收，非此司（寶鈔司）造也。」（劉若愚：《酌中志》）

明代的富貴人家當然也有手紙。《金瓶梅》寫道：「一回，那孩子穿著衣服害怕，就哭起來。李瓶兒走來，連忙接過來，替他脫衣裳時，就拉了一抱裙奶屎。孟玉樓笑道：『好個吳應元，原來拉屎也有一托盤。』月娘連忙叫小玉拿草紙替他抹。」可見西門大官人的家中是常備手紙的。

甚至農村的廁所也出現了手紙——雖然還比較稀罕。明末小說集《照世杯》中有一個故事說，鄉下土財主穆太公，在鄉中建了一間公廁，並貼出廣告：「穆家噴香新坑，奉求遠近君子下顧，本宅願貼草紙」。結果生意火爆，原來，鄉下人「用慣了稻草瓦片，見有現成草紙，怎麼不動火？還有出了恭，揩也不揩，落那一張草紙回家去的」。

清代時，手紙更是成了市民日常生活必備的尋常用品。小說《瑤華傳》裡面有個細節：「見一個挑夫，將空擔靠在一個牆上，向別個舖家討了一張手紙，上毛房去了。」顯

然，當時手紙應該非常便宜，不值幾個錢，所以才可以向舖家討要。清代的監獄也向囚犯提供手紙。據清人筆記《咫尺偶聞》，已經定讞的囚犯，「五日一沐，三日一櫛。木梳、草紙、疏巾、鹼豆，敝斯易，乏斯給。女獄倍之」。囚犯都用上了草紙，一般市井人家肯定不缺幾張手紙啦。

回到梅超風如廁之後如何「善後」的問題，梅氏生活在南宋後期，是籌紙兼用的時期，此時社會中已出現了手紙，同時又保留著使用「廁籌」的習慣。「廁籌」短者二三寸，長者五六寸，梅超風手指甲再長，也不妨礙她使用「廁籌」。如果她用的是手紙，儘管指甲過長會帶來一點小小的麻煩，但也不至於解決不了問題，動作小心一點就是了。

三、行走江湖的俠女們怎麼洗澡

「金庸吧」貼吧上有人説:「金庸小説,對吃飯有描述,睡覺有描述,上廁所也有,上班有,做體育運動有,逛街也有,就是從沒有提到過洗澡。」這位朋友讀小説並不仔細,金庸其實是寫過洗澡的,如《天龍八部》中,虛竹喝醉後,不省人事,四名靈鷲宮婢女替他洗了澡,虛竹醒後,嚇得「一聲大叫,險些暈倒」。《飛狐外傳》中,胡斐在河裡洗澡,衣服被袁紫衣奪走,「赤身露體的不便出來,好在為時已晚,不久天便黑了,這才到鄉農家去偷了一身衣服」。

又如《書劍恩仇錄》中,陳家洛無意中撞見一位女子在湖中洗澡:「只見湖面一條水線向東伸去,忽喇一聲,那少女的頭在花樹叢中鑽了起來,青翠的樹木空隙之間,露出皓如

白雪的肌膚，漆黑的長髮散在湖面，一雙像天上星星那麼亮的眼睛凝望過來。」

不過，金庸小説涉及洗澡等日常生活的細述描述確實不多見，以致有一些讀者生出「大俠們怎麼不愛洗澡」的疑問。嘿，還真有不愛洗澡的大俠。《射雕英雄傳》裡的「妙手書生」朱聰，是這麼出場的：「一副懶神氣，全身油膩，衣冠不整，滿面污垢，看來少説也有十多天沒洗澡了，拿著一柄破爛的油紙黑扇，邊搖邊行。」

但宋朝江南人極愛清潔，像朱聰這麼邋遢的讀書人，不是沒有，但肯定會受鄙視。王安石生性邋遢，「經歲不洗沐」，他的兩個朋友都受不了，「因相約：每一兩月即相率洗沐定力院家」（葉夢得：《石林燕語》），約好每個月到浴室洗澡。那些不愛洗澡的士大夫是會受到取笑的，宋仁宗朝時有個竇元賓，出身名門，才華很好，但因為「不事修潔，衣服垢汗，經時未嘗沐浴」，同僚便給他起了一個外號：「竇臭」（潘永因：《宋稗類鈔》）。

今人一般有每天洗一次澡的習慣，這個良好的衛生習慣至遲在宋代已經形成了。從宋至元，杭州城中有非常多的公共浴室。13 世紀到過杭州的意大利商人馬可·波羅發現，「行在城中有浴所三千，水由諸泉供給，人民常樂浴其中，有時足容百餘人同浴而有餘」。「包圍市場之街道甚多，中有若干街道置有冷水浴場不少，場中有男女僕役輔助男女浴人沐浴。其人幼時不分季候即習於冷水浴，據云，此事極適衛生。浴場之中亦有熱水浴，以備外國人未習冷水浴者之用。土人每日早起非浴後不進食。」（馮承鈞譯：《馬可波羅行紀》）

馬可·波羅有理由對此感到驚奇。要知道，在中世紀，歐

洲人幾乎是從不洗澡的，他們甚至荒唐地認為，洗澡不僅容易致病，而且是淫邪猥瑣的表現。但對於愛乾淨、懂享受的宋朝人來說，沐浴是他們日常生活的一部分。

不獨杭州多浴室，其他城市也是如此。汴京有一條街巷，以公共浴室多而聞名，被市民們稱為「浴堂巷」。宋人也將浴堂叫作「香水行」。如果你行走在宋朝的城市，看到門口掛壺的所在，便是香水行了。掛壺乃是宋朝公共浴堂的標誌，「所在浴處，必掛壺於門」（吳曾：《能改齋漫錄》）。

這些浴堂通常一大早就開門營業了，南宋洪邁的《夷堅志補》記載，「宣和初，有官人參選，將詣吏部陳狀，而起時太早，道上行人尚希，省門未開，姑往茶邸少憩，邸之中則浴堂也」。從這裡也可以看出，汴京的公共浴堂通常前面設有茶館，供人飲茶休息，後面才是供人沐浴的浴堂。

宋代的浴堂還提供搓背的服務，愛泡澡的蘇軾先生據說曾作過一首《如夢令》，詼諧地寫道：「水垢何曾相受，細看兩俱無有。寄語揩背人，盡日勞君揮肘。輕手，輕手，居士本來無垢。」有些浴室可能還有特殊的服務，吳自牧《夢粱錄》提到杭州一批長得「娉婷秀媚，桃臉櫻唇」的妓女，名單中便有「浴堂徐六媽、沈盼盼、普安安、徐雙雙、彭新」。

宋人不獨愛洗澡，還習慣使用肥皂清潔肌膚，市場上還出現了用於個人衛生的香皂，主要是由皂角、香料、藥材製成，叫「肥皂團」。宋人楊士瀛的《仁齋直指》記錄了一條「肥皂方」，我且抄下來，有興趣的朋友不妨試著製作一個宋式香皂：「白芷、白附子、白僵蠶、白芨、豬牙皂角、白蒺藜、白斂、草烏、山楂、甘松、白丁香、大黃、藁本、鶴白、杏

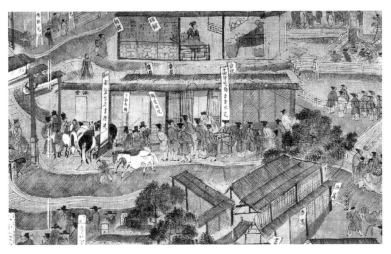

《南都繁會圖》（局部）中畫有公共浴室，旁有一家掛出「畫脂杭粉名香宮皂」招牌的香皂舖子。

仁、豆粉各一両，豬脂（去膜）三両，輕粉、蜜陀僧、樟腦各半両，孩兒茶三錢，肥皂（一種莢果）去裡外皮筋並子，只要淨肉一茶盞。先將淨肥皂肉搗爛，用雞清和，曬去氣息。將各藥為末，同肥皂、豬脂、雞清和為丸。」

宋代之後，城市中同樣保留著發達的公共沐浴設施。元朝時，城市公共澡堂分隔成幾個功能區，裡間是浴池，第二間是休息室，第三間是服務室，澡堂提供撓背、梳頭、剃頭、修腳等服務，顧客可以先「到裡間湯池裡洗一會兒，第二間裡睡一覺，又入去洗一洗，卻出客位裡歇一會兒，梳刮頭，修了腳，涼完了身，已時，卻穿衣服吃幾盞閉風酒，精神更別有」。收費也不貴，「湯錢五個錢，撓背兩個錢，梳頭五個錢，剃頭兩個錢，修腳五個錢，全做時只使得十九個錢」（《樸通事諺解》）。

明代的公共浴室，叫作「混堂」，其中杭州的混堂檔次比較低：「吳俗，甃大石為池，穹幕以磚，後為巨釜，令與池

通，轆轤引水，穴壁而貯焉，一人專執爨，池水相吞，遂成沸湯，名曰『混堂』，榜其門則曰『香水』。男子被不潔者、膚垢膩者、負販屠沽者、瘍者、疕者，納一錢於主人，皆得入澡焉。」（郎瑛：《七修類稿》）描繪南京市井風情的明代《南都繁會圖》，也畫有一家公共浴堂，浴堂旁邊還有一家香皂舖子，打出「畫脂杭粉名香宮皂」的招幌。

清代揚州的公共浴堂，就比較「高大上」了，不過收費也較高：「以白石為池，方丈餘，間為大小數格：其大者近鑊水熱，為大池；次者為中池；小而水不甚熱者為娃娃池。貯衣之櫃，環而列於廳事者為座箱，在兩旁者為站箱。內通小室，謂之暖房，茶香酒碧之餘，侍者折枝按摩，備極豪侈。男子親迎前一夕入浴，動費數十金。」（李斗：《揚州畫舫錄》）

這類豪華浴堂在揚州城極多，「四城內外皆然，如開明橋之小蓬萊，太平橋之白玉池，缺口門之螺絲結頂，徐寧門之陶堂，廣儲門之白沙泉，埂子上之小山園，北河下之清纓泉，東關之廣陵濤，各極其盛；而城外則檀巷之顧堂，北門街之新豐泉最盛」（李斗：《揚州畫舫錄》）。揚州人也特別愛泡澡，以致有俗話說：「早上皮包水，晚上水包皮。」韋小寶辭官回揚州，如果不想開妓院，倒不妨考慮開辦幾間豪華浴堂。

一本 18 世紀末由日本人編寫的《清俗紀聞》，介紹了清代城市極常見的低檔浴堂：「農夫、傭工等小戶人家於浴堂中沐浴。浴堂之浴池為八九尺見方或一丈二三見方之巨大箱狀。放入熱水後，二三十人可同時入浴。由浴堂主人或其家人等管理衣櫃。衣櫃編有號數，在鑰匙上繫上號牌。客人來時，就附上同樣號牌之手巾交與入浴之客人，將衣服鎖進櫃

裡。洗浴後，按照上述手巾用鑰匙之號碼打開衣櫃，付錢著衣。沐浴費用為每人銅錢三文。」並附有《浴殿（堂）》插圖。圖中的這家浴堂有熱水供應，門口還掛出「楊梅結毒休來浴，酒醉年老莫入堂」的告示。

　　城市公共沐浴設施如此方便，高檔的、低檔的都有，行走江湖的大俠們怎麼可能不常洗澡？要洗澡，也完全不需要像胡斐那樣跑到野外的河裡洗。你看《倚天屠龍記》中，張翠山來到臨安府，投了客店，用過晚膳，便「到街上買了一套衣巾，又買一把杭州城馳名天下的摺扇，在澡堂中洗了浴，命待詔理髮梳頭，周身換得煥然一新，對鏡一照，儼然是個濁世佳公子」。

四、大俠們每天會刷牙嗎

讀者的「腦洞」總是比作者的大，比如「金庸吧」貼吧中有一個話題：「古代的大俠刷牙不？牙齒是不是很黃？」有人說，「估計是吧，古人最多是漱口」。確實，金庸的武俠小說從來不寫大俠刷牙的細節，彷彿這些江湖好漢從來不曾刷過牙，唯在《天龍八部》中，寫到成為靈鷲宮主人的虛竹有婢女服侍漱口的生活起居：

虛竹次日醒轉，發覺睡在一張溫軟的床上，睜眼向帳外看去，見是處身於一間極大的房中，空蕩蕩地倒與少林寺的禪房差不多，房中陳設古雅，銅鼎陶瓶，也有些像少林寺中的銅鐘香爐。這時兀自迷迷糊糊，於眼前情景，惘然不解。

一個少女托著一隻瓷盤走到床邊，正是蘭劍，說道：「主人醒了？請漱漱口。」虛竹宿酒未消，只覺口中苦澀，喉頭乾渴，見碗中盛著一碗黃澄澄的茶水，拿起便喝，入口甜中帶苦，卻無茶味，便咕嘟咕嘟的喝個清光。

過慣了清苦日子的「前和尚」虛竹先生，將漱口水當成茶湯喝掉了。金庸先生也許認為，每日起床用參湯漱口，就是靈鷲宮主人應有的尊貴生活。那為甚麼不乾脆寫虛竹每天清晨都有婢女服侍刷牙呢？

這涉及一個問題：在虛竹生活的北宋時期，人們有沒有刷牙的生活習慣？或者說，那個時候是不是已出現了牙刷？

20 世紀 50 年代，考古學家在內蒙古赤峰大營子的遼墓中發現兩把骨製刷柄，長約 19.5 厘米，呈長條狀，一端有 8 個穿透的植毛孔。之後，內蒙古、遼寧、吉林等多個地方的遼墓與金墓中都陸續有骨製刷柄出土。這些遼金骨刷的形制，「與現代牙刷相近，長度與植毛孔數無一定之規，但長度一般在 25 厘米以內，植毛孔數最少 4 孔，最多 24 孔。牙刷多與水具或梳洗用品同出，如小盂、碗、杯、小缸、盆、瓶、瓷盒等」（黃義軍、秦彧：《中國古代牙刷的起源與傳播——不同文明互動的一個範例》）。

研究者相信，這批出土的骨刷，便是遼金時期人們日常使用的牙刷。如此說來，堂堂靈鷲宮，怎麼可能未為主人準備潔齒的牙刷呢？

虛竹的拜把子兄弟，後來當上了遼國的南院大王，過著契丹貴族的生活，更是不可能沒有牙刷。

在黃藥師、黃蓉等南宋江南人的日常生活中，肯定也離不開牙刷。雖然宋朝的正史跟金庸小說一樣有個毛病：閉口不提刷牙之類的日常起居細節。不過，從南宋的醫書與筆記中，卻不難找到關於刷牙、牙刷的記載。

如成書於南宋紹興年間的《小兒衛生總微論方》說，小朋友應該經常刷牙，左刷刷、右刷刷，因為勤於刷牙可以預防牙疾：「小兒牙齒病者……因恣食酸甘肥膩油面諸物，致有細黏漬著牙根，久不刷摻去之，亦發為疳宣爛，齦作臭氣惡血。若風濕相搏，則為牙癰。」

吳自牧《夢粱錄》記載的杭州日用小商品中，也有「刷牙子」；杭州名牌商店名錄中，有「凌家刷牙舖」、「傅官人刷牙舖」。宋人所說的「刷牙子」，就是我們現在說的牙刷了；而所謂「刷牙舖」，則是牙刷專賣店。當時的牙刷，通常為象牙、獸骨、木頭製成，一端鑽孔，穿上成束的馬尾巴毛或馬鬃毛、豬鬃毛。

明代時，牙刷的使用範圍可能更大，因為不少晚明世俗小說都寫到了「刷牙」（明朝人習慣將牙刷叫成「刷牙」），我們來看看：

話本小說《型世言》十三回寫道：

卻說王喜也是一味頭生性，只算著後邊崔科害他，走了出去，不曾想著如何過活。隨身只帶一個指頭的刷牙，兩個指頭的箸兒，三個指頭的抿子，四個指頭的木梳，卻不肯做五個指頭伸手的事。

明末小説《肉蒲團》第十回寫道：

豔芳道：「你且起來披了衣服，做一件緊要事，才好同睡。」未央生道：「除了這一樁，還有甚麼緊要事？」豔芳道：「你不要管，只爬起來。」說完走到廚下，把起先溫的熱水汲在坐桶裡，掇來放在床前。對未央生道：「快些起來，把身子洗洗，不要把別人身上的齷齪弄在我身上來。」未央生道：「有理。果然是緊要事。我方才不但幹事，又同他親嘴，若是這等說，還該漱一漱口。」正要問他取碗汲水，不想坐桶中放著一碗熱水，碗上又架著一枝刷牙。未央生想道，好周至女子，若不是這一齣，就是個腌臢婦人，不問清濁的了。

《盛明雜劇·有情癡》裡也有一段唱詞說：

她不知我近日的嘴臉，但聽得是玉郎的聲音，一把扯住了要與我敘敘情，親個嘴兒。她說道：「我的心肝肉！你莫非嫌我口臭麼？」我說：「豈有此理！怎敢有所嫌。」她回言道：「你既不嫌我口臭，為何帶了個刷牙來？」〔笑介〕我那時口雖不應她，心裡暗暗地笑。提起手來嘴邊一摸，只見那髭鬚刀也似剪過的，當真像個刷牙。

到了清代中後期，牙刷在民間的使用，應該說已經相當普遍了，因為更多的清代世俗小說都有對刷牙、牙刷的描述，如晚清《海上花列傳》第八回寫道：「趙家姆聽見子富起身，伺候洗臉、刷牙、漱口。」《綠野仙蹤》九十五回寫道：「如玉這日對鏡梳髮，淨面孔，刷牙齒，方巾儒服，腳踏緞靴，

打扮的奇奇整整,從絕早即等候新人。」連鄉村都出現了牙刷小商品。一本乾隆年間出版的《太平歡樂圖》記載說:「今村鎮間有提筐售賣荷包、眼鏡並鬐梳、牙刷、剔齒籤之類,瑣細俱備,號『雜貨籃』。」

實際上,至遲從宋代開始,人們不但用牙刷潔齒,而且還有配合牙刷使用的牙膏、牙粉。宋代的一些官修醫書,如《聖濟總錄》、《太平聖惠方》都收錄有揩齒藥方,這些方子製作出來的成品,為膏狀物。介紹個宋人《香譜》記述的「牙香法」膏方:「沉香、白檀香、乳香、青桂香、降真香、甲香,灰汁煮少時,取出放冷,用甘水浸一宿取出,令焙乾,龍腦、麝香已上八味,各半兩,搗羅為末,煉蜜,拌令勻。」

元代的《醫壘元戎》也載有一道「陳希夷神仙刷牙藥」的方子,則是牙粉。其製作方法是:「豬牙皂角及生薑,西國升麻蜀地黃,木律旱連槐夾子,細辛荷葉要同當,青鹽等分同燒煉」,煉成取出,研為細末。其使用方法是,「每蘸藥刷上下牙齒,溫水漱口吐之」,跟我們今日使用牙刷與牙膏刷牙差不多。

各種牙粉在清末時更為常見。我們從多部晚清小說中都可以看到牙粉的蹤影,如《官場現形記》十三回:「管家進去打洗臉水,拿漱口盂子、牙刷、牙粉,拿了這樣,又缺那樣。」《二十年目睹之怪現狀》九十九回:「吃飯中間,張大爺又教了賈沖多少說話,又叫他買點好牙粉,把牙齒刷白了。」

從西洋進口的牙粉,由於品質更好,更受市民的歡迎,康有為《上清帝第三書》說,進口牙刷、牙粉跟「呂宋煙、夏灣拿煙、紙捲、煙紙、鼻煙、酒、火腿、洋肉脯、洋餅、洋

糖、洋鹽」一樣，都「家置戶有，人多好之」。

所以說，你不要擔心大俠們的口腔衛生，他們平日裡是可以刷牙的——只要他們願意，掏幾十文錢便可以從市場購買到牙刷、牙粉。金庸沒有寫他們「刷牙」，只偶爾說到「漱口」，恐怕是不了解牙刷的歷史吧。

當然，在虛竹那個時代，不刷牙、只漱口的人也有，比如蘇軾，他其實是挺注意口腔清潔、牙齒保健的，但就是不喜歡刷牙。他曾自製牙粉，然後抹在手指頭擦牙。他還有一個潔齒的法子：「吾有一法，常自珍之。每食已，輒以濃茶漱口，煩膩既去，而脾胃不知。凡肉之在齒間者，得茶浸漱之，乃消縮不覺脫去，不煩挑刺也。而齒便漱濯，緣此漸堅密，蠹病自己。」（蘇軾：《漱茶說》）

這是有科學道理的，因為茶葉中富含的酚性物質可以使蛋白質凝縮，用濃茶漱口，確實能讓齒間的肉碎脫落。列位看官不妨一試。

五、小龍女如何處理月事

　　不少無聊的網友很好奇：小龍女被困在絕情谷底，獨自生活了 16 年，這麼長的時間，她該怎麼處理每月來訪的月事呢？問題儘管無聊，不過倒也可以引導我們去了解女性衛生史方面的冷知識。

　　月經是人類女性與生俱來的生理現象，即使是生活在舊石器時代的婦女，也應該產生了處理月經的方法。我們從宮闈秘史與傳統醫書中可以找到一些關於古代女性月事的記載，如中國最早的醫學典籍《黃帝內經》就記載了月經：「月事以時下，謂天癸也。」

　　司馬遷《史記》中有一段記錄：「景帝召程姬，程姬有所辟，不原進。」意思是說，景帝欲臨幸程姬，程姬有所避諱，

沒有進御。唐代學者顏師古註釋說：程姬「不願進」，是因為有月事也。因此後人也將女性月經來潮委婉地稱為「程姬之疾」。其實「月經」一詞，古人也使用，明朝高濂撰寫的《遵生八箋》裡面就提道：「大喜大怒、男女熱病未好、陰陽等疾未愈，並新產月經未淨，俱不可交合。」

不過，古代女性究竟會如何處理月事，我們很難從史料中找到相關記載，正史自然不屑於記錄這種隱秘、羞恥的事情，甚至連野史筆記也似乎不好意思提到月事。說起來，真要感謝明代興起的豔情小說與劇本，由於寫豔情小說與劇本的落魄文人，關注點通常都是史家迴避的閨中秘事，難免要涉及女性月事，因而，讀這些豔情小說，可以發現一些古代女性如何招待月事的有趣細節。

明代文人李梅實的劇本《精忠旗‧銀瓶繡袍》裡有一段「貼角」與「丑角」（貼、丑均為傳統戲劇中的角色）的對白：

【貼】：我的心肝，今夜該我下班，要出來和哥哥好睡一覺了。不奈小姐只是繡袍、繡袍。她便念著她的老爺，我卻念著我的老公。我站得腳兒都酸了，想得裙兒都濕了。我又偷了一塊袍緞在此，拿與哥哥。

【丑】：好做陳媽媽。

【貼】：呸，這樣好緞子，留著做繡香囊兒才是。

對白中出現的「陳媽媽」，是甚麼玩意兒呢？就是舊時女性處理月經的衛生巾，一般用絹、羅、布製成。近代之前，

西方女性處理月事，也是用舊布，這一習慣在語言上留下了痕跡，英文中有一句俚語：on the rag。直譯的意思是「在破布上」，實則是「月事來了」的隱晦說法。說來真是有趣，今人將女性月經稱為「大姨媽」，舊人則將衛生巾叫成「陳媽媽」，不知這「陳媽媽」與「大姨媽」之間是甚麼親戚關係？

不少成書於明、清時期的豔情小說與劇本，都提到「陳媽媽」。我們再來看另外幾個例子：

明代沈泰編輯的《盛明雜劇·相思譜》裡的一段對白：

【淨】：我曉得了。但是你有何表記與他？

【旦】：也說得有理。我有金鳳釵一隻、汗巾一條，都是我時常佩帶的。今勞你寄去，教他睹物思人。

【淨】：（接過金鳳釵、汗巾）呵呀！為何汗巾上都是鮮血？莫不是陳媽媽麼？

【旦】：不要取笑！你自寄去便了。

明傳奇《牡丹亭》中也有一段唱詞：

【旦】：好個傷風切藥陳先生。

【貼】：做的按月通經陳媽媽。

【旦】：師父不可執方，還是診脈為隱。

（末看脈，錯按旦手背介）

【貼】：師父，討個轉手。

明代擬話本小說《石點頭》裡的一段描述：

方氏招眼望見孫三郎，已在面前，自覺沒趣，急急掩上遮堂門扇，進內去了。孫三郎隨口笑道：「再看一看何妨。還不曾用到陳媽媽哩！」

這意思是説，小娘子很嫩，還未初潮呢，不曾用到「陳媽媽」。明末清初小説《醒世姻緣傳》的兩處情節：

那伍小川在外面各處搜遍，只不曾翻轉地來。床背後，席底下，箱中，櫃中，梳匣中，連那睡鞋盒那「陳媽媽」都翻將出來，只沒有甚麼牌夾。

偷兒又把第二個抽斗扭開，卻好端端正正那百十兩銀子，還有別的小包，也不下二三十兩。偷兒叫了聲「慚愧」，盡數拿將出來。衣架上搭著一條月白絲綢搭膊，扯將下來，將那銀子盡情裝在裡面。又將那第三個抽斗扭開，裡面兩三根「角先生」，又有兩三根「廣東人事」，兩塊「陳媽媽」，一個白綾合包，扯開裡面，盛著一個大指頂樣的緬鈴，餘無別物。

順便介紹一下，所謂的「角先生」、「廣東人事」、「緬鈴」，都是明清時期頗為流行的女用安慰器具。明清豔情小説常有提及。

清代世俗小説《姑妄言》中也有「陳媽媽」：「郟氏在褥子底下掏出塊陳媽媽來，同拭淨了，對面摟著睡下。」

讀這些明清豔情小説與劇本時，如果你不知道「陳媽媽」為何物，可能會感到莫名其妙。知道那是女性的衛生巾之後，大概會忍俊不禁。

「陳媽媽」又有一個別名:「陳姥姥」。姚靈犀的《思無邪小記》記述説:「陳姥姥,巾帕之別名也。《讀古存説》,詩無感我悅兮,內則注,婦人拭物之巾,嘗以自潔之用也。古者女子嫁,則母結悅而戒之,蓋以用於穢藝處,而呼其名曰『陳姥姥』。」

姚靈犀是一名生活在清末民初的奇葩文人,對與性有關的知識十分感興趣,搜集了一堆春宮秘戲圖、宮闈秘辛與色情掌故,編為《思無邪小記》。《思無邪小記》裡還記錄了他在洋貨舖中看到的進口「陳媽媽」:

嘗於洋貨肆中見陳列區形印花銅匣,標字條於上,則月經帶也,不禁忍俊。索而觀之,是以紙薄之皮所製,邊綴牛筋之繩伸縮自如。引之長尺許,寬約二寸。兩端緣橡皮,而結以線帶。此乙種也。其甲種類如短褌,有襠可解,襠之上可鋪棉絮,以承紅鉛。審匣上字,知為東方舶來品。當余取閱時,有二三婦女腆然來購,並爭價之低昂。歸而遐想,頗覺新奇。

按姚靈犀的記述,清末民初的城市市場中已有從西方進口的月經帶,製作比較精良,一種為長約尺許、寬約二寸的帶狀,另一種類似於三角褲,有襠可解,上面可以墊放草紙、布條、棉絮等,用於吸納經血。

至遲在明代,「陳媽媽」的説法應該非常流行了。馮夢龍收集有一首明代山歌《陳媽媽》,歌詞詼諧,略帶顏色,以擬人的口吻自述:「陳家媽媽有人緣,風月場中走子幾呵年。小

阿奴奴名頭雖然人盡曉得，只弗知我起先個族譜相傳……」可知「陳媽媽」的名頭在當時已是「人盡曉得」。按歌詞透露的信息，「陳媽媽」很可能還是從風月場所率先叫出來的。

那麼明代之前的女性用不用「陳媽媽」呢？我沒有找到文獻方面的記載，但從出土文物看，宋朝女性毫無疑問是使用衛生帶的，南京花山宋墓、福州南宋黃昇墓出土的女性衣物中就有抹胸、衛生帶等。

小龍女生活在南宋後期，與黃昇生活的年代剛好重合。她當然會有衛生帶，也許還隨身帶著哩。就算她甚麼都沒帶，也沒甚麼大不了的，因為絕情谷底沒有第二個人，那裡又有一個水潭，清潔還是不成問題的。

六、行走江湖是不是要隨身帶著火折子

　　對於江湖人來說，夜晚顯然比白天更重要，不論是月黑風高殺人放火，還是歌樓酒館大碗喝酒大塊吃肉，都是更加適合在夜裡發生的江湖節目。因此，在武俠小說作家筆下，那些作為夜行動物的江湖人，幾乎必備一種夜行神器：火折子。

　　金庸十五部武俠小說中，除了篇幅較短的《白馬嘯西風》、《鴛鴦刀》與《越女劍》之外，其他的小說都寫到了火折子，其中《笑傲江湖》一書就有好多處出現火折子，如第十一章：「陸大有大喜，忙道：『是小師妹麼？我……我在這裡。』忙晃火折點亮了油燈，興奮之下，竟將燈盞中的燈油潑了一手。」

　　第二十章：「又走了數丈，黃鐘公停步晃亮火折，點著了

壁上的油燈，微光之下，只見前面又是一扇鐵門，鐵門上有個尺許見方的洞孔。」

第三十八章：「令狐沖帶著二人，徑往正氣堂，只見黑沉沉的一片，並無燈火，伏在窗下傾聽，亦無聲息，再到群弟子居住之處查看，屋中竟似無人。令狐沖推窗進去，晃火折一看，房中果然空蕩蕩的，桌上地下都積了灰塵，連查數房，都是如此。」

從金庸的描述，我們知道，火折子可以隨身攜帶，需要使用時才掏出來，一晃便能夠點亮。我們看古裝影視作品中的火折子，使用更是如同現代的打火機一樣方便，火光也如同電燈一樣亮堂。

火折子當然不是金庸的發明。清末民國藝人張杰鑫根據《施公案》與《彭公案》改編的長篇武俠評書《三俠劍》，就頻頻提到火折子這一照明神器：

（白鬍子老者）語畢，由腰間取出火折子，晃燃著，惡賊一看，正是白天那位老頭。（第五回）

單說勝三爺將眾人引到黃昆家中之時，在左鄰僻靜處，晃著火折子，撕下一塊綢子手巾，寫了四句言詞，為的是叫眾官人到觀音庵查看。（第六回）

三位老俠客浸得筋骨麻木。正在叫天天不語，叫地地不應，就聽南面的鐵笆子外，水向上一攪，一雙手扶住鐵笆子，由分水裙內掏出火筒打開子母口，抽出火折子晃著了，向牢中一照，遂說道：「三位哥哥多有受難，恕小弟救護來遲。」語畢，將火折放在火筒之內。（第七回）

成書於清代的神魔小說《濟公全傳》也出現了火折子：

三個人把鼻孔塞好，華雲龍把熏香盒子點著，一拉仙鶴嘴，把窗紙通了個小窟窿，把仙鶴嘴擱了進去，一拉尾巴，兩個翅膀一扇，這股煙由嘴裡冒進屋子裡去。此時陳亮、雷鳴來到樓房上前坡趴著。三個人覺著工夫不小了，把熏香盒子撤出來收好，把上下的窗戶搞下來，三個人躥到屋裡，華雲龍一晃火折把燈點上。此時那三位姑娘都被香薰過去，人事不知，這乃趙員外一個侄女兩個女兒。

但是，除了少數江湖題材的清代評書與小說，我們在歷史文獻中很難檢索到關於「火折子」的記載。很可能這種點火方式出現的時間比較晚。

古人最常用的點火工具，其實並不是傳說中的火折子，而是火刀（又稱火鐮）、火石與火絨三件套。生火時，火刀與火石相擊，迸發出火星，火星落在火絨上，燃燒起來，便可以作為火種。清人筆記《鄉言解頤》將火刀、火石與火絨列為日常生活必備的「隨身寶」：「鑽木映日，皆可取火，而總不若火鐮之便。鄉人謂與火石、火絨子為隨身三寶，非謬讚也。」行走江湖的大俠們，想必也需要帶著這「隨身三寶」。

從宋元明清時期的小說、戲劇、評書中，我們可以非常容易地找到關於火刀與火石的記載，比如元雜劇《張生煮海》有段唱詞是這麼說的：「小生張伯騰，早到海岸也。家僮，將火鐮、火石引起火來，用三角石頭把鍋兒放上。你可將這杓兒舀那海水起來。鍋裡水滿了也，再放這枚金錢在內。用火

燒著，只要火氣十分旺相，一時間將此水煎滾起來。」

成書於元明之際的施耐庵《水滸傳》寫道：「眾人身邊都有火刀、火石，隨即發出火來，點起五七個火把。眾人都跟著武松，一同再上崗子來，看見那大蟲做一堆兒死在那裡。」

清代公案小說《施公案》寫道：「且說小西叫聲：『哥們，誰帶著火鐮打火，咱們進屋去照照，還有賊人沒有？』楊志答應，立刻打火引著火紙，進房點著燈，搜了搜，只彥八哥一人，也把他上了綑繩，拉到外邊。」

大約在宋朝時期，還出現了一種形制跟今日火柴差不多的引火工具，叫作「發燭」，又叫「引光奴」、「火寸」、「焠兒」、「取燈兒」。晚清時西洋火柴傳入中國，老北京人還將火柴稱為「洋取燈」。

宋人筆記《懶真子》載有司馬光年輕時秉燭夜讀的故事：「溫公嘗宿於閣下，東畔小閣侍吏唯一老僕。一更二點即令老僕先睡，看書至夜分，乃自罨火滅燭而睡。至五更初，公即自起，發燭點燈著述，夜夜如此。」這裡的「發燭」便是宋朝人使用的「火柴」。

那麼「發燭」究竟是怎麼樣的呢？據北宋陶穀《清異錄》的記述：「夜中有急，苦於作燈之緩。有智者批杉條，染硫磺，置之待用，一與火遇，得焰穗然。既神之，呼『引光奴』。今遂有貨者，易名『火寸』。」這種小杉條長約寸許，一頭塗有硫磺，從形態看，跟今日的火柴很接近。不過火柴可以自發火，「火寸」則不能，只能作引火之用。使用時，大概需要先用火刀、火石生火，再用「發燭」引火。

元代陶宗儀的《南村輟耕錄》也記錄了南宋人使用「發燭」

的情況:「杭人削松木為小片,其薄如紙,熔硫磺塗木片頂分許,名曰『發燭』,又曰『焠兒』,蓋以發火及代燈燭用也。」有人考據說,「焠兒」就是「燧兒」,含有「燧木取火」之意,認為這時候的「發燭」可以通過摩擦起火。如果真是這樣,那南宋人使用的「發燭」就跟後來的洋火柴沒甚麼區別了。不過我們還找不到足夠的史料證據來支持這一猜測。

但有一點可以肯定,至遲在北宋時,「發燭」已經是市場上可以買到的日用小商品了,從《清異錄》的記載「今遂有貨者」便可以看出來。《武林舊事》「小經紀」條收錄的南宋杭州小商品中,也有「發燭」:「……貓窩、貓魚、賣貓兒、改貓犬、雞食、魚食、蟲蟻食、諸般蟲蟻、魚兒活、虼蚪兒、促織兒、小螃蟹、蟲蟻籠、促織盆、麻花子、荷葉、燈草、發燭……」

到了清代時,又出現了一種叫作「火煤子」的點火器具,從史料的記載看,這種「火煤子」跟宋朝人的「發燭」差不多,使用時需要在火源點火。我們看晚清譴責小說《官場現形記》提到的「火煤子」:「(賬房師爺)拿簿子往桌上一推,取了一根火煤子,就燈上點著了火,兩隻手捧著了水煙袋,坐在那裡呼嚕呼嚕吃個不了。」

但此時已有一種不用點火的「火煤子」,又叫作「火煤筒」、「火紙筒」,一般用竹筒或金屬筒製成,裡面填充有燃燒著的火絨,平時圓筒有蓋子蓋著,使火絨因為缺氧而處於半燃燒狀態,使用時撑開蓋子,用口一吹,或者用力一晃,便火種復燃。我們從清代的一些小說、筆記中都可以看到這種「火煤筒」。來看三個例子:

王玉陽見房門半掩，用手推開，果見長生子陪著一個絕色的妓女坐在床邊打瞌睡，玉陽一見忍不住笑，桌子上有個火煤筒，拿過手來，輕輕將火敲燃，向著長生子臉上一吹，煤火亂飛，撲在那姐兒面上，燒著細皮嫩肉，猛然驚醒。（《七真因果傳》）

只見一個人站在當地左手拿著擦得鋥亮二尺多長的一根水煙袋，右手拿著一個火紙捻兒。只見他「噗」的一聲吹著了火紙，就把那煙袋往嘴裡給楞入。（《兒女英雄傳》）

吾鄉有戴姓者，以賭博傾其資，家中素無長物。一日暮歸，將上燈而無油，探囊中，止餘錢三文，遂止，和衣上床睡，因思明日朝餐尚無所出，輾轉不寐。忽聞窸窣有聲，一偷兒穴牆而入。戴潛伺其所為，偷兒出懷中火紙，略一吹噓，火光四照，遍覓室中，無可攜取。（《埋憂集》）

說到這裡，你會恍然大悟：這「火紙筒」不就是武俠小說中的火折子嗎？是的。所謂「火折子」，便是清人常說的「火紙筒」了。江湖人（如《埋憂集》記載的小偷）有時會隨身攜帶這種「火紙筒」。

不過，「火紙筒」絕不像古裝電視劇所描述的那樣神奇，一吹就著，一晃就亮，功能賽過打火機。事實上，要將「火紙筒」吹著，是需要技巧的。而且，「火紙筒」保存火種的時間也有限，不可能幾天幾夜都不熄滅，所以古人一般將「火紙筒」用於抽水煙。至於習慣夜行的江湖好漢們，為保險起見，還得隨時帶著火鐮、火石與火絨子這「隨身三寶」。

第二輯

服飾‧化妝

一、契丹人的胸膛真有一個狼頭刺青嗎

　　你應該知道，《天龍八部》裡的喬峰是一名由宋人養大的契丹人。那喬峰是怎麼確認自己是契丹人身份的呢？是他在雁門關看到幾名契丹人，胸膛都有狼頭刺青，而他自己的胸口，也刺了一個一模一樣的狼頭，「一霎時之間，喬峰終於千真萬確地知道，自己確是契丹人。這胸口的狼頭定是他們部族的記號，想是從小便人人刺上」。但契丹人在胸口刺狼頭的「習俗」，其實是金庸虛構出來的。從契丹史料中，我們找不到狼頭刺青的記載。

　　金庸又寫道：「喬峰自兩三歲時初識人事，便見到自己胸口刺著這個青狼之首，他因從小見到，自是絲毫不以為異。後來年紀大了，向父母問起，喬三槐夫婦都說圖形美觀，稱讚一

番，卻沒說來歷。北宋年間，人身刺花甚是尋常，甚至有全身自頸至腳遍體刺花的。大宋係承繼後周柴氏的江山。後周開國皇帝郭威，頸中便刺有一雀，因此人稱『郭雀兒』。當時身上刺花，蔚為風尚，丐幫眾兄弟中，身上刺花的十有八九，是以喬峰從無半點疑心。」這段描述，倒是合乎宋朝歷史。

金庸所說的「刺花」，宋人一般稱「刺青」、「雕青」、「花繡」、「文繡」、「錦體」，我們今天則叫「文身」。從唐朝至宋朝，正是刺青非常流行的時期，我們去看施耐庵的《水滸傳》，梁山泊好漢中就有好幾位是紋了身的：「九紋龍」史進，「刺著一身青龍」；「短命二郎」阮小五，胸前刺著「青鬱鬱一個豹子」；「病關索」楊雄，「露出藍靛般一身花繡」；「雙尾蠍」解寶，「兩隻腿上刺著兩個飛天夜叉」；龔旺「渾身上刺著虎斑，脖項上吞著虎頭」，所以綽號「花項虎」；魯智深也是「背上刺著花繡」，他的綽號「花和尚」便是來自這一身花繡。

刺青最漂亮的梁山好漢，當然非「浪子」燕青莫屬，「一身遍體花繡，卻似玉亭柱上鋪著軟翠」。他在泰山打擂台，「把布衫脫將下來」，露出那一身身花繡，台下看官忍不住「迭頭價喝采」，全都看呆了；對手任原「看了他這花繡，急健身材」，心裡也露了五分怯。

連京師青樓頭牌李師師，也聽說燕青一身刺青之美。當燕青上門拜訪時，李師師便提出請求：「聞知哥哥好身文繡，願求一觀如何？」燕青笑道：「小人賤體雖有些花繡，怎敢在娘子跟前揎衣裸體！」李師師說道：「錦體社家子弟，哪裡去問揎衣裸體。」「三回五次，定要討看。燕青只得脫膊下來。李師師看了，十分大喜，把尖尖玉手，便摸他身上。」

《水滸傳》的描寫並非虛構。宋人中確實盛行刺青之風，軍人群體中尤多刺青者。南宋筆記小說《夷堅志》提到幾名紋身的軍人：「忠翊郎王超者，太原人，壯勇有力，善騎射，面刺雙旗」；又有「揀停軍人張花項，衣道士服，俗以其項多雕篆，故目之為『花項』」。

北宋名將呼延贊「遍文其體為『赤心殺賊』字」，連他的妻兒、僕從都要在身體紋上「赤心殺賊」（脫脫等：《宋史·呼延贊傳》）；我們非常熟悉的岳飛背上「盡忠報國」四字，亦是刺青；與岳飛齊名的張俊，曾經「擇卒之少壯者，自臀而下，文刺至足，謂之『花腿』。京師舊日浮浪輩以此為誇」（莊綽：《雞肋編》）。刺青的風氣從軍伍蔓延到市井間。

市井間熱愛刺青的人，多是任俠的「街肆惡少」、「浮浪之輩」，如吉州有一個「以盜成家」的人，叫作謝六，因為「舉體雕青，故人目為『花六』，自稱曰『青獅子』」（洪邁：《夷堅志》）。

開封有一個叫鄭信的好漢，「滿體雕青：左臂上三仙仗劍，右臂上五鬼擒龍；胸前一搭御屏風，脊背上巴山龍出水」（宋話本：《鄭節使立功神臂弓》）。

北宋末，開封的妓女外出踏青，身後總是少不了有「三五文身惡少年控馬」，這些「惡少年」因為大腿有刺青，所以被稱為「花腿馬」（孟元老：《東京夢華錄》）。

南宋時，在錢塘江弄潮的亡命之輩，也是一身刺青：「吳兒善泅者數百，皆披髮文身，手持十幅大彩旗，爭先鼓勇，溯迎而上，出沒於鯨波萬仞中，騰身百變，而旗尾略不沾濕，以此誇能。」（周密：《武林舊事》）

流風所及，喜歡刺青的，未必盡是「惡少年」，而是一時之風尚。宋人説：「今世俗皆文身，作魚龍、飛仙、鬼神等像，或為花卉、文字。」（高承：《事物紀原》）傳世宋畫《眼藥酸圖頁》中，右邊的雜劇演員，手臂上便有刺青，圖案似是魚龍之類。

甚至一些時尚女性也會紋身，元朝時，有個姓徐的歌妓，「一目眇，四體文繡，精於綠林雜劇」（夏庭芝：《青樓集》）。宋時，歌妓一直就是引領服飾時尚的群體，而元人的刺青習慣，自然是宋人遺風。梁山泊「女漢子」扈三娘，從其綽號「一丈青」看，很可能也紋了身，因為「一丈青」正是宋人形容刺青的讚語。

刺青也是許多宋朝男兒的「青春期標誌」，恰如一首宋詩所寫：「少年宕子愛雕青，文彩肌膚相映明。鬧裡只圖遮俗眼，強將赤體以為榮。」（釋梵琮：《頌古》）北宋末官員李質，由於「少不檢，文其身」，被宋徽宗戲稱為「錦體謫仙」（王明清：《揮麈錄》）；南宋舉子李鈁孫，少年時在大腿紋了一個「摩睺羅」（宋朝人的「芭比娃娃」）圖案。

由於刺青成了社會時尚，至遲在南宋時，大都市中便出現了「文身協會」，用宋人的話來說，叫作「錦體社」：「井市人喜文身，稱為刺繡，迎神稱錦體社。」《武林舊事》、《都城紀勝》、《西湖老人繁勝錄》、《夢粱錄》等宋人筆記收錄的南宋社團名單，都有「錦體社」，社中有「針筆匠」，即紋身師；「錦體社」還會組織紋身展示大賽，叫作「賽錦體」，優勝者可以獲得獎金，《水滸傳》稱燕青的一身文繡，「若賽錦體，由你是誰，都輸與他」，「若賽錦標社，那裡利物，管取都是他的」。

對於一些宋朝女性來說，男性身體上的刺青彷彿還會散發出一種特別的性吸引力。《夷堅志》載：「永康軍有倡女，謁靈顯王廟，見門外馬卒頎然而長，容狀偉碩，兩股文繡飛動，諦觀慕之，眷戀不能去。」李師師見到燕青身上的漂亮刺青，也是忍不住「把尖尖玉手，便摸他身上」。

刺青，本為南方一些落後部族的習俗，所謂「文身斷髮」是也。但在宋代，刺青卻發展成為跟今天的紋身沒甚麼兩樣的時尚，其流行特點也與今人極為相似：刺青的群體都是以江湖人、文藝圈、少年人為主；刺青的圖案，都極具個性化，有刺花卉的，有刺龍虎的，有刺文字的，甚至還有人「刺淫戲於身膚，酒酣則示人」（徐夢莘：《三朝北盟會編》）。唐朝時，長安少年張幹的刺青尤其「酷斃」，左胳膊刺一行字：「生不怕京兆尹」，右胳膊刺一行字：「死不畏閻羅王」（段成式：《酉陽雜俎》）。

入元之後，刺青之風尚存，「豪俠子弟皆務為此，兩臂股皆刺龍鳳花草，以繁細者為勝」。但到了明朝時，朱元璋嚴禁刺青，有膽敢紋身者，「事發充軍」，「禁例嚴重，自此無敢犯者」。刺青的風尚從此衰落，以致一位生活在明朝中期的學者陸容，幼年時「入神祠，見所塑部從有袒裸者，臂股皆以墨畫花鳥雲龍之狀」，竟然「不喻其故」。後來，他向一名耆老請教甚麼叫作「雕青」，耆老告訴他：「此名刺花繡，即古所謂文身也。」陸容這才明白，幼年所見神祠塑像，「即文身像也」。（參見陸容：《菽園雜記》）

陸容是支持朱元璋禁絕刺青之習的，他認為：「聲教所暨之民，以此相尚，而傷殘體膚，自比島夷，何哉？禁之誠是

也。由是觀之，凡不美之俗，使在上者法令嚴明，無有不可易者。」但是，以今天的目光來看，刺青被禁，毋寧說是「洪武型體制」十分刻板、苛嚴、僵化的體現，是活潑的民間生活受到朱元璋政府嚴厲管制的反映。

　　（本文參考了虞雲國先生《水滸亂彈》一書「刺青」章節的部分史料，致謝。）

二、黃蓉會穿甚麼內衣

在《射雕英雄傳》中，金庸這麼描寫郭靖第一次見到換回女裝的黃蓉：「郭靖轉過頭去，水聲響動，一葉扁舟從樹叢中飄了出來。只見船尾一個女子持槳蕩舟，長髮披肩，全身白衣，頭髮上束了條金帶，白雪一映，更是燦然生光。郭靖見這少女一身裝束猶如仙女一般，不禁看得呆了。那船慢慢蕩近，只見那女子方當韶齡，不過十五六歲年紀，肌膚勝雪，嬌美無比，容色絕麗，不可逼視。」

小說對黃蓉的服飾可謂是輕描淡寫，一筆帶過：「全身白衣，頭髮上束了條金帶。」金庸是位君子，自然也不會寫到黃蓉穿的內衣。不過，考慮到宋朝是一個流行「內衣外穿」的時代，了解黃蓉穿甚麼內衣，不但可以獲得一點服裝史方面的

知識，還可以運用這一知識，去判斷那些改編自《射雕英雄傳》的影視作品，其服裝設計是不是合乎歷史。

許多人以為唐朝女性自由奔放，服裝華麗性感，而宋代受程朱理學的影響，女性被禮教束縛住了，服飾風格變得拘謹、呆板，必須將自己的身體裹得嚴嚴實實。這當然是根深蒂固的成見，自以為是的想像。且不說程朱理學到底是不是束縛自由的思想學說，就算它是，但兩宋時候，理學只不過是一種自發的社會思潮，而非強制國民信奉的國家意識形態，對社會的影響力並沒有你想像的那麼大。

事實上，在《射雕英雄傳》那個時代，即南宋後期，江南一帶的女性非常趕時髦，服飾多變、新奇而華麗，周輝《清波雜誌》說：「女婦裝束，數歲即一變，況乎數十百年前，樣制自應不同。如高冠長梳，猶及見之，當時名大梳裹，非盛禮不用。若施於今日，未必不誇為新奇。」莊綽《雞肋編》說：「兩浙婦人皆事服飾口腹，而恥營生。」周密《武林舊事》說：「（都城）婦人小兒，服飾華炫，往來如雲。」

唐朝女子的典型服飾是襦裙。按領子之樣式，襦裙可分為大襟交領襦裙、對襟直領襦裙、袒領襦裙；按裙腰之高低，則可分為齊腰襦裙、高腰襦裙與齊胸襦裙。我們從唐畫中看到的性感、香豔女裝，多為對襟齊胸襦裙，這一款式一般都是衣襟敞開，羅裙只繫到胸部，頸部下面的小半個胸脯都露出來。唐詩所說的「慢束羅裙半露胸」、「粉胸半掩疑晴雪」，應該就是指這種對襟齊胸襦裙。

宋朝女子的典型裝束則是「抹胸＋褙子」。抹胸，又稱「奶頭布」、「襪胸」、「襴裙」、「訶子」、「肚兜」、「合歡襟」

等，總之都是指女性貼身內衣。「訶子」是唐人的說法，「合歡襟」是元人的說法，「奶頭布」與「肚兜」是清人的說法。宋人一般叫作「抹胸」，有時也叫「襴裙」。南宋洪邁《夷堅志》中有個故事說，淳熙十三年（1186 年）元宵節，北城居民相率在一道觀內請道士做水陸道場，「觀者雲集，兩女子丫髻駢立，頗有容色」，做法事的福建籍道長說：「小娘子穩便，裡面看。」兩女拱謝。道長又說：「提起爾襴裙。」女子說：「法師做醮，如何卻說這般話？」逾時而去。

「提起爾襴裙」是甚麼意思呢？明代凌蒙初在《拍案驚奇》中有解釋：「蓋是福建人叫女子抹胸做襴裙，提起了，是要摸她雙乳的意思，乃彼處鄉談討便宜的說話。」原來那個做法事的福建道長為人輕薄，看到漂亮姑娘就想佔便宜。

至於褙子，有時也寫成「背子」，是宋代最時興的上衣款式，直領對襟，下長及腰或過膝。宋朝各個階層的女性，不管是大家閨秀，還是小家碧玉，不管是宮廷妃子，還是秦樓歌妓，都以著褙子為尚。

褙子的來歷，按《朱子語類》上的說法：「女人無背子，只是大衣。命婦只有橫帔、直帔之異爾。背子乃婢妾之服，以其在背後，故謂之『背子』。」褙子似乎原為婢妾的服飾，卻不知何故流行開來。隨後褙子還被宋人列為未嫁女子的禮服，《宋史·輿服志》載：「婦人，（禮服為）大衣長裙；女子在室者及眾妾，皆褙子。」

為了方便理解宋代女性抹胸與褙子的形制，我們還是來看圖片。南京花山宋墓曾出土一批保存完好的宋朝衣物，其中就有女性抹胸與褙子，現收藏於南京博物館。

宋朝女性習慣上身穿一件抹胸，外面再套上一件褙子，褙子雙襟敞開，不扣紐，不繫帶，裡面的內衣也就敞露出來，有點像今天的「內衣外穿」時尚。如果是胸部豐滿的女性，自然會顯露出誘人的「事業線」。沈從文《中國古代服飾研究》收錄有一幅「宋磚刻廚娘圖」，是根據河南偃師酒流溝宋墓雕磚勾勒出來的線圖，中間的那一位廚娘，著裝就是宋代典型的「抹胸＋褙子」，我們可以看到她微微露出來的乳溝。

北宋何充的《輦唐盧媚娘像》（美國弗利爾美術館藏）中的人物服飾，便是典型的宋代服飾。

在炎熱的夏天，女性的褙子甚至會是半透明的薄紗羅，雙肩、背部與小半個胸脯在朦朧的羅衫下隱約可見，更是性感迷人。一首宋代小詞《醜奴兒》所描寫的「絳綃縷薄冰肌瑩，雪膩酥香。笑語檀郎，今夜紗櫥枕簟涼」，應該便是這種肌膚若隱若現的薄紗羅，從「笑語檀郎」一語看，這種薄紗羅大概是閨房中的著裝。不過，由於褙子還是宋人的禮服，一位宋朝女性穿著抹胸，套上一件微微敞開的褙子，是可以出來見客人的。宋朝女性的妝扮風格確實比唐人收斂，但依然是性感動人。

黃蓉作為一名生活在南宋的江南女子，她的服飾必定有「抹胸＋褙子」的款式。可惜那些將《射雕英雄傳》改編成電影、電視劇的人，幾乎都未能注意到這一點，對服裝設計全無考究。

　　相比之下，張紀中版《射雕英雄傳》的服飾算是最接近歷史的，周迅飾演的黃蓉終於穿上了「抹胸＋褙子」。

　　可惜這一相對而言更符合南宋女子形象的服裝造型，當時卻受到一些淺薄網友大噴口水：「打扮得跟個少婦似的，一打開電視劇就是她性感的『小肚兜』，跟郭靖站在一起給我一種潘金蓮、西門慶偷情的錯覺。」坦率地說，這不是電視劇製作方的錯，而是網友自己太無知而已。

◎
服
飾
‧
化
妝

三、小昭怎麼換內褲

　　這也是一道流傳甚廣的「金庸學」不解之題:《倚天屠龍記》中，小昭的雙腳被一條鐵鏈鎖住了，那她怎麼換內褲呢？

　　其實，從技術性的角度來說，「小昭怎麼穿內褲」完全不是甚麼難題。學過拓撲學或者玩過巧環遊戲的朋友，應該很容易破解這一問題。如果你沒有學過拓撲學，也沒有玩過巧環遊戲，那不妨試試如何在不脫掉外衣的情況下脫下帶肩帶的內衣。原理是一樣的。

　　還有非常多的網友自以為是地指出，小昭生活的那個時代（元朝末年），內褲還未發明出來，古人根本沒有內褲穿，女性只穿長裙，裡面甚麼都不穿。也就是說，根本就不存在「小昭怎麼穿內褲」的問題。

也不知道這種以為古人沒有內褲穿的印象到底是從哪裡得來的，總之，以訛傳訛，謬種流佈，許多人都信以為真、深信不疑。我見過有人言之鑿鑿地論證：「《漢書》說：『雖宮人使令皆為窮褲，多其帶。』所謂『窮褲』，便是開襠褲。穿開襠褲的目的是方便大小便，然則不穿內褲，也順理成章。如此情形，至少延續到了唐朝，日本人以唐裝製成和服，似乎女子著和服也不穿內褲。」

其實，這段話錯得離譜。窮褲並不是開襠褲，恰恰相反，是連襠褲，又作「窮絝」，東漢學者服虔注：「窮絝有前後襠，不得交通也。」唐初學者顏師古注：「絝，古袴字也。窮絝，即今之緄襠袴也。」北宋筆記《冷齋夜話》注：「窮袴，漢時語，今襠袴也。」都明確說窮絝是連襠褲。西漢宮女之所以被要求穿上窮絝，是因為攝政的霍光希望皇帝專幸皇后，不要隨便跟宮女亂搞。

將窮褲誤以為是開襠褲也就罷了，還扯甚麼「穿開襠褲的目的是方便大小便」，進而又推導出「不穿內褲也順理成章」，這叫作「半桶水晃蕩」。

實際上，漢代已經出現了貼身穿著的短褲衩，叫作「犢鼻褌」，有時也寫成「裩」。為甚麼叫作「犢鼻褌」呢，有兩種說法。一種說，由於這種短褲的褲管只到膝蓋附近的犢鼻穴，所以叫「犢鼻褌」；另一種說法認為，犢鼻褌並無褲管（請腦補一下日本相撲運動員的著裝），穿起來「形如犢鼻」，才被叫成「犢鼻褌」。不管怎麼說，犢鼻褌為短褲是毫無疑問的。史書說犢鼻褌用「三尺布」製成（三尺則約 70 厘米），漢布的幅寬一般為二尺二寸（約 50 厘米）。想像一下，用

50cm×70cm 的布做出來的褲子，也只能是一條成年人的褲衩。

犢鼻褌這種短褲衩，顯然只能穿在下衣裡面。王國維先生指出：「古之褻衣，亦有襦袴。……然其外必有裳若深衣以覆之，雖有襦袴，不見於外。」（王國維：《胡服考》）犢鼻褌也是褻衣，如果將它作為外褲穿出來，肯定會被看成是很不體面的事。西漢大文學家司馬相如曾「身自著犢鼻褌，與傭保雜作，滌器於市中」（司馬遷：《史記·司馬相如傳》），司馬相如這麼做，那是為了羞辱瞧不起他的丈人卓王孫。

史書也記載了不少東漢魏晉六朝名士身穿犢鼻褌待客、以示特立獨行的故事，如謝靈運的後人謝幾卿，「性通脫，會意便行，不拘朝憲」，「在省署夜著犢鼻褌，與門生登閣道飲酒酣呼，為有司糾奏，坐免官」（姚思廉：《梁書·謝幾卿傳》）。北京故宮博物院與八集堂分別收藏有一幅不同版本的《邊韶畫眠圖》（當為宋摹本），上面畫的東漢名士邊韶，只穿一件短褲衩睡大覺，看樣子也是犢鼻褌。

山東沂南漢墓出土的畫像磚，則有穿著犢鼻褌勞作的農夫。在元人趙孟頫畫的《浴馬圖》上，河中洗馬的馬倌也穿了類似犢鼻褌的內褲；左邊樹蔭下，還有一人正準備脫掉長褲，露出半截褲衩來。

也就是說，在漢晉至南朝時期，除了農夫、勞工，以及個別標新立異的名士，有身份的士大夫是不會將犢鼻褌外穿的。

漢晉之後，人們一般將短褲、內褲稱為「褌」、「袴」、「裩」。唐人張垍的《控鶴監秘記》記載有一件事：安樂公主挑了個駙馬，「褫駙馬褌，手其陰」，問上官婉兒：「此何如

崔湜耶?」上官婉兒說:「直似六郎,何止崔湜!」崔湜是上官婉兒的男寵,六郎是武則天的男寵。唐朝宮闈中的開放風氣,簡直讓我們目瞪口呆。

不過到此為止,我們看到的史料記載中的犢鼻褌,基本上都為男性短褲、內褲。這當然並不是說古時候的女性不穿內褲,而是因為,女性褻衣這種極為羞羞的用品,很難被史官記於筆下。不過,考古的發現可以彌補文獻的缺憾。福州南宋黃昇墓出土了多件女性衣物,包括單衣、背心、單裙、合襠褲、開襠褲、抹胸、衛生帶等。黃昇墓發掘報告稱:「據屍殮情況看,合襠褲是貼身穿的,開襠褲和兩側外開中縫合襠褲則套穿於外。」顯然,宋代女性是穿內褲的。

明清時期的女性內褲,還出現了一個專門的名字,叫作「小衣」、「觸衣」。不要被「衣」字誤導了,小衣、觸衣都不是內衣,而是內褲。明朝人有解釋:「袴:犢鼻,觸衣,小衣」;「袴,一名觸衣,俗呼小衣」;「一名犢鼻者,男之襠,一名觸衣者,女之襠」(《本草綱目》、《正字通》、《本草乘雅半偈》)大概男性內褲叫作犢鼻褲,女性內褲叫作觸衣、小衣。

很多成書於明清時期的色情小說,都提到「小衣」,其中不乏令人羞羞的細節描寫,這裡不好一一引用,我挑一些不大礙觀瞻的例子供諸位欣賞吧。

明代《醒世恆言》第八卷〈喬太守亂點鴛鴦譜〉:「玉郎(男扮女裝)起身攜著燈兒,走到床邊,揭起帳子照看,只見慧娘捲著被兒,睡在裡床。……把燈放在床前一隻小桌兒上,解衣入帳,對慧娘道:『姑娘,我與你一頭睡了,好講話耍子。』慧娘道:『如此最好!』玉郎鑽下被裡,卸了上身衣服,下體

小衣卻穿著,問道:『姑娘,今年青春了?』慧娘道:『一十五歲。』又問:『姑娘許的是哪一家?』慧娘怕羞,不肯回言。」這玉郎因為扮成了女子,下面便著了一件小衣。

明代《歡喜冤家》:「二娘把自己房門開著,脫下衣衫去睡。那裡困得著,心裡癢了又癢。穿件小衣,繫了單裙,悄悄的摸了下來。竟至果樓之下。只聽得丈夫酣呼,歡歡喜喜走至中門,去了門拴,捱身走至凳邊。」可知當時女性的小衣是穿在裙子裡面的。

明末《巫山豔史》:「忽見一個佳人睡在榻上……身穿玉色羅衫,映出雪白肌膚,下繫水紅紗裙,手執鵝毛扇,斜掩腹上,一手做了枕頭,托著香腮,百倍風韻。一雙三寸金蓮,擱在榻靠上,穿著大紅高底鞋兒,十分可愛。卸下一幅裙子,露出紅紗褲兒。」這裡的「紅紗褲兒」其實就是裙子裡面的小衣、內褲。

清代筆記《北東園筆錄》提到山西平陽縣的縣令朱鑠,「性慘刻,所蒞之區,必別造厚枷巨梃。案涉婦女,必引入姦情。杖妓必去其小衣,以杖抵其陰,使腫潰,曰:『看渠如何接客』。」這個朱縣令,大概是一個心理變態之人。

那些自以為古代女子沒有內褲穿的網友,不知道古之「犢鼻褲」,那還情有可原,但你連明清香豔小說也不曾看幾篇麼?看過了明清香豔小說,我們可以非常肯定地說,至遲在明代,女式內褲已經十分普及。南宋黃昇墓的考古發現則顯示,女式內褲至遲在南宋時期就已出現在女性的衣櫥之內。小昭生活在元末,當然會有內褲穿。即使她雙腳戴了鐐銬,根據拓撲學知識,要換內褲也不是特別困難的事情。

四、張無忌會給趙敏怎麼畫眉

《倚天屠龍記》的結尾寫道：

趙敏見張無忌寫完給楊逍的書信，手中毛筆尚未放下，神色間頗是不樂，便道：「無忌哥哥，你曾答允我做三件事，第一件是替我借屠龍刀，第二件是當日在濠州不得與周姊姊成禮，這兩件你已經做了。還有第三件事呢，你可不能言而無信。」張無忌吃了一驚，道：「你⋯⋯你⋯⋯你又有甚麼古靈精怪的事要我做⋯⋯」趙敏嫣然一笑，說道：「我的眉毛太淡，你給我畫一畫。這可不違反武林俠義之道吧？」張無忌提起筆來，笑道：「從今而後，我天天給你畫眉。」

那麼張無忌會怎麼給趙敏畫眉呢？說起來，作為一種化妝術，畫眉在中國的歷史是非常古老的，相傳在戰國時期，貴族女性中就有畫眉之風氣了；漢代時，眉妝更為流行，大美女卓文君的「遠山眉」曾引領時尚潮流：「司馬相如妻文君，眉色如望遠山，時人效畫遠山眉」。（劉歆：《西京雜記》）今天女性朋友的化妝包內少不了一根眉筆，古時女子的閨房也離不開一套畫眉工具。

不過古代女子之所以要畫眉，原因卻不是如趙敏所說，「我的眉毛太淡」，而是為了追求各種漂亮、新奇的眉妝。為方便畫眉，她們往往還將天然的眉毛剃掉，宋人朱翌說：「今婦人多削去眉，畫以墨，蓋古法也，釋名：黛，代也。滅去眉毛以代其處也。」（朱翌：《猗覺寮雜記》）明人田藝蘅也說：「眉有天生而細長者，其有粗大者，則以線繳之，或以刀削之。」（田藝蘅：《留青日札》）今天好像也有很多女性朋友會剃了眉毛，然後畫上或紋上自己喜歡的眉形。

眉毛剃了還會長出來，古時又未發明永久性的褪毛法，想來那時候的女性梳妝盒內，應該備有一把剃眉刀。考古的發現其實可以我們佐證這個猜想：不少出土的古代女性妝奩，如馬王堆漢墓發現的單層五子漆盒中，都有刀具，很可能就是刮眉的用具。

天然的眉毛刮去之後，再用眉筆蘸上顏料畫出心愛的眉形。古時女性圈流行的眉型，可謂千姿百態，有長眉，「魏宮人好畫長眉」，盛行於南北朝；有闊眉，「輕鬢叢梳闊掃眉」，唐朝比較流行，你去看周昉的《簪花仕女圖》，圖中貴族女性畫的便是闊眉妝；有廣眉，「城中好廣眉，四方且半額」，所

《仕女圖》可見到人物的眉妝。

以廣眉又稱「半額」；有細眉，「青黛點眉眉細長」；又有涵煙眉、連頭眉、飛蛾眉、長蛾眉、柳葉眉、桂葉眉，等等。名目太多，足以令人眼花繚亂。

相傳唐明皇曾經令畫工畫《十眉圖》：「一曰鴛鴦眉，又名八字眉；二曰小山眉，又名遠山眉；三曰五嶽眉；四曰三峰眉；五曰垂珠眉；六曰月棱眉，又名卻月眉；七曰分梢眉；八曰逐煙眉；九曰拂雲眉，又名橫煙眉；十曰倒暈眉。」（楊慎：《丹鉛續錄》） 實際上社會流行的眉妝，肯定不止十眉，宋人陶穀《清異錄》記載了一個叫作「瑩姐」的歌妓，眉型一日一變，「畫眉日作一樣」，有人跟她開玩笑說：「西蜀有十眉圖，汝眉癖若是，可作百眉圖。」

女子畫眉，一般都是自己對鏡妝畫，明刻《歷代百美圖》中就收有一幅「吳絳仙畫眉圖」，畫的是隋煬帝寵妃吳絳仙對鏡畫眉的曼妙情景。相傳吳絳仙「善畫長蛾眉」，畫眉之際，隋煬帝總是「倚簾顧之，移時不去」。

也有一些女子會像趙敏那樣，叫情郎幫她畫眉。張無忌

並不是第一個給妻子或未婚妻畫眉的男人，漢代便有「張敞畫眉」的故事。張敞，時為京兆尹，即首都長安市市長，不過張敞這個人不怎麼講究威儀，喜歡給太太畫眉，以致長安城中都在說張京兆畫的眉毛很嫵媚。皇帝聽說後，便叫他去問話，張敞說：「臣聞閨房之內，夫婦之私，有過於畫眉者。」（《漢書·張敞傳》）意思是，像畫眉這等私密的閨中樂事，朝廷就不要過問了。

後來「張敞畫眉」便成了夫妻秀恩愛的代稱。清初有一個叫作張潮的文人，很是仰慕張敞的風格，說道：「大丈夫苟不能干雲直上，吐氣揚眉，便須坐綠窗前，與諸美人共相眉語，當曉妝時，為染螺子黛，亦殊不惡。」（張潮：《十眉謠·小引》）這話張無忌一定同意。——咦，怎麼這些喜歡畫眉的男人都姓張？

張無忌會給趙敏畫上甚麼眉型呢？元朝似乎流行一字眉。但由於古代眉妝實在太豐富多彩了，我們也不好亂說。相比之下，畫眉所使用的常見材料不外幾種。一種是石墨，人稱畫眉石，亦稱黛石，是礦物性材料，因「性不堅，磨之如墨，可以畫眉」（清《順天府志》）。明人陸應陽《廣輿記》載：「石墨出始興（縣）小溪中，長短如墨。人或取以畫眉。」清屈大均《廣東新語》載，肇慶七星岩產白石，「最白者婦女以之傅面，名為乾粉，與惠州畫眉石、始興石墨，皆閨閣所需」。明清時，廣東的韶關始興縣、惠州、肇慶，都盛產畫眉石。

還有一種叫作「螺子黛」，也是礦物性畫眉材料。傳為唐人顏師古所著的《隋遺錄》載：「殿角女爭效為長蛾眉，司宮吏日給黛五斛，號為蛾綠。螺子黛出波斯國，每顆值十金。

後徵賦不足，雜以銅黛給之，獨（吳）絳仙得賜螺子黛不絕。」「螺子黛」是進口貨，非常名貴，一般人用不了，用「銅黛」代替。不過「銅黛」為何物，尚不清楚。

宋代女性則廣泛使用畫眉墨。畫眉墨是人工配製的化妝品，宋人陶穀《清異錄》記載：唐末以來，婦人「不用青黛掃拂，皆以善墨火煨染指，號熏墨變相」。趙彥衛《雲麓漫鈔》也說：「前代婦人以黛畫眉，故見於詩詞，皆云『眉黛遠山』。今人（即宋人）不用黛而用墨。」

這種畫眉墨是一種煙墨，南宋陳元靚在《事林廣記》中記載了煙墨的製作方法：「真麻油一盞，多著燈心搓緊，將油盞置器水中焚之，覆以小器，令煙凝上，隨得掃下。預於三日前，用腦麝別浸少油，傾入煙內調勻，其墨可逾漆。一法旋剪麻油燈花，用尤佳。」有興趣的朋友不妨依著這法子，DIY 一瓶畫眉墨試試。

宋朝的化學愛好者還用植物材料製造石黛，張君房《雲笈七籤‧金丹部》載有「造石黛法」：「蘇方木半斤，細碎之，右以水二斗煮取八升，又石灰二分著中，攪之令稠，煮令汁盡。出訖，藍汁浸之，五日成用。」這造出來的石黛，應該也可用於畫眉。

那麼張無忌會用甚麼給趙敏畫眉呢？小說寫道：「張無忌提起筆來，笑道：『從今而後，我天天給你畫眉。』」似乎準備用寫信的墨筆畫眉。這當然是胡鬧。考慮到宋元時比較流行使用畫眉墨，明清時比較流行使用畫眉石，趙敏郡主的梳妝盒裡，肯定是備有畫眉石或者畫眉墨的。

五、韋小寶哪裡懂得宋人簪花的時尚

　　《鹿鼎記》第三十九回寫道：韋小寶以欽差大臣的身份，巡視揚州，衣錦還鄉。兩江總督麻勒吉、江寧巡撫馬佑以下，布政使、按察使、學政、淮揚道、糧道、河工道、揚州府知府，「早已得訊，迎出數里之外」。揚州芍藥，揚名天下，這一日正是揚州知府吳之榮設宴，為欽差洗塵。吳之榮便在揚州禪智寺芍藥圃搭了一個花棚，請韋小寶賞花。布政司慕天顏摘了一朵碗口大的芍藥花，雙手呈給韋小寶，笑道：「請大人將這朵花插在帽上，卑職有個故事說給大人聽。」

　　慕天顏道：「恭喜大人，這芍藥有個名稱，叫作『金帶圍』，乃是十分罕見的名種。古書上記載得有，見到這『金帶圍』的，日後會做宰相。」韋小寶笑道：「哪有這麼準？」

慕天顏說道：這故事出於北宋年間。那時韓魏公韓琦鎮守揚州，就在這裡智寺前的芍藥圃中，忽有一株芍藥開了四朵大花，花瓣深紅，腰有金線，便是這金帶圍了。韓魏公駕臨觀賞，十分喜歡，見花有四朵，便想再請三位客人，一同賞花。當時揚州有兩名出名人物，一是王珪，一是王安石，都是大有才學見識之人。韓魏公心想，花有四朵，人只三個，未免美中不足，另外請一個人罷，名望卻又配不上。正在躊躇，忽有一人來拜，卻是陳昇之，那也是一位大名士。韓魏公大喜，次日在這芍藥圃前大宴，將四朵金帶圍摘了下來，每人頭上簪了一朵。這故事叫作《四相簪花宴》，這四人後來都做了宰相。

韋小寶聽得心花怒放。只是此人不學無術，不知心裡會不會很奇怪：怎麼大男人頭上也簪一朵花，像麗春院的姑娘似的。其實，簪花在宋代是一種全民風尚。這一時尚不知起於何時，我們只確知到了宋朝便風行天下，無論男女老少，都喜歡在頭上插一朵鮮花（或人工花），以此為美。清代學者趙翼在《陔餘叢考·簪花》上說：「今俗唯婦女簪花，古人則無有不簪花者。」這裡的「古人」，主要便是宋人。

宋朝皇帝愛簪花。北宋元豐年間，神宗遊覽皇家林苑「金明池」，「是日洛陽適進姚黃一朵，花面盈尺有二寸，遂卻宮花不御，乃獨簪姚黃以歸」（蔡絛：《鐵圍山叢談》）。姚黃，是宋朝的牡丹名品。南宋淳熙十三年（1186年）正月元日，宮廷「再舉慶典⋯⋯御宴極歡。自皇帝以至群臣、禁衛、吏卒，往來皆簪花」（周密：《武林舊事》）。

士大夫亦愛簪花，《鹿鼎記》所述「四相簪花」，確實見之宋人筆記。蔡絛《鐵圍山叢談》載：「維揚芍藥甲天下，其

間一花若紫袍而中有黃緣者，名『金腰帶』。金腰帶不偶得之。維揚傳一開則為世瑞，且簪是花者，位必至宰相，蓋數數驗。昔韓魏公異之，乃宴平生所期望者三人，與共賞焉，時王丞相禹玉為監郡，王丞相介甫同一人俱在幕下，乃將宴，而一客以病方謝不敏。及旦日，呂司空晦叔為過客來，魏公尤喜，因留呂司空。合四人者，咸簪金腰帶。其後，四人果皆輔相（宰相）矣，或謂過客乃陳丞相秀公，然吾舊聞此，又得是說於呂司空，疑非陳丞相也。」後世不少畫家都以此為題材，畫過《四相簪花圖》、《金帶圍圖》。

宋朝皇家宴請大臣的御宴，少不了有一道賜花、簪花的禮儀：「具遇聖節、朝會宴，賜群臣通草花；遇恭謝親饗，賜羅帛花。」南宋後期的御宴賜花規格是這樣的：「其臣僚花朵，各依官序賜之：宰臣樞密使合賜大花十八朵、欒枝花十朵；樞密使同簽書樞密使院事，賜大花十四朵、欒枝花八朵；敷文閣學士賜大花十二朵、欒枝花六朵」（吳自牧：《夢粱錄》）解釋一下，所謂「通草花」，是用通草（通脫木）製作的人工花；「羅帛花」是用羅帛製作的人工花；「欒枝花」是用雜色羅製成的人工花。這類人工花，宋人一般稱作「像生花」。

簪花並非上流社會的專美，坊間升斗小民、引車賣漿者流，也有簪花的習慣，如洛陽「春時，城中無貴賤皆插花，雖負擔者亦然」（歐陽修：《洛陽牡丹記》）；揚州人家「與西洛不異，無貴賤，皆喜戴花，故開明橋之間，方春之月，拂旦有花市焉」（王觀：《揚州芍藥譜》）；杭州六月，茉莉花初出，「其價甚穹（高），婦人簇戴，多至七插，所直數十券，不過供一餉之娛耳」（周密：《武林舊事》），可謂愛美之極。

簪花，自然是為了追求美、趕時髦。范成大有一首《夔州竹枝歌》寫道：「白頭老嫗簪紅花，黑頭女娘三髻丫。背上兒眠上山去，採桑已閒當採茶。」老少都愛美，「白頭老嫗簪紅花」是老來俏，「黑頭女娘三髻丫」是青春美。金庸《射雕英雄傳》也寫到黃蓉的簪花扮相：「只見紙上畫著一個簪花少女，坐在布機上織絹，面目宛然便是黃蓉。」黃蓉是生活在南宋的大家閨秀，當然要簪花。

但按宋朝流行的簪花時尚，不獨女子愛簪花，男子也可以簪花。北京故宮博物院收藏有一幅宋畫《田畯醉歸圖》，圖中一名喝得醉醺醺的老農，頭上便別著一朵牡丹花。《水滸傳》中的梁山泊好漢，也有好幾位簪花：「小霸王」周通，「鬢旁邊插一枝羅帛像生花」；「短命二郎」阮小五，「斜戴著一頂破頭巾，鬢邊插朵石榴花」；「病關索」楊雄，「鬢邊愛插翠芙蓉」；浪子燕青，「鬢邊長插四季花」；「一枝花」蔡慶，「生來愛戴一枝花」，他的綽號便來自簪花的喜好。如此說來，郭靖郭大俠要是也在鬢邊簪一朵鮮花，也是毫不奇怪的事情。

由於社會流行簪花時尚，宋朝可以說是歷史上鮮花消費最為發達、鮮花市場最為繁華的時期。北宋汴梁的春天，「是月季春，萬花爛漫，牡丹芍藥，棠棣香木，種種上市，賣花者以馬頭竹籃鋪開，歌叫之聲，清奇可聽」（孟元老：《東京夢華錄》）。南宋的杭州，「四時有撲戴朵花，春撲戴朵桃花、四香、瑞香、木香等花。夏撲金燈花、茉莉、葵花、榴花、梔子花。秋則撲茉莉、蘭花、木樨、秋茶花。冬則撲木春花、梅花、瑞香、蘭花、水仙花、臘梅花。更有『羅帛脫蠟像生』、四時小枝花朵，沿街市吟叫撲賣」（吳自牧：《夢粱錄》）。

三月暮春，正是鮮花盛開時節，杭州的鮮花生意更是熱鬧：「春光將暮，百花盡開，如牡丹、芍藥、棣棠、木香、酴醾、薔薇、金紗、玉繡球、小牡丹、海棠、錦李、徘徊、月季、粉團、杜鵑、寶相、千葉桃、緋桃、香梅、紫笑、長春、紫荊、金雀兒、笑靨、香蘭、水仙、映山紅等花，種種奇絕。賣花者以馬頭竹籃盛之，歌叫於市，買者紛然。」（吳自牧：《夢粱錄》）

不過，鮮花有時令性，也不易保存，儘管市場供應強勁，還是滿足不了宋人簪花的需求，因此，市場上出現了許多代替鮮花的人工花。前面提到的「羅帛脫蠟像生」就是人工花。吳自牧在《夢粱錄》裡說，杭州「官巷花作，所聚奇異飛鸞走鳳，七寶珠翠，首飾花朵，冠梳及錦繡羅帛，銷金衣裙，描畫領抹，極其工巧，前所罕有者悉皆有之」。這些首飾店製作的「花朵」，都是「像生花」。

但宋朝之後，不知何故，簪花的風尚卻逐漸衰落不振，只是在皇室賜宴與進士及第時，尚保留有簪花的禮儀。明成祖時，朝廷舉行迎春慶典，按慣例，應該由國子監的太學生為皇帝朱棣簪花，但「眾皆畏縮」，太學生的士氣彷彿也隨簪花風尚之衰落而不振。清朝時，殿試傳臚之日，狀元、榜眼、探花三人照例要「出東長安門遊街，順天府丞例設宴於東長安門外，簪以金花，蓋猶沿古制也」（趙翼：《陔餘叢考》）。「簪花」一詞也成了「科舉中式」的代稱，李鴻章《二十自述》一詩寫道：「久愧蓬萊仙島客，簪花多在少年頭。」這裡的簪花，當然不是指宋人的那種社會時尚，而是借指科舉及第。

北宋「四相簪花」的故事也流傳了下來，不過是這個故

事迎合了官場中人升官發財的夢想而已，因此才被慕天顏之流拿過來奉承韋小寶。至於宋人簪花背後的審美時尚與蓬勃生氣，在韋小寶那個時代，早已湮滅不再了。

六、江湖兒女不纏足

金庸小說的讀者，有時候會很認真地討論一些很「無厘頭」的問題，比如網上有人問道：「金庸小說裡的女俠們纏足嗎？」有人回答說：「纏了足站都站不穩，還怎麼打架？」但又有人從歷史的角度反駁：「古代女子不是都纏足嗎？怎麼金書裡還有這麼多武功高強的女子？」還強調一句：「金庸既然以真實的歷史為背景，就應該要尊重歷史。」還有人感歎：「老金把歷史扭曲得太厲害了。」

以上文字都是來自網絡討論，諸位一搜便知，並不是我的杜撰。這些討論，既反映了網友對女性纏足的好奇，也顯示了他們對於纏足史確實缺乏了解。

相信許多人都會認為，纏足始於宋代，並被宋朝理學家推

波助瀾，從纏足風俗可以想見宋朝婦女深受禮教壓迫，云云。

　　但實際上，纏足並非始於宋代。五代南唐的宮廷內，已經有纏足的女性，據元代陶宗儀《南村輟耕錄》，「（南唐）李後主宮嬪窅娘，纖麗善舞。後主作金蓮，高六尺，飾以寶物、細帶、纓絡，蓮中作品色瑞蓮。令窅娘以帛繞腳，令纖小，屈上作新月狀，素襪舞雲中，迴旋，有凌雲之態。……由是人皆效之，以纖弓為妙」。所以也有網友將那個「窅娘」說成是「女子纏足陋習的開山鼻祖」、「史上第一個纏足的女子」。

　　但這個說法也不對。因為唐朝時已出現了纏足的風氣，有詩為證：溫庭筠《錦鞋賦》：「耀粲織女之束足」；杜牧詩：「鈿尺裁量減四分，纖纖玉筍裹輕雲」。描述的都是女性纖纖小足。

　　不過，從唐至宋，纏足只是流行於上層貴婦和妓女群體的風尚，社會絕大多數的女性是不纏足的，比如我們從北宋王居正《紡車圖》看到的勞動婦女，顯然就沒有纏足。元人陶宗儀也說，纏足，「（北宋）熙寧、元豐以前猶為者少；近年則人人相效，以不為者為恥也」（陶宗儀：《南村輟耕錄》）。南宋、元朝以降，纏足之風才逐漸興盛起來。

　　纏足的興起，也跟宋代理學家毫無關係。我們在宋朝的理學著作中找不出任何支持女子纏足的言論。恰恰相反，我們可以看到一部分理學家是明確反對纏足的。元代筆記《湛淵靜語》說：「宋程伊川家婦女俱不裹足，不貫耳。後唐劉后不及履，跣而出。是可知宋與五代貴族婦女之不盡纏足也。」程伊川即北宋大理學家程頤。程氏家族直至元

代，都堅持不纏足。

南宋的若水在他的《腳氣集》中也說：「婦人纏足不知始於何時，小兒未四五歲，無罪無辜，而使之受無限之痛苦。纏得小來，不知何用？」這應該是中國歷史上最早的對纏足陋習的控訴。提出控訴的若水，可是南宋大理學家朱熹的再傳弟子。

大體來說，宋代的纏足風氣，只是出於上層社會病態審美的產物，跟西歐的束腰、今日的隆胸時尚差不多。而且，這個時候的纏足，只是將女性足部纏得纖直一些，叫作「快上馬」，並不是明清時代那種變態的「三寸金蓮」。

到元代時，纏足開始出現性別壓迫的意味，如元人伊世珍的《琅環記》稱：「吾聞聖人立女而使之不輕舉也，是以裹其足，故所居不過閨閣之內，欲出則有幃車之載，是以無事於足也。」

明清時期又形成非常變態的「三寸金蓮」審美，清代好幾個放浪的文人都著文大談「三寸金蓮」之美，如方絢著《香蓮品藻》，袁枚著《纏足談》，李漁在《笠翁偶集》上說，女子的小腳，「瘦欲無形，越看越生憐惜，此用之在日者也；柔若無骨，愈親愈耐撫摸，此用之在夜者也」。

其實康熙三年，清廷曾經下詔禁止女性纏足：「元年以後所生之女，禁止裹足。若有違法裹足者，其父有官者，交吏兵二部議處。兵民交付刑部，責四十板，流徙；其家長不行稽察，枷一個月，責四十板。」（徐珂：《清稗類鈔》）然而，由於民間畸形的審美觀念、女性倫理觀念已經僵化、固化，加之一部分漢族士大夫將女性纏足當成反抗滿洲習俗的漢俗標

志,「謂大足為旗裝,小足為漢裝」,暗中抵制禁令。因此,到了康熙七年,纏足禁令便解除了。流風所及,一些滿族女子也裹起了小腳。

到了清末,在山西大同,每年農曆六月初六還會舉行所謂的「晾腳會」:「是日,婦女盛裝坐於門首,伸足於前,任人評議。足小者每得上譽,觀客魚貫前進,不得回顧也。」(姚靈犀:《採菲錄》)

但,儘管清代纏足之風最盛,還是有很多地方的很多女性並不裹腳。據清末民初徐珂的《清稗類鈔》,四川雅州一帶,「民尚美麗,建南一帶,民尚儉樸。南方女子,天足為多,其富厚之家,則多纏足」;江蘇的鄉村,「婦女皆天足,從事田畝,雜男子力作,樵漁鹽牧,拏舟擔物,凡男子所有事,皆優為之」;廣東大埔一邑,婦女「向不纏足,身體碩健,而運動自由,且無施脂粉及插花朵者。而又日出而作,日入而息,自奉儉約,絕無怠惰驕奢之性,於勤儉二字,當之無愧」。

徐珂還寫過《天足考略》一文,據他考證,江西的龍南、定南、虔南三縣,「巾幗尚武,誠特色哉」;吉安、贛、雩都、信豐等地,「富貴家婦女亦力田」,「故贛省多天足」;福建各縣也是「多天足,有首戴金翠而跣足行市者」;湖北襄陽,「農家皆天足,多從其夫耕田」。

邱煒萲《菽園贅談》也説:「蜀江古號佳麗地,故多瑰姿殊色。獨至裙下雙鈎,恆不措意,居恆輒跣其足,無膝衣,無行纏,行廣市中。」劉鑾《五石瓠》亦載:「四川婦人多殊色,稼妝而跣其脛,無膝衣,無行纏,無跣,如霜素足,曾見於大市中,不以為異。」

可見在傳統社會，不纏足的女性並不少見。一般來說，官宦、富貴之家的小姐、夫人、姨太太，通常會纏足；而鄉村女性、勞動婦女，則多無裹腳的習慣。習武的江湖兒女，更是不可能纏足了。因此，金庸武俠世界中出現那麼多不裹小腳的俠女，又有甚麼好奇怪？如江西一帶，「巾幗尚武」，甚至「有與械鬥之役者」（姚靈犀：《採菲錄》），當然不纏足。

其實，金庸的小說也提到「小腳」，見《天龍八部》第二十八回：「游坦之一見到她（阿紫）一雙雪白晶瑩的小腳，當真是如玉之潤，如緞之柔，一顆心登時猛烈地跳了起來，雙眼牢牢地盯住她一對腳，見到腳上背的肉色便如透明一般，隱隱映出幾條青筋，真想伸手去撫摸幾下。」隨後，游坦之終於按捺不住，「猶如一頭豹子般向阿紫迅捷異常地撲了過去，抱著她的小腿，低頭便去吻她雙足腳背」。

阿紫乃是習武之人，不可能裹小腳，只是腳丫子天生纖細而已。倒是游坦之看到小腳就忍不住撲過去狂舔的愛好，正好體現了明清臭文人那種變態的「戀足癖」。

美食・飲品

一、段譽飲的是甚麼茶

　　金庸武俠小說描寫喝酒的地方甚多，對飲茶的描寫則較少見。不過，《天龍八部》第十一章倒是有一個關於飲茶的細節。小說這麼寫道：「到得廳上，阿碧請各人就座，便有男僕奉上清茶糕點。段譽端起茶碗，撲鼻一陣清香，揭開蓋碗，只見淡綠茶水中漂浮著一粒粒深碧的茶葉，便像一顆顆小珠，生滿纖細絨毛。段譽從未見過，喝了一口，只覺滿嘴清香，舌底生津。這珠狀茶葉是太湖附近山峰的特產，後世稱為『碧螺春』，北宋之時還未有這雅致名稱，本地人叫作『嚇煞人香』，以極言其香。」

　　可惜金庸先生這段對宋茶的介紹卻是錯誤的。北宋時豈但未有「碧螺春」之名，而且烹茶的習慣也跟後世完全不同。

流行於宋代的烹茶方法到底是怎麼樣的呢？或者說，段譽在燕子塢可以飲到甚麼樣的茶呢？在回答這個問題之前，我們不妨先來回顧一下歷史上幾次烹茶方法的嬗變。

茶在中國歷史出現的時間很早，西漢時，巴蜀人與江南人便有飲茶的習慣。但那時候人們對於烹茶極不講究，煮茶跟煮菜湯差不多。

唐朝時才形成了比較精細的「煎茶法」：茶葉採摘下來之後，通過若幹道工序，製成茶餅；烹茶時再研成細米狀，投入茶釜中煎煮；再加入姜、蔥、茱萸、薄荷、鹽等佐料；最後將茶湯舀入碗裡飲用。

我們今天習慣的烹茶方法叫作「泡茶法」。除了少數茶品如普洱茶之外，多數茶葉都不會製成茶餅，而是炒青後包裝儲存，這叫作「散茶」。烹茶時，將茶葉放入茶壺內，用開水沖泡即可。這一泡茶法形成於元明時期，延續至今。《天龍八部》第十一章所描寫的便是泡茶法，但宋人飲茶，並不用泡茶法，而用「點茶法」。

「點茶法」大約出現在晚唐，盛行於兩宋。宋人點茶所用的茶葉，一般都是「團茶」或「末茶」。甚麼叫作「團茶」呢？即茶葉採摘下來之後，不是直接焙乾待用，而是經過洗滌、蒸芽、壓片去膏、研末、拍茶、烘焙等一系列複雜的工序，拍成茶餅，這就是「團茶」；在製茶過程中，茶葉蒸而不研，則是「散茶」；研而不拍，則是「末茶」。

「團茶」製成之後，要用專門的茶焙籠存放起來。烹茶之時，從茶焙籠取出茶餅，用茶槌搗成小塊，再用茶磨或茶碾研成粉末，還要用羅合篩過，以確保茶末都是均勻的粉末狀。茶

末研好之後，便可以沖茶了。先用茶釜將淨水燒開；隨後馬上調茶膏，每隻茶盞舀一勺子茶末放入，注入少量開水，將其調成膏狀。然後，一邊沖入開水，一邊用茶筅擊拂，使水與茶末交融，並泛起茶沫。擊拂數次，一盞清香四溢的宋式熱茶就出爐了。這個烹茶的過程，宋人稱之為「點茶」。

點茶的過程極其繁複，需要一套複雜的茶具，包括儲放茶團的茶焙籠，用於搗碎茶團的茶槌，用於將茶葉研磨成茶末的小石磨或者茶碾，篩茶的羅合，清掃茶末的茶帚，煮水的湯瓶，盛茶的茶盞，調沸茶湯的茶筅。點茶是不需要茶壺的，因此，假如你在文物市場上看到有人兜售所謂的「宋朝茶壺」，看都不用看，那一定是贗品。

如果是不怎麼講究的人家，也可以不用準備這麼多的烹茶器具，因為宋朝市場上有大量「末茶」出售，可以直接用於調膏、沖點，就如今天的速溶咖啡。但文人雅士很享受研茶的過程，追求的就是全套烹茶流程所代表的品質與格調，因而家中茶槌、茶磨、茶碾之類的茶具是少不了的，正如今天那些追求生活情調的城市小資，喝咖啡一般不會喝速溶的，而是在家裡準備了一整套器皿，從磨咖啡豆的研磨器，到煮咖啡的小爐。像姑蘇慕容這樣的世家，烹茶是不可能不搬出一整套茶具，將點茶的全部程序走一遍的。

當然，宋代也有「散茶」，主要流行於兩浙一帶，如姑蘇出產的「洞庭碧螺春」，就是散茶。許多朋友也許會覺得奇怪：洞庭湖不是在湖南嗎？怎麼江蘇的茶葉卻叫「洞庭碧螺春」呢？其實，此「洞庭」非彼「洞庭」，乃是指太湖中的洞庭山。唐宋時，洞庭山「出美茶，歲為入貢」（樂史：《太平寰宇

記》），洞庭茶葉是貢品。「碧螺春」的得名，也不是許多人以為的此茶「翠碧誘人，捲曲成螺，產於春季，故名碧螺春」，而是因為洞庭山出產的茶葉，以產自「碧螺峰者尤佳」，因此才命名為「碧螺春」（陸廷燦：《續茶經》）。

不過，宋朝時候尚沒有「碧螺春」之名。至於當時姑蘇民間是不是將太湖洞庭山名茶叫作「嚇煞人香」，尚待考證。不過，宋時洞庭山茶最馳名者，是「水月茶」。「水月茶」的名字得自太湖洞庭山的寺院「水月寺」，因水月寺「山僧尤善製茗，謂之水月茶，以院為名也，頗為吳人所貴」（朱長文：《吳郡圖經續記》）。現在我們一般將「水月茶」視為「碧螺春」的前身。

除了「水月茶」，宋代比較著名的散茶還有浙江會稽出產的日鑄茶、江西洪州出產的雙井茶。歐陽修說：「草茶盛於兩浙，兩浙之品，日鑄第一。」（歐陽修：《歸田錄》）宋人說的「草茶」，即是散茶。歐陽修也寫詩盛讚雙井茶：「白毛囊以紅碧紗，十斤茶養一両芽。長安富貴五侯家，一啜猶須三日誇。」（歐陽修：《雙井茶》）

不管是雙井茶、日鑄茶，還是水月茶，儘管都為散茶，但烹茶時，都不是拿茶葉直接沖泡，而是先將茶葉研成茶末，調成茶膏，再入盞沖點。有蘇轍一首詠日鑄茶的詩為證：「君家日鑄山前住，冬後茶芽麥粒粗。磨轉春雷飛白雪，甌傾錫水散凝酥。」（蘇轍：《宋城宰韓秉文惠日鑄茶》）「麥粒粗」是山鑄茶之狀，說明日鑄茶乃是散茶，「磨轉」則表明烹茶之時需要用茶磨將茶葉研磨成茶末。

宋人李彌大也寫過一首詠水月茶的詩《水月寺酌無礙

泉》:「甌研水月先春焙,鼎煮雲林無礙泉。」從詩句中我們也可以看出,烹製水月茶之前,也要用茶碾(甌)研碎。換言之,宋人飲用散茶,也是保持著「點茶」的烹茶法。按宋人流行的點茶法,段譽如果在姑蘇喝水月茶,是不大可能看到「淡綠茶水中漂浮著一粒粒深碧的茶葉」的。

金庸也許對宋人的點茶法不熟悉,所以才張冠李戴,誤將元明之後興起的泡茶法植入北宋人的飲茶習慣中。這也難怪,因為點茶法非常繁複,元明時期便被簡易的泡茶法取代了,以致後人多不了解宋人獨特的烹茶方法,甚至有一位生活在明末清初的學者,居然也不知道宋人點茶的工具茶筅為何物。

不過,宋代點茶技藝傳入了日本,並流傳了下來,演變成現在我們還能看到的日本抹茶。日本《類聚名物考》便承認,「茶道之起,由宋傳入」。在日本茶道中,我們還可以看到改良過的茶筅。

二、喬峰喝的是甚麼酒

　　金庸筆下有兩大貪杯好飲的大俠，一是《笑傲江湖》中的令狐沖，一是《天龍八部》中的喬峰。從酒量看，令狐沖恐怕遠不如喬峰，令狐沖經常喝醉，喬峰卻從未醉過，且越喝越勇。《天龍八部》寫他與段譽在松鶴樓拚酒：「他二人這一賭酒，登時驚動了松鶴樓樓上樓下的酒客，連灶下的廚子、伙夫，也都上樓來圍在他二人桌旁觀看。那大漢（即喬峰）道：『酒保，再打二十斤酒來。』那酒保伸了伸舌頭，這時但求看熱鬧，更不勸阻，便去抱了一大罈酒來。段譽和那大漢你一碗，我一碗，喝了個旗鼓相當，只一頓飯時分，兩人都已喝了三十來碗。」最後二人各飲了四十碗酒，喬峰仍未見絲毫醉意，段譽則要靠著六脈神劍之功，將飲下去的酒逼出來，才

沒有醉倒。

劇飲四十碗酒而不醉，確實是海量。但是，那也得看是甚麼酒。

漢代有一個叫作于定國的人，酒量非常驚人，「食酒至數石不亂」，飲下數石酒而不醉。漢代的一石，如果以容積計算，相當於宋代二斗七升；如果以重量計算，相當於宋代的三十二斤。北宋的科學家沈括認為，「于定國飲酒數石不亂」的記載非常可疑，因為「人之腹中，亦何容置二斗七升水邪」（沈括：《夢溪筆談》）。一個人的肚子，怎麼可能裝得下二斗七升水或三十二斤水？其實，沈括忽略了一個變量：人可以一邊飲酒，一邊排泄。宋代的三十二斤，不外是現在三十瓶啤酒的容量。只要允許上廁所，我年輕時也可以喝下三十瓶啤酒而不醉。不吹牛。

現在的問題是，漢代的酒，酒精度是不是如同今天的啤酒一樣淡薄？是的。這個問題沈括也考證過。他說：「漢人有飲酒一石不亂，予以製酒法較之，每粗米二斛，釀成酒六斛六斗，今酒之至醲者，每秫一斛，不過成酒一斛五斗，若如漢法，則粗有酒氣而已，能飲者飲多不亂，宜無足怪。」（沈括：《夢溪筆談》）按漢代的釀酒法，釀造出來的酒，不過是略有酒氣而已，多飲不醉是沒甚麼好驚奇的。

沿著沈括的思路，我們也會發現，如果是低度的酒，像喬峰那樣猛喝個三四十碗，也沒甚麼稀奇。只要是酒量不錯的人，都可以做到。

那麼喬峰在松鶴樓喝的是不是低度酒呢？按小說的交代，喬峰叫道：「酒保，取兩隻大碗來，打十斤高粱。」顯然

喬峰與段譽喝的是高粱酒，而且「這滿滿的兩大碗酒一斟，段譽頓感酒氣刺鼻，有些不大好受」，看來還是高度酒。然而，從歷史來看，北宋的酒樓是不是已經出現了高度酒，還是一個疑問。

略有釀酒知識的人應該知道，不管是用穀物，還是用水果釀酒，如果只經自然發酵，是釀不出高度酒的，高度酒必須經過蒸餾提純而成。一般認為，中國的蒸餾酒始於元代，這一說法來自明人李時珍的記載：「燒酒非古法也，自元時始創，其法用濃酒和糟入甑，蒸令氣上，用器承取滴露，凡酸敗之酒皆可蒸燒。近時惟以糯米或黍或秫或大麥蒸熟，和麴釀甕中十日，以甑蒸好，其清如水，味極濃烈，蓋酒露也。」（李時珍：《本草綱目》）這裡的「燒酒」，即指蒸餾酒。如果蒸餾酒最早產生於元代，那生活在北宋的喬峰與段譽，當然不可能喝到高度白酒。

不過，白酒始自元代之說，現在已受到挑戰。一些學者根據文獻記載，將高度白酒的歷史推前至宋代，因為北宋高僧贊寧的《物類相感志》有載，「酒中火焰，以青布拂之自滅」。而能夠燃燒的酒，必是高度酒無疑。另一位北宋人田錫的《曲本草》也記述說，「暹羅酒以燒酒復燒二次……能飲之人，三四杯即醉，價值比常數十倍」。從「復燒二次」、「三四杯即醉」的細節看，應該是蒸餾酒。

再從釀酒技術來看，宋人無疑掌握了蒸餾術，因為宋人已經成熟地運用蒸餾器與蒸餾術製造香水，宋人張世南《遊宦紀聞》載：「錫為小甑，實花一重，香骨一重，常使花多於香，竅甑之旁，以泄汗液，以器貯之，畢，則徹甑去花，以液漬

香。」這就是蒸餾法提取香水。蒸餾酒的工藝並不比蒸餾香水更複雜。

還有出土文物為證：20 世紀 70 年代，考古人員曾從河北承德地區發現一件金代燒酒鍋，實際上就是一個蒸餾器。2006 年，吉林大安也發現一處遼金時代的燒酒鍋灶，經復原實驗，這一「鍋灶適合釀酒蒸餾，且有出酒快、效率高的特點」，「故可認為，遼金時期已經有商業生產的穀物蒸餾酒」。（馮恩學：《中國燒酒起源新探》）敦煌榆林窟第三窟東壁有兩幅西夏時期的《釀酒圖》，兩圖內容大同小異，都是畫了兩名女子在灶台前蒸製甚麼食品。值得注意的是，圖中灶台上那個疊壓成四層的蒸器，以及地上放著的酒壺、高足碗、木桶、貯酒槽等器物。著《中國科技史》的英國李約瑟博士最早提出，此圖出現的蒸器很可能便是蒸餾器。國內一些研究者也相信，《釀酒圖》畫的是西夏人蒸製燒酒的生產場景。如果這些論斷屬實，那麼西夏駙馬虛竹先生肯定是可以喝到高度烈酒的。

不過，現有的文獻記載以及出土的文物，只能證明北宋時可能已出現了高度的蒸餾酒，並不表示宋朝市場上有商品化的蒸餾白酒銷售。研究者相信，「北宋早期（遼中期）已經有僧道製作的蒸餾酒（可能是用發酵酒蒸餾所得），秘不示人，沒有形成商業性的生產，還沒有擺脫萌芽階段，可能與南方炎熱，認為高度酒『大熱有大毒』的認識有關。遼金地處北方，契丹春捺缽，冬季寒冷的氣候使北方人有飲用燒酒驅寒的需求，促使蒸餾酒進行商業生產，產生了以發酵穀物為原料的固體蒸餾酒方法」（馮恩學：《中國燒酒起源新探》）。

敦煌第三窟《千手經變》中的局部（釀酒圖）。

綜合學者的研究成果，我們認為，宋代有蒸餾酒問世，但尚未流行，酒樓所售、顧客所飲之酒，通常都是低度的米酒、果子酒。在沈括生活的時代，亦即喬峰與段譽生活的時代，一斛糧可成酒一斛五斗，這樣釀造出來的酒當然是未經蒸餾提純的低度酒。

宋代是一個鼓勵飲酒的時代，因為酒稅構成了宋朝政府財政收入的重要部分，市場上商品酒的消費量越大，政府的收入也就越多。因此，在宋政府鼓勵下，從城市至農村，遍佈酒店、酒坊、酒場，你看北宋名畫張擇端的《清明上河圖》，圖中出現最多的建築物之一，就是酒店、酒肆。

南宋時，每年中秋節前後，杭州各大酒庫（釀酒廠）新酒上市，必大做廣告，請歌妓代言。這一盛況，被南宋人楊炎正寫入《錢塘迎酒歌》：「錢塘妓女顏如玉，一一紅裝新結束。

問渠結束意所為？八月皇都新酒熟。瑪瑙甕列浮清香，十三庫中誰最強。臨安大尹索酒嘗，舊有故事須迎將。翠翹金鳳烏雲髻，雕鞍玉勒三千騎。金鞭爭道萬人看，香塵冉冉沙河市。琉璃杯深琥珀濃，新翻曲調聲摩空。使君一笑賜金帛，今年酒賽珍珠紅。畫樓兀突臨官道，處處繡旗誇酒好。五陵年少事豪華，一斗十千誰復校。黃金壚下漫徜徉，何曾見此大堤娼。惜無顏公三十萬，枉醉金釵十二行。」從詩中「今年酒賽珍珠紅」的句子，不難看出杭州各酒庫釀造的酒品，都是低度的黃酒，而不是蒸餾過的高度白酒。

由於政府的鼓勵，宋人飲酒之風極盛，按孟元老《東京夢華錄》的記載，「中秋節前，（開封）諸店皆賣新酒，重新結絡門面彩樓，花頭畫竿，醉仙錦旆，市人爭飲。至午未間，家家無酒，拽下望子」。新酒一上市，很快就銷售一空。飲者之中，不乏老人與婦女，這也從側面說明當時流行的酒是低度酒。喬峰與段譽拚酒的松鶴樓，位於江南無錫，江南人更是習慣喝溫軟的黃酒。

喬峰雖然海量，以牛飲聞名，但如果喝的是低度的黃酒，那我們也可以做到「大碗喝酒」。喬峰的酒量，也未必高於令狐沖，因為據考證，《笑傲江湖》的歷史背景為明代，其時白酒已流行，喝白酒當然更容易醉。

三、黃蓉的廚藝在宋朝很厲害嗎

我們都知道，《射雕英雄傳》中的洪七公是一個超級大吃貨，他自己說：「我只要見到或是聞到奇珍異味，右手的食指就會跳個不住。有一次為了貪吃，誤了一件大事，我一發狠，一刀將指頭給砍了⋯⋯指頭是砍了，饞嘴的性兒卻砍不了。」在美食鑒賞方面，洪七公也是天賦異稟，黃蓉給他做了一道叫作「玉笛誰家聽落梅」的肉條，他略一品嘗，就能用舌頭的味蕾分辨出肉條使用了牛肉、豬耳朵、羊羔坐臀、牛腰子、獐子肉、兔肉等食材。

不過，洪七公雖然是吃貨，卻不會做菜。黃蓉才厲害，既是美食家，廚藝更是一流，用幾道菜哄得洪七公將「降龍十八掌」傾囊授予郭靖。有些熟讀金庸小說的網友感到困惑：

黃蓉這麼好的廚藝，到底是跟誰學的？她父親黃老邪固然琴棋書畫、醫卜星相，無所不精，刀工廚藝想來也是一流，但是，「富養女兒教詩書很正常，但教女兒廚藝卻不大可能」。

生出這一困惑的朋友，顯然是不了解宋人風俗。宋朝人家，那可是特別注意培養女兒廚藝的哦。這一風氣應該是從唐朝傳下來的。唐朝時，嶺南一帶的人家，不論貧富，都不習慣教女孩子「女工」，而是悉心培養其庖廚之藝，這些女孩子長大後，做針線活都不怎麼樣，但燒菜的手藝可不一般，所以上門請求婚聘的媒人非常多，將門檻都踏平了。女孩子的父母也很得意，常常向人誇口：「我家姑娘，要說裁袍補襖，那可不會；但是，若論燒菜，烹製水蛇黃鱔，即一條必勝一條。」（房千里：《投荒雜錄》）

南宋時，杭州一帶甚至出現了「重女輕男」的風氣：「中下之戶，不重生男，每生女則愛護如捧璧擎珠，甫長成，則隨其姿質教以藝業。」（廖瑩中：《江行雜錄》）生了兒子，都不怎麼培養；生了女兒，則視為掌上明珠，請老師傳授藝業，其中就包括廚藝。學習廚藝的女孩子，長大後可以被聘為廚娘，即女廚師。

流風所及，黃藥師教給女兒廚藝也並不是甚麼不可理解的事情。金庸在書中也暗示了黃蓉的廚藝得自父親。請翻開《射鵰英雄傳》第十二回，洪七公道：「嘿嘿，你那兩味菜，又是甚麼『玉笛誰家聽落梅』，甚麼『好逑湯』，定是你爹爹給安的名目了。」黃蓉笑道：「你老人家料事如神。你說我爹爹很厲害，是不是？」菜名既然是黃藥師所取，菜式也應該就是他所創。

宋朝人家既然培養出這麼多廚藝高超的女孩子，這些廚娘最終當然會進入飲食界。事實上，宋代的美食界確實流行女廚師，皇宮的御廚有廚娘，富貴人家的私廚有廚娘，市井酒店的大廚也有廚娘。這些宋朝廚娘往往年輕貌美，色藝俱佳，氣質不凡，身價不菲，「非極富家不可用」，絕不是尋常人家所能聘請得起的。她們的廚藝，當然也對得起她們的身價，做出來的菜，必是色香味俱全。（參見廖瑩中：《江行雜錄》）宋朝廚娘的手藝如何個高明法？我們講幾個廚娘的故事你就知道了。

第一個廚娘是一名生活在北宋的尼姑，法號梵正。她可以用瓜、蔬等素食材，運用炸、膾、脯、醃、醬等烹飪手法，根據食材、佐料的色澤，拼成山川流水、亭台樓榭等景物。假如一桌坐 20 人，每位食客面前，各設一景，將一桌菜合起來，就是一幅微縮版的王維《輞川圖》。這樣的廚藝，只能用「歎為觀止」來形容。

第二個廚娘是南宋初的宋五嫂。現在杭州菜中有一道傳統名菜，叫「宋嫂魚羹」，就是宋五嫂傳下來的。這宋五嫂原為開封人氏，在東京城樊樓下賣魚羹，她做的「好鮮魚羹，京中最是有名的」。靖康年間，金兵入侵，開封被佔，宋五嫂隨著其他宋朝軍民遷居杭州，僑寓西湖蘇堤，繼續賣魚羹。一日，「太上（宋高宗）遊湖，泊船蘇堤之下，聞得有東京人語音。遣內官召來，乃一年老婆婆。有老太監認得她是汴京樊樓下住的宋五嫂，善煮魚羹，奏知太上。太上提起舊事，淒然傷感，命製魚羹來獻。太上嘗之，果然鮮美，即賜金錢一百文。此事一時傳遍了臨安府，王孫公子，富家巨室，人人

來買宋五嫂魚羹吃」（馮夢龍：《喻世明言》）。

　　第三個廚娘是南宋孝宗皇帝的御用廚師，叫作「尚食劉娘子」。劉廚娘「聰明敏捷，烹調得好餚饌，物物精潔，一應飲食之類，若經他手調和，便就芳香可口，甚中孝宗之意」（周楫：《西湖二集》）。做出來的菜能讓皇帝百吃不厭，這位「尚食劉娘子」的廚藝肯定非比尋常。

宋畫中的廚娘。

第四個廚娘是宋理宗時某退休太守禮聘的私家廚師，是一位頂級名廚。我們知未其姓名，只知道她年約二十來歲，與黃蓉生活在同一個時代。她做一道「羊頭簽」美食，只用羊頭的「臉肉」；作為配料的蔥，只要嫩心。每做一席菜，酬勞是二三百貫錢。廚藝若是不高超，又如何叫得起這個價？

我們要介紹的最後一名女廚師，是生活在南宋吳中的一位吳姓廚娘。她的身世、事跡俱已不可考，我們今天之所以知道有這麼一位女名廚，是她留下了一本菜譜，叫作《吳氏中饋錄》，裡面記錄了多種宋朝名菜的烹飪手法，有烹飪興趣的朋友不妨將這本菜譜找來，依樣做幾道宋朝名菜，在朋友或家人面前顯擺一次。

洪七公曾對郭靖說：「你媳婦兒煮菜的手藝天下第一。」又說：「他媽的，我年輕時怎麼沒撞見這樣好本事的女人？」看來洪七公還是有點兒孤陋寡聞啊。黃蓉的廚藝確實很不錯，但放在盛產廚娘的宋朝，卻沒甚麼特別，燒得一手好菜的宋朝姑娘多的是。而且，跟上面我們介紹的幾位廚娘相比，黃蓉的手藝恐怕還要略遜一籌。

四、洪七公有福了，可以吃到那麼多的美食

郭靖與黃蓉第一次見面，是在張家口的一家酒店內，黃蓉還是打扮成一個髒兮兮的少年模樣，郭靖請她吃了一頓豐盛的大餐。是甚麼大餐呢？請見黃蓉點的菜單：「別忙吃肉，咱們先吃果子。喂夥計，先來四乾果、四鮮果、兩鹹酸、四蜜餞。」這只是餐前開胃小吃，然後才是正餐：「下酒菜這裡沒有新鮮魚蝦，嗯，就來八個馬馬虎虎的酒菜吧。八個酒菜是花炊鵪子、炒鴨掌、雞舌羹、鹿肚釀江瑤、鴛鴦煎牛筋、菊花兔絲、爆獐腿、薑醋金銀蹄子。我只揀你們這兒做得出的來點，名貴點兒的菜餚嘛，咱們也就免了。」

這些菜品，郭靖不要說吃過，聽都沒有聽過。他請黃蓉吃飯時，轉頭向店小二道：「快切一斤牛肉，半斤羊肝來。」

只道牛肉羊肝便是天下最好的美味，卻不知道草原之外的花花世界，美食的花樣可遠多於「江南七怪」傳授給他的武功招數。張家口不過是一個邊陲小鎮，在宋朝的開封與杭州，那才是真正的美食之都、吃貨之天堂。

北宋開封與南宋杭州，到處都是高端大氣上檔次的豪華飯店，「每店各有廳院，東西廊廡，稱呼坐次」，都以豐盛的菜餚吸引食客，「不許一味有缺」，任顧客挑選：「客坐，則一人執箸紙，遍問坐客。都人侈縱，百端呼索，或熱或冷，或溫或整，或絕冷、精澆、膘澆之類，人人索喚不同。」（吳自牧：《夢粱錄》、孟元老：《東京夢華錄》）你去看《清明上河圖》，畫面最多見的店舖，就是飯店食肆、酒樓茶坊。

市井上都是精美的小吃，麵食就有罨生軟羊麵、桐皮麵、鹽煎麵、雞絲麵、插肉麵、三鮮麵、蝴蝶麵、筍撥肉麵、子料澆蝦燥麵……饅頭類有羊肉饅頭、筍肉饅頭、魚肉饅頭、蟹肉饅頭、糖肉饅頭、裹蒸饅頭、菠菜果子饅頭、雜色煎花饅頭……燒餅類有千層餅、月餅、炙焦金花餅、乳餅、菜餅、胡餅、牡丹餅、芙蓉餅、熟肉餅、菊花餅、梅花餅、糖餅……糕點則有糖糕、花糕、蜜糕、糍糕、蜂糖糕、雪糕、彩糕、栗糕、麥糕、豆糕、小甑糕蒸、重陽糕……今日的五星級大飯店，菜譜上的名目也未必有那麼豐富。

「膾」與「鮓」是宋朝最流行的兩種美食類型。

「膾」即生肉片、生魚片，蘸調料生吃，這一美食傳入東瀛，便成了日本「刺身」。宋人筆記提到的「膾」有近三十種，如紅絲水晶膾、滴酥水晶膾、肚胘膾、鵪子水晶膾、細抹羊生膾、蹄膾、鮮蝦蹄子膾、魚鰾二色膾、海鮮膾、鱸魚膾、

《清明上河圖》中的小型酒家。

鯉魚膾、鯽魚膾、沙魚膾、蜉魚膾、蝦棖膾、水母膾、蛤蜊
生、蟹生、肉生、蚶子膾、淡菜（海蜌）膾、香螺膾、群鮮
膾、生膾十色事件、五珍膾、三珍膾、七寶膾，等等。

　　開封市民春天最喜歡到皇家林苑「金明池」釣魚，釣到魚
即「臨水斫膾，以薦芳樽，乃一時佳味也」（孟元老：《東京夢華
錄》）。北宋詩人梅堯臣家有一廚娘，善斫膾，朋友均「以為珍
味」，歐陽修、劉原父諸人「每思食膾，必提魚往過」梅堯臣家
（葉夢得：《避暑錄話》）。南宋陸游詩「斫膾搗虀香滿屋，雨窗
喚起醉中眠」（陸游：《買魚》），所詠歎也是斫膾佐酒的美味。

　　「鮓」則是通過醃漬與微生物發酵使食材產生特別風味的
宋朝美食，羊肉、鮮魚、蝦蟹、雞鴨、雀鳥、鵝掌，都可醃製
成鮓。將食材洗淨，拭乾，注意不可留有水漬，用鹽、糖、醬
油、椒、薑蔥絲等製成調料，然後將食材裝入罈內，裝一層食

宋徽宗《文會圖》（局部）所描繪的酒會情況。

材，鋪一層調料，裝實，蓋好。候罈中醃出鹵水，倒掉鹵水，
加入米酒，密封貯藏。這時候便可以耐心等待微生物與時間的
合作，在黑暗中靜靜地醞釀出酢的美味了。我們今天常見的醬
牛肉、醬海鮮，如果用宋人的話來說，其實就是「鮓」。

宋朝市井中銷售的「鮓」，品種繁多，有玉板鮓、銀魚
鮓、海腸鮓、海蜇鮓、大魚鮓、筋子鮓、鮮鵝鮓、寸金鮓，
等等。此外，還有一種「旋鮓」，是用食鹽、酒糟等調料短暫
醃漬後馬上食用的食物，跟今天廣東菜中的生醃血蛤、生醃
蝦差不多。「旋鮓」名列宋人最心儀的美食名單之首：「侑食，
首以旋鮓，次暴脯，次羊肉。」（岳珂：《桯史》） 其中最令宋
人食指大動的「旋鮓」是羊肉旋鮓。

「膾」與「鮓」是一對品質正好相對的美食類型，前者講
求的是一個「鮮」字，食材必須新鮮，味道必須鮮美；後者
卻追求調料與時間對於食材的催化作用。「旋鮓」介乎兩者之

間，既得「膾」之新鮮，又富有「鮓」的美味。

宋人對於飲食極講究。即便是面向大眾消費者的飲食攤子，也很注意乾淨、衛生，汴京中，「凡百所賣飲食之人，裝鮮淨盤盒器皿，車檐動使奇巧，可愛食味和羹，不敢草略」（孟元老：《東京夢華錄》）。

杭州也是如此，「杭城風俗，凡百貨賣飲食之人，多是裝飾車蓋擔兒，盤盒器皿新潔精巧，以炫耀人耳目，蓋效學汴京氣象，及因高宗南渡後，常宣喚買市，所以不敢苟簡，食味亦不敢草率也」（吳自牧：《夢粱錄》）。

富貴人家，更是食不厭精，膾不厭細，「凡飲食珍味，時新下飯，奇細蔬菜，品件不缺」，甚至「增價酬之，不較其值，惟得享時新耳」（吳自牧：《夢粱錄》）。士大夫之家也特別講究，請看蘇東坡最心儀的一份菜譜：「爛蒸同州羊羔，灌以杏酪，食之以匕不以箸；南都麥心麵，作槐芽溫淘，糝以襄邑抹豬，炊共城香粳，薦以蒸子鵝；吳興庖人斫松江膾。既飽，以廬山康王谷廉泉，烹曾坑鬥品茶。」（朱弁：《曲洧舊聞》）這才是吃貨的化境，相比之下，洪七公還處於「舌尖之欲」的初級階段。

但要說宋朝美食的極致表現，卻不能不提周密《武林舊事》收錄的紹興二十一年十月張俊宴請宋高宗的菜譜。這一場豪華盛宴，正菜之前的水果、蜜餞、開胃小吃有七十二道，我們就不細說了，只說正菜。正菜有三十道，分別是：

花炊鵪子、荔枝白腰子、奶房簽、三脆羹、羊舌簽、萌芽肚胘、肫掌簽、鵪子羹、肚胘膾、鴛鴦炸肚、沙魚膾、炒沙魚襯湯、鱔魚炒鱟、鵝肫掌湯齏、螃蟹釀橙、奶房玉蕊

羹、鮮蝦蹄子膾、南炒鱔、洗手蟹、鯚魚（鱖魚）假蛤蜊、五珍膾、螃蟹清羹、鵪子水晶膾、豬肚假江珧、蝦橙膾、蝦魚湯齏、水母膾、二色繭兒羹、蛤蜊生、血粉羹。

這裡面，有宋人最喜歡的「膾」，黃蓉點的「花炊鵪子」也在其中。

此外還有「插食」八品：炒白腰子、炙肚胘、炙鵪子脯、潤雞、潤兔、炙炊餅、不炙吹餅、臠骨。又有十味「廚勸酒」菜——大概就是廚師長特別推薦的菜品：江瑤炸肚、江瑤生、蝤蛑（梭子蟹）簽、薑醋生螺、香螺炸肚、薑醋假公權、煨牡蠣、牡蠣炸肚、假公權炸肚、蟑蚷炸肚。

單抄錄這份食譜，就足以讓人垂涎欲滴了。難怪美國漢學家安德森在《中國食物》中說：「中國偉大的烹調法也產生於宋朝。唐朝食物很簡樸，但到宋朝晚期，一種具有地方特色的精緻烹調法已被充分確證。地方鄉紳的興起推動了食物的考究：宮廷御宴奢華如故，但卻不如商人和地方精英的飲食富有創意。」1998 年，美國《生活雜誌》曾評選出一千年來影響人類生活最深遠的一百件大事，宋朝的飯館與小吃入選第五十六位。

《射雕英雄傳》中，洪七公對郭靖說：「娃娃，你媳婦兒煮菜的手藝天下第一，你這一生可享定了福。」其實洪七公這個老吃貨也是有福之人，生活在中國美食興起的南宋，他才有機會享受到各種精緻的美味。

五、曲靈風能不能吃到花生米

◎
美
食
‧
飲
品

金庸先生至少有兩次將花生列入宋朝人的日常食譜，一次是在《天龍八部》第二十章：「他定了定神，轉過身來，果見石壁之後有個山洞。他扶著山壁，慢慢走進洞中，只見地下放著不少熟肉、炒米、棗子、花生、魚乾之類乾糧，更妙的是居然另有一大罈酒。」文中的「他」，是喬峰。

另一次是在《射雕英雄傳》第一回：「郭嘯天帶著張十五來到村頭一家小酒店中，在張飯桌旁坐了。小酒店的主人是個跛子，撐著兩根拐杖，慢慢燙了兩壺黃酒，擺出一碟蠶豆，一碟鹹花生，一碟豆腐乾，另有三個切開的鹹蛋，自行在門口板凳上坐了，抬頭瞧著天邊正要落山的太陽，卻不更向三人望上一眼。」這個跛子，就是東邪黃藥師的弟子曲靈風。

許多讀者都指出這是金庸小說的一個 Bug，比如網上有人糾正說，蠶豆、花生兩種作物「都是中國本土所無，而後才逐漸由國外傳進來的。蠶豆又名胡豆、寒豆、羅漢豆，大概在元代才由波斯傳入中國，到明朝時才普遍種植。花生則是出自美洲的農作物，哥倫布發現新大陸以後才開始在美洲之外的地區傳播，大約 1530 年才傳入中國，由沿海傳入內陸地區又經過很長時間，直到乾隆末年花生仍然是筵席珍貴之物，尋常人很難吃到」。

　　其實這個「糾正」也未必正確。蠶豆確實又叫作胡豆，李時珍《本草綱目》說，「豌豆、蠶豆皆有胡豆之名」，「《太平御覽》曰張騫使外國，得胡豆種歸，指此也（蠶豆），今蜀人呼此為胡豆，而豌豆不復名胡豆矣」。一般認為，蠶豆早在漢代便從西域傳入了中國。生活在南宋的曲靈風當然可以吃到蠶豆。

　　花生也確實被普遍認為是來自美洲的作物，但傳入中國的時間應該遠早於 1530 年，因為弘治十六年（1503 年）的《常熟縣誌》已有關於花生的記錄：「落花生，三月栽，引蔓不甚長，俗云花落在地，而生子土中，故名。霜後煮熟可食，味甚香美。」分別成書於 1504 年與 1506 年的《上海縣誌》與《姑蘇縣誌》也都有花生的記載。還有一些微弱的證據顯示，明代之前中國已發現花生，如元末的《飲食須知》載：「近出一種落花生，詭名長生果，味辛甘，果性冷，形如豆莢，子如蓮肉。」不過，支持花生為明代傳入的證據是最充分的。如此說來，生活在北宋的喬峰與生活在南宋的曲靈風，都不大可能用花生下酒。

蠶豆與花生傳入中國的時間，正好代表了中國歷史上兩次大規模引入域外農作物的高峰期：漢代（餘波延續至唐宋）與明代（餘波延續至清代）。

一般來說，漢代傳入的域外農作物，多沿陸上絲綢之路進來，原產地一般在中亞、西亞一帶，許多記載都將這些域外農作物的傳入歸功於張騫，其實由張騫帶入的域外農作物只有兩種可以確證：苜蓿和葡萄。其他的農作物（包括前面我們提過的蠶豆）應該是張騫之後陸續傳入中國的，只是託了張騫之名而已。明代傳入的農作物，則通常沿海上絲綢之路而來，多數為美洲作物。

有個簡便的方法可以大體上區分從陸上絲綢之路傳入的域外農作物與從海上絲綢之路傳入的域外農作物。前者的名字通常都帶有一個「胡」字，後者則通常都帶有一個「番」字。但請記住，凡事都有例外，不可絕對而論。

「胡」字系的農作物是很多的，比如蠶豆原稱胡豆；原產伊朗的核桃，稱胡桃；原產歐洲南部及中亞的大蒜，稱胡蒜；原產地中海及中亞的香菜，稱胡荽；原產喜馬拉雅山南麓的黃瓜，稱胡瓜；原產非洲的芝麻，稱胡麻；胡椒原產於天竺；胡蘿蔔（胡蘿蔔）從伊朗傳入。這些「胡」字系作物，傳入時間大致都是在漢代。還有洋蔥，不要被它的「洋」名迷惑了，以為是洋人帶來的，其實它的原名叫胡蔥，原產於中亞，也是從陸上絲綢之路而來的。

誠如你今天看到的，不少「胡」字系作物後來的名字都不帶「胡」字了，這又是為甚麼呢？史料的記載認為，五胡十六國時期，建立後趙政權的胡人石勒，特別諱忌「胡」字，諸

多帶有「胡」字的名稱只好都避諱改名，如胡荽，「石勒改曰香荽」；胡瓜也因「石勒諱胡改名」（吳其濬：《植物名實圖考》）。

「番」字系的農作物也不少，如番豆、番茄、番薯、番荔枝、番木瓜、番石榴、番蒜（即芒果）。番豆即前面說到的花生。番茄又稱番柿，原產南美，明代傳入，明人《群芳譜》載：「番柿，一名六月柿，莖如蒿，高四五尺，葉如艾，花如榴，一枝結五實或三四實，一樹二三十實，縛作架，最堪觀，火傘火珠，未足為喻。」可見其最早是作為觀賞性植物引進來的。番薯也是美洲作物，大約明代萬曆年間從東南亞引進。番荔枝、番木瓜、番石榴都是美洲水果，約明清時期傳入。馬鈴薯也是原產於美洲，名字雖然不帶「番」字，但有些地方稱其為「洋芋」，到底還是泄露了它的「舶來品」身份，傳入中國的時間大致是明末清初。

此外，還有兩種大名鼎鼎的美洲作物，也屬於「番」字系，那就是玉米、辣椒。

玉米，中國人原來稱之為「番麥」、「西天麥」，這一名字透露了它是海外傳入的信息。一般認為，玉米是 16 世紀率先引入中國東南沿海地區的，因為杭州人田藝蘅在《留青日札》中記述說：「御麥出於西番，舊名番麥，以其曾經進御，故名御麥，乾葉類稷，花類稻穗，其苞如拳而長，其鬚如紅絨，其實如茨實，大而瑩白，花開於頂，實結於節，真異穀也。吾鄉傳得此種，多有種之者。」《留青日札》成書於 1573 年（萬曆元年），可知至遲在明代萬曆年間，田藝蘅的家鄉已多有農業者種植玉米。

但又有學者發現，成書於 1560 年（嘉靖三十九年）的《平

涼府志》也有玉米的記載:「番麥,一名西天麥,苗如蜀秫而肥短,末有穗如稻而非實,實如塔,如桐子大,生節間,花垂紅絨在塔末,長五六寸,三月種,八月收。」據此,玉米應該是 1560 年之前就從陸路傳入了中國西部。總而言之,玉米這一原產美洲的域外農作物,到底是甚麼時候、沿甚麼路線傳播到中國,學界還未有定論,但時間線的上限,不會早於明代。

辣椒的原名也帶有一個「番」字,叫作「番椒」,說明這一作物也是從海外傳進來的。目前見到的關於辣椒的最早文獻記載,是成書於 1591 年(萬曆十九年)的明人筆記《遵生八箋》:「番椒,叢生,白花,實儼禿筆頭,味辣,色紅,甚可觀。子種。」從「味辣」與「甚可觀」的措詞來看,辣椒在明代萬曆年間,似乎既被當成辛辣調味料食用,又被作為觀賞性植物。

不過,又有一些微弱的證據顯示中國古代可能也有原產的辣椒物種。學者曾在雲南發現原生態的野辣椒,近代植物學家蔡希陶等人在編譯《農藝植物考源》時,據此提出一個觀點:雲南西雙版納、思茅、瀾滄一帶分佈有一年生的涮辣椒及多年生的小米辣,只是南美洲栽培普遍些,我國古代沒有普遍栽培而已。還有報道稱,1986 年考古學者在四川成都的唐代垃圾坑中,發現有完好的辣椒出土。

不過,從文獻記載的角度來看,雲南、貴州、四川、兩湖等地流行吃辣椒的飲食習慣,應該形成於清代。據清末《清稗類鈔》、《蜀遊聞見錄》等筆記記載:「滇、黔、湘、蜀人嗜辛辣品」;「湘鄂之人,日二餐,喜辛辣品」;貴州「居民嗜酸

辣」;「惟川人食椒,須擇其極辣者,且每飯每菜,非辣不可」。清代之前,卻未見類似的記載。

有意思的是,辣椒與玉米這兩種明代才廣泛種植的域外農作物,都被金庸寫入宋朝背景的小說中。《天龍八部》寫道:「自此一路向東,又行了二十餘日,段譽聽著途人的口音,漸覺清雅綿軟,菜餚中也沒了辣椒。」《神雕俠侶》寫道:楊過「走了一陣,腹中餓得咕咕直響。他自幼闖蕩江湖,找東西吃的本事著實了得,四下張望,見西邊山坡上長著一大片玉米,於是過去摘了五根棒子。玉米尚未成熟,但已可食得」。

這也是金庸小說的 Bug,因為更有說服力的證據說明,生活在南宋的楊過是吃不到玉米的;而北宋時的大理人家,也未有在菜餚中放辣椒的飲食習慣,那時候雲南有沒有辣椒這一作物也很不好說哩。

六、張翠山在冰火島住了那麼多年，
為甚麼不會得壞血病

　　有網友問：《倚天屠龍記》中，張翠山、殷素素，還有謝遜，三人在靠近北極的冰火島生活了那麼多年，那冰火島上又沒有甚麼蔬菜與水果，他們為甚麼不會得壞血病？

　　這個問題很容易讓我們聯想到另一個曾在網上討論了一陣子的問題：為甚麼中國古代的航海員幾乎沒有聽說會得壞血病，而西方航海員在大航海時代卻飽受壞血病的困擾？據稱 18 世紀時，在西方船員死亡案例中，因得壞血病致死的高達 50% 之多。後來人們才知道，船員之所以容易得壞血病，是因為嚴重缺乏維生素 C。維生素 C 為維持生命必不可少的營養素，但靈長類動物包括人類無法自己合成維生素 C，只

能靠從食物中攝取。

　　古代中國航海員很少得壞血病，而西方航海員卻容易得壞血病，原因只能從他們的飲食結構中尋找。我們知道，富含維生素 C 的食物主要是水果與蔬菜，而水果與蔬菜都極難保存，不是理想的航海食物，西方航海員在漫長的航海過程中，基本上吃不到水果與蔬菜，因此才容易得壞血病。

　　那中國古代的航海員又是從哪些食物獲得維生素 C 的呢？讓我們先從中西航海帆船的排水量說起。以前不管是西方人，還是中國人，或者阿拉伯商人，航海都靠帆船。如果要說當時中西帆船最大的不同點，那就是中國帆船船體巨大，西方帆船相對而言要小得多。一位研究鄭和下西洋的漢學家甚至戲謔地設想：假設鄭和統率龐大船隊跟葡萄牙人達·伽馬帶領的三艘「破帆船」在海上相遇，「見過葡萄牙的破船之後，中國艦隊指揮官會不會想在前進的途中踩扁那些擋路的蝸牛，以阻止歐洲人打開一條東西貿易的通路呢？」（李露曄：《當中國稱霸海上》）

　　這當然是開玩笑，不過在西洋帆船面前，鄭和寶船的確無異於龐然大物。不妨來看出土文物的對比。巴拿馬的考古人員曾在海底發現一艘古帆船殘骸，相信這是 500 年前隨哥倫布航海時沉沒的 La Vizcaina 號。La Vizcaina 號是雙桅帆船，排水量 100 噸。而 1974 年從泉州後渚港發掘出土的南宋沉船，據估算，排水量達 600 噸。

　　泉州古沉船還不是宋代最大的海船，南宋人周去非的《嶺南代答》記述了一種叫「木蘭舟」的巨艦，是從大宋國開往「木蘭皮國」（即非洲西部的穆拉比特王國）的巨型商船：「浮

南海而南，舟如巨室，帆若垂天之雲，柂長數丈，一舟數百人，中積一年糧，豢豕釀酒其中。」還有一種更大的木蘭舟：「其舟又加大矣。一舟容千人，舟上有機杼市井，或不遇便風，則數年而後達，非甚巨舟，不可至也。」中國人的造船技術在明初鄭和下西洋時達至頂峰。史書稱鄭和寶船「大者長四十四丈四尺，闊一十八丈」（馬歡：《瀛涯勝覽》），換算成現在的尺寸，有 125.65 米長，50.94 米寬。據中國船史研究會副會長、武漢理工大學交通學院教授席龍飛的考證，鄭和寶船排水量超過萬噸。如此說來，鄭和寶船就跟一艘小型的航空母艦差不多。

船體巨大在航海中有甚麼特別的意義？船體大，即意味著可以裝載更多的糧食、淡水。對航海員來說，淡水非常重要，除了日常飲食離不開淡水，如果淡水充足的話，還可以用來發豆芽、種菜、養豬。而要在船上開闢出種菜、養豬的空間，也需要有足夠大的船體。

中國人至遲在宋代就發現豆芽可以作為美味的食物。北宋蘇頌的《圖經本草》載：「綠豆，生白芽為蔬中佳品。」南宋林洪的《山家清供》說：「溫陵（今泉州）人家，中元前數日，以水浸黑豆，曝之。及芽，以糖皮置盆中，鋪沙植豆，用板壓。長則覆以桶，曉則曬之，欲其齊而不為風日損也。中元則陳於祖宗之前，越三日出之。洗，焯以油、鹽、苦酒，香料可為茹，捲以麻餅尤佳。」從理論上來說，船員只要在船艙中儲存好黃豆、綠豆等豆子，以及有充足的淡水，出海後便可以經常發豆芽，換言之，即經常可以吃到新鮮的蔬菜——豆芽。

你要説豆芽的維生素 C 含量並不高，我也沒意見。但豆芽並不是中國古代船員唯一能夠吃到的蔬菜，還有其他蔬菜也可以吃。哪來的蔬菜？自己種唄。

在船上種菜以供食用，這不是我們的想像。元朝時訪問過杭州、廣州的摩洛哥旅行家依賓拔都他，在他的《遊記》中説：印度與中國之間的海上交通，皆操於中國人之手，中國的船舶共分三等，大者曰「鎮克」（Junk），中者曰「曹」（Zao），第三等者曰「喀克姆」（Kakam）。大船有三帆至十二帆，一艘大船可載一千人。「鎮克」大概是「船」的訛音，「曹」應該是「舟」的轉音，「喀克姆」則是「貨航」的訛音。我要説的是，這麼大的船體，便可以闢出空間來種菜。依賓拔都他確實看到中國船員在船上種菜：「每船皆有四層，公私房間極多，以禾備客商之用。廁所秘房，無不設備周到。水手在船上植花、草、薑等於木桶」。種草比較奇怪，估計實際上是依賓拔都他不認識的菜。

除了豆芽等蔬菜，中國航海員的日常飲食中還有茶葉——茶葉也是富含維生素 C 的食品。曾經隨鄭和下西洋的明朝人鞏珍，在他的《西洋番國志》中收錄了一道永樂皇帝的敕書，敕書的內容，就是批准撥給鄭和船隊出洋使用的物品，包括茶葉等食物：「下西洋去的內官合用鹽、醬、茶、油、燭等件，照人數依例關支。」航海員只要每日飲茶，便不會太缺乏維生素 C。

另一名隨鄭和下西洋的明朝通事（翻譯官）馬歡，著有一冊《瀛涯勝覽》，裡面記錄了鄭和船隊航線上各個海島的物產，其中記述最多的就是蔬菜與水果，如黃瓜、菜瓜、

葫蘆、茄子、蘿蔔、胡蘿蔔、椰子、甘蔗、西瓜、蘋果、椰棗、葡萄乾，等等，這些都是比較耐放的蔬果，肯定會被鄭和帶到船上，供船員日常食用。另外，中國本土盛產的傳統水果——柚子，也很耐存放，也是非常理想的航海食物。

現在剩下的問題就是，你的船體是不是足夠大，可以儲存更多的食物？在這方面，中國帆船比之西洋帆船的優勢是顯而易見的。正是因為中國人的航海帆船可以儲藏更多富含維生素 C 的食物，中國航海員才沒有患壞血病之虞。

回到張翠山、殷素素在冰火島的問題。你如果仔細去看《倚天屠龍記》，就會發現冰火島其實並不缺乏富含維生素 C 的食材，儘管那裡沒有蔬菜，但有野果，小說寫道：「殷素素定要他將母鹿放了，寧可大家吃些野果，捱過兩天。」金庸還提到張翠山與殷素素生吃魚肉的細節：「這一帶的海魚為抗寒冷，特別的肉厚多脂，雖生食甚腥，但吃了大增力氣。」生肉可是含有大量維生素 C 的，很少吃蔬菜的因紐特人之所以不會得壞血病，就因為他們保持著吃生肉的飲食習慣。

其實，宋代及之前的中國人，也有吃生魚肉的愛好，流行於宋朝的美食——膾，就是生魚片、生肉片，跟今天的日本刺身沒甚麼區別。宋人捕捉到新鮮的魚，特別喜歡的烹飪方式就是「臨水斫膾」。我們可以想像，出海遠航的宋人，未必不會在海上垂釣，釣到海魚，則「臨水斫膾」。總而言之，中國航海員日常攝取的維生素 C，應該是充足的。

（本文參考了網上關於「為甚麼中國古代航海員沒有得壞血病」討論的部分意見）

第四輯

婚戀・生育

一、郭靖應該怎麼向黃藥師提親

　　《射雕英雄傳》第十八回寫「西毒」歐陽鋒帶著侄兒（實為私生子）歐陽克、侍女、禮物，登桃花島，向「東邪」黃藥師提親，請他將女兒黃蓉許配給歐陽克。黃藥師本已應允了親事，不想半路殺出一個「北丐」洪七公，也來向黃島主提親。

　　洪七公指著郭靖與黃蓉道：「這兩個都是我徒兒，我已答允他們，要向藥兄懇求，讓他們成親。現下藥兄已經答允了。」歐陽鋒道：「七兄，你此言差矣！藥兄的千金早已許配舍侄，今日兄弟就是到桃花島來行納文定之禮的。」洪七公道：「藥兄，有這等事麼？」黃藥師道：「是啊，七兄別開小弟的玩笑。」洪七公沉臉道：「誰跟你們開玩笑？現今你一女許

配兩家，父母之命是大家都有了。」轉頭向歐陽鋒道：「我是郭家的大媒，你的媒妁之言在哪裡？」

歐陽鋒料不到他有此一問，一時倒答不上來，愕然道：「藥兄答允了，我也答允了，還要甚麼媒妁之言？」

洪七公詰問歐陽鋒「媒妁之言在哪裡」，是有道理的。因為在傳統中國，一椿婚姻的締結，絕不可兒戲，須有「父母之命」、「媒妁之言」。唐朝將「媒妁之言」寫入《唐律疏議·戶婚》，「為婚之法，必有行媒」，「嫁娶有媒，買賣有保」。沒有「媒妁之言」的婚姻，是不合法的。宋承唐制，也在法律上規定「為婚之法，必有行媒」。按宋人風俗、禮法，男子 16 歲以上，女子 14 歲以上為成年人，可以議婚，議婚「必先使媒氏往來通信，俟女氏許之，然後遣使者納采」（參見司馬光：《書儀》、朱熹：《朱子家禮》）。洪七公替郭靖求婚，有媒人；歐陽鋒替歐陽克提親，卻沒有媒人，確實不合當時禮制。

這個「父母之命、媒妁之言」的傳統，不免讓今人常以為古人親事就是「包辦婚姻」，新人只能聽從父母擺佈，雙方要到洞房才第一次見面。有網友甚至忍不住腦補出一個場景：「古代婚姻，多是父母之命，媒妁之言，很多男女結婚前從沒有見過。那相當於，洞房那一夜，新娘基本是和一個陌生人做那件事。我想問的是，那種感覺不會很怪異麼？」

其實，這個想像至少對宋人而言是不準確的。所謂「父母之命、媒妁之言」，並不是父母包辦的意思，而是指締結婚姻須經「父母之命、媒妁之言」的程序。新人對於自己的婚事，是有一定自主權的（當然不能跟現代社會的自由戀愛相提並論），並非全然由父母説了算。而且，新人雙方也不是「要

到洞房才第一次見面」，在成親之前，他們其實是見過面的。
這個見面的程序，叫作「相親」。

按宋人習俗，經媒人說親之後、新人成親之前，有一個
相親的程序。「男家擇日備酒禮詣女家，或借園圃，或湖舫
內，兩親相見，謂之『相親』。男以酒四杯，女則添備雙杯，
此禮取『男強女弱』之意。如新人中意，則以金釵插於冠髻
中，名曰『插釵』。若不如意，則磅彩緞兩匹，謂之『壓驚』，
則婚事不諧矣。既已插釵，則伐柯人（媒人）通好，議定禮，
往女家報定。」（吳自牧：《夢粱錄》）相親的過程，相當火辣，
彼此相中了，則男方給女方插上金釵，也很有禮節；若相不
中，則男方要送上彩緞兩匹，表示歉意。

這一相親的習俗，一直沿襲至清代。蒲松齡整理的「聊
齋俚曲」《琴瑟樂》便是對清代山東淄博一帶婚俗的生動展
示。我們來看看：「園裡採花，園裡採花，忽見媒婆到俺家。
這場暗喜歡，倒有天來大。爹正在家，娘正在家。若是門戶
對的好人家，禱告好爹娘，發了庚帖罷。」說的是媒人登門提
親來了。

親事初步說定之後，便是相親的程序：「媒人又來了，
媒人又來了，說是婆婆要瞧瞧，明天大飯時，候著他來到。
故意心焦，故意心焦，人生面不熟，是待怎麼著？嫂子來勸
我，我仔偷眼笑。」說的是媒人說親之後，男方家長前來相
親。「準新娘」很是激動：「婆婆來相，婆婆來相，慌忙換上
新衣裳。本等心裡喜，裝作羞模樣。站立中堂，站立中堂，
低著頭兒偷眼望，看見老人家，倒也喜歡像。丟丟羞羞往外
走，婆婆迎門拉住手，想是心裡看中了，怎麼仔管咧著口？

清院本《清明上河圖》所繪的迎親隊伍。

頭上腳下細端詳，我也偷眼瞅一瞅。槽頭買馬看母子，婆婆
的模樣倒不醜。」

　　跟著「未來婆婆」而來的還有「準新郎」，兩個年輕男女
也相互偷偷打量：「那人裝嬌，那人裝嬌，往我門前走幾遭。
慌得小廝們，連把姑夫叫。他也偷瞧，我也偷瞧：模樣俊雅好
豐標，與奴正相當，一對美年少。」看來雙方都對上了眼。

　　清代文人沈復，少年時與舅表姐陳芸娘訂下親事。沈復
在《浮生六記》中追述與芸娘訂親之後的甜蜜交往：一年冬
天，「值其堂姊出閣，余又隨母往。……是夜送親城外，返
已漏三下，腹飢索餌，婢嫗以棗脯進，余嫌其甜。芸暗牽余
袖，隨至其室，見藏有暖粥並小菜焉，余欣然舉箸。忽聞芸
堂兄玉衡呼曰：『淑妹速來！』芸急閉門曰：『已疲乏，將臥矣。』

玉衡擠身而入，見余將吃粥，乃笑睨芸曰：『頃我索粥，汝曰盡矣，乃藏此專待汝婿耶？』芸大窘避去，上下嘩笑之。」兩名少年人表達情愫很含蓄，但這也是很美好的戀愛啊。

那古代有沒有媒人説親之前的戀愛呢？也有。宋朝的元宵節，實際上就是情人節，「許多才子豔質，攜手並肩低語」（宋詞《子冠子》）。談情説愛的情人們肆無忌憚，手挽手、肩並肩。汴京城裡甚至設有專供少年男女談戀愛的地點，「別有深坊小巷，繡額珠簾，巧製新妝，競誇華麗，春情蕩揚，酒興融怡，雅會幽歡，寸陰可惜，景色浩鬧，不覺更闌」（孟元老：《東京夢華錄》）。

我來講一個宋話本《張生彩鸞燈傳》的故事吧：南宋年間，越州有一名「輕俊標緻的秀士」，年方弱冠，名喚張舜美。因來杭州參加科考，未能中選，逗留在客店中，一住就是半年有餘，正逢著元宵佳節，「不免關閉房門，遊玩則個」。恰好觀燈時候，在燈影裡看見一名楚楚動人的小娘子，不由怦然心動。張舜美便依著「調光經」的教導，上前搭訕。「那女娘子被舜美撩弄，禁持不住。眼也花了，心也亂了，腿也酥了，腳也麻了，癡呆了半晌，四目相睒，面面有情。」

上面提到的《調光經》，是流行於宋朝的「求愛指南」。《調光經》告訴男孩子，遇上了心儀的女孩子，當如何上前搭訕，如何博取對方好感，如何發展感情：要「屈身下氣，俯就承迎」；「先稱她容貌無雙，次答應殷勤第一」；「少不得潘驢鄧耍，離不得雪月風花」；「才待相交，情便十分之切，未曾執手，淚先兩道而垂」；「訕語時，口要緊，刮涎處，臉須皮」；「以言詞為説客，憑色眼作梯媒」；「赴幽會，多酬使婢，遞消息，

厚臚鴻魚」;「見人時佯佯不睬,沒人處款款言詞」。

也有女孩子主動追求男孩子的情況。我再講一個宋話本《鬧樊樓多情周勝仙》的故事:宋徽宗年間,開封市民周大郎的女兒周勝仙,與樊樓上賣酒的范二郎,在金明池的茶坊中偶遇,二人「四目相視,俱各有情」。周勝仙會怎麼向心儀的范二郎示愛呢?話本寫道——

這女孩兒(周勝仙)心裡暗暗地喜歡,自思量道:若還我嫁得一似這般子弟,可知好哩。今日當面錯過,再來哪裡去討?正思量道:如何著個道理和他說話,問他曾娶妻也不曾。你道好巧,只聽得外面水盞響,女孩兒眉頭一縱,計上心來,便叫道:「賣水的,傾一盞甜蜜蜜的糖水來。」

賣水的便傾一盞糖水在銅盂兒裡,遞與那女子。那女子接得在手,才上口一呷,便把那個銅盂兒望空打一丟,便叫:「好好!你卻來暗算我!你道我是兀誰?」

范二郎聽得,心道:我且聽那女子怎麼說。

那女孩兒道:「我是曹門裡周大郎的女兒,我的小名叫作勝仙小娘子,年一十八歲,不曾吃人暗算。你今卻來算我!我是不曾嫁的女孩兒。」

這范二郎自思量道:這言語蹺蹊,分明是說與我聽。

賣水的道:「告小娘子,小人怎敢暗算!」

女孩兒道:「如何不是暗算我?盞子裡有條草。」

賣水的道:「也不為利害。」

女孩兒道:「你待算我喉嚨。卻恨我爹爹不在家裡,我爹若在家,與你打官司。」

對面范二郎心道，她遞話兒與我，我就不遞話兒與她？隨即也叫道：「賣水的，傾一盞甜蜜蜜糖水來。」

賣水的便傾一盞糖水在手，遞與范二郎。二郎接著盞子，吃一口水，也把盞子望空一丟，大叫起來道：「好好！你這個人真個要暗算人！你道我是兀誰？我哥哥是樊樓開酒店的，喚作范大郎，我便喚作范二郎，年登一十九歲，未曾吃人暗算。我射得好弩，打得好彈，兼我不曾娶渾家。」

賣水的道：「你是甚意思，説與我知道？指望我與你做媒？你便告到官司，我是賣水，怎敢暗算人！」（這賣水的被人拿來遞話兒，自己還蒙在鼓裡，好生可憐。）范二郎道：「你如何不暗算？我的盂兒裡，也有一根草葉。」

女孩兒聽得，心裡好喜歡。此時茶博士入來，推那賣水的出去。女孩兒起身來道：「俺們回去了。」看著那賣水的道：「你敢隨我去？」

范二郎思量道：「這話分明是教我隨她去。」

女孩兒約莫去得遠了，范二郎也出茶坊，遠遠地望著女孩兒去。只見那女子轉步，那范二郎好喜歡，直到女子住處。

總而言之，「父母之命、媒妁之言」的禮法，並不排斥結婚之前的自由戀愛，而是説，男女兩情相悦、欲結婚姻時，雙方需要稟明父母，由父母出面，委託媒人，向對方尊長提親。郭靖與黃蓉相識於江湖，不用説，自然是自由戀愛；如果郭靖要娶黃蓉為妻，則必須經過一套複雜的禮俗程序：

首先，郭靖要請家中尊長（他雙親已去世，可由「江南六怪」代表）做主，聘請媒人（這個大媒由洪七公來做最好不

過了），帶著「定帖」與禮物，前往桃花島，向黃藥師求親。黃藥師若同意這門親事，會收下禮物，並回「定帖」。

男方的「定帖」，一般要寫明「男家三代官品職位名諱，議親第幾位男，及官職、年甲月日吉時生，父母或在堂，或不在堂，或書主婚何位尊長」。帖內還要開列男家的財產，「金銀、田土、財產、宅舍、房廊、山園，俱列帖子內」。

女方的「回帖」，通常也是寫明「議親第幾位娘子，年甲月日吉時生」，並具列陪嫁的財產：「房奩、首飾、金銀、珠翠、寶器、動用、帳幔等物，及隨嫁田土、屋業、山園等。」這一條很重要，因為按宋人慣例，女方帶來的嫁妝，都歸新娘子私有、支配，不計入男方家產。日後若是離婚，女方有權帶走她的全部嫁妝。

因為郭靖與黃蓉早已兩情相悅，相親的程序就免了。那麼交換婚帖之後，郭靖家還要請媒人往黃蓉家送「定禮」，「女家接定禮合，於宅堂中備香燭酒果，告盟三界」，並且「於當日備回定禮物」。然後，郭家擇日給黃家送聘禮，聘禮之輕重，「貧富不同，亦從其便，此無定法耳」。送過聘禮，郭靖便可以挑一個黃道吉日，迎娶新娘子黃蓉過門了。當然，迎親也有非常隆重的儀式，我就不一一細說了。（參見吳自牧：《夢粱錄》）

這一套締結親事的禮儀，如今在廣東潮汕一帶仍有遺存。雖然是繁文縟節，但也彰顯了婚姻大事的莊重。

二、郭靖與黃蓉是怎麼節育的

　　《倚天屠龍記》中，張翠山與殷素素在冰火島生活了十年，為甚麼只生育了張無忌一個孩子？難道當時就有非常進步的節育技術嗎？

　　這是一個有趣的問題。網上有人說：「我們可以用生物學來解釋：自然界中，如果生長環境惡劣，嚴重缺少食物，動物會自動減少生育，殷素素所住的冰火島，臨近北極，氣候寒冷，食物匱乏，所以她的生育能力自然會受影響。」還有人從醫學的角度提出了解釋：「我們認為，可能性最高的假設是：殷素素為 Rh 陰性血型。這種血型的孕婦懷有 Rh 陽性的胎兒時，第一胎一般不會出現問題，但從第二胎開始，就極易發生嚴重的新生兒溶血。」

嗯，都說得通。那好吧，張翠山與殷素素的問題且告一段落，可是我們還有另一個問題：《神鵰俠侶》中，郭靖與黃蓉為甚麼在生下郭芙之後一直沒有再生育？直到大女兒差不多成年時，他們才生了第二胎——郭襄與郭破虜（雙胞胎）。

　　要知道，郭靖與黃蓉婚後在桃花島隱居，生活條件不錯，衣食無憂，不存在「氣候寒冷、食物匱乏」之類的問題。他們後來又成功生育了第二胎，所以也不能用「Rh 陰性血型」來解釋。可行的解釋只能是，在郭芙出生之後，至懷上郭襄、郭破虜這十五六年間，靖哥哥與蓉兒一定採取了甚麼節育措施。

　　古來今往，節育措施無非是兩大類：避孕和人工流產。那麼在郭靖、黃蓉生活的時代，有沒有可靠的節育方法或者相對安全的「人流」技術？你可以從網上找到許多網文在談古人怎麼節育，甚麼服用水銀，使用魚膘或羊腸製成的避孕套之類，真真假假。我們不會採信這類不註明文獻出處的網絡說法，下面將提供更靠譜的節育史知識。

　　如果去檢索明清時期的通俗文藝作品，你會發現，當時很多偷情的男女都會主動買墮胎藥物。在明代話本小說《張於湖誤宿女貞觀記》中，落第書生潘必正在金陵女貞觀暫住，與觀中女道士妙常私會，妙常有了身孕，「兩眼垂淚，眉頭不展」，潘必正安慰她：「但放心懷。待我明日入城，贖一帖墮胎藥。吃了便好。」清代小說《八洞天》中也有一個故事，說的是，一個叫畢思復的員外，因中年無子，妻子單氏便給他買了一個小妾，但小妾買回來，卻發現已有身孕，畢思復對妻子說：「若要留她，須贖些墮胎藥來與她吃了，出空肚子，

方好重新受胎。」

　　這兩個故事說明，至遲在明清時期，城內的市場上是很容易買到墮胎藥的。大概也因為主動墮胎的婦女太多了，清代一本《德育古鑑》將「勸人不墮胎」列為十大無量功德之一。因為古人相信，主動墮胎是殺生、造孽的事情。

　　不過，清代社會已出現了為墮胎行為辯護的非主流觀念。紀昀《閱微草堂筆記》講了一個故事：「醫者某生，素謹厚，一夜，有老嫗持金釧一雙就買墮胎藥，醫者大駭，峻拒之。次夕，又添持珠花兩枝來，醫者益駭，力揮去。越半載餘，忽夢為冥司所拘，言有訴其殺人者。至則一披髮女子，項勒紅巾，泣陳乞藥不與狀。醫者曰：『藥醫活人，豈敢殺人以漁利。汝自以奸敗，於我何有？』女子曰：『我乞藥時，孕未成形，倘得墮之，我可不死，是破一無知之血塊，而全一待盡之命也。既不得藥，不能不產，以致子遭扼殺，受諸痛苦，我亦見逼而就縊，是汝欲全一命，反戕兩命矣。罪不歸汝，反歸誰乎？』⋯⋯醫者悚然而悟。」

　　還有一個叫作汪士鐸的晚清學者，甚至提出實行「獨生子女政策」的設想：「施斷胎冷藥」，「使婦人服冷藥，生一子後服之」。他還呼籲「弛溺女之禁，推廣溺女之法」、「首當行溺女之賞」，尤其是窮人，「不可生女，生則溺之」。其主張之極端，令人難以想像。

　　比起所謂的「斷胎冷藥」，使用避孕套應該是更安全，也更人道的節育方式。許多網文都提到古人用魚鰾製作避孕套的故事，不過我沒有找到確鑿的史料，所以這裡不予採信。但至遲在晚清時，中國人已見識到西洋人發明的避孕套。同

治年間，北京同文館學生張德彝出洋遊歷，其日記記載說，「聞外國人有恐生子女為累者，乃買一種皮套或綢套，貫於陽具之上，雖極顛鳳倒鸞而一雛不卵。其法固妙矣，而孟子云：不孝有三，無後為大。惜此等人未之聞也。要之倡興此法，使人斬嗣，其人也罪不容誅矣」（張德彝：《歐美環遊記》）。

儘管張德彝對避孕套的發明感到憤怒，但不久避孕套便傳入了中國。清末筆記《思無邪小記》載：「今之洋貨肆或藥房中，嘗售有二物。一曰『風流如意袋』，係以柔薄之皮為之，宿娼時蒙於淫具，以免霉毒侵入精管。因能防制花柳病也，故亦名『保險套』。更有一種附有肉刺者，可增女子之歡情。」清末民初有一本世情小說叫《人海潮》，第三十九回的回目是「公子多情暗藏避孕袋」。當時的風流男子四處留情，隨身帶著避孕套。跟今天的年輕人有甚麼差異？

但我們前面介紹的是明清時期的情況。郭靖與黃蓉可是生活在南宋後期，那時候也有節育技術嗎？

有的。研究中國經濟史的香港科技大學講席教授李伯重先生寫有一篇《墮胎、避孕與絕育──宋元明清時期江浙地區的節育方法及其運用與傳播》，按李伯重先生的研究，宋人使用的節育方法包括利用藥物、人工流產或其他手段避孕以實現絕育。

宋代的醫生已經明白多種藥物可以致使孕婦流產，北宋末刻印出版的《經史證類大觀本草》與《太平惠民和劑局方》均收錄了五六十種墮胎藥，其中多種經現代藥理實驗，已證實確實具有致流產的藥效。南宋陳自明的《婦女大全良方》還專門列出「斷產方」，並稱：「欲斷產者，不易之事。雖曰『天地大

德曰生』，然亦有臨產艱難，或生育不已，或不正之屬，為尼為娼，不欲受孕，而欲斷之者。故錄驗方以備其用。」這個記載顯示，宋朝人不但掌握了流產的藥方，對民間的人工流產需求也能夠給予正視，儘管「人流」被認為不合「天地大德」。

《婦女大全良方》還記載了一個避孕藥方：「四物湯，每服五錢，加芸苔子二撮，於經行後，空心溫服。」此外，宋代有一些醫書也收錄有一些「斷子方」，稱服用後「月經即行，終身絕子」、「永斷孕，不傷人」云云。成書於南宋的《針灸資生經》則介紹了運用針灸「絕孕」、「絕子」的方法。

限於當時的科學發展水平，這些藥方與措施的有效性、安全性，我們不應該高估。但是，從節育方法在宋代醫書廣泛記載的事實來看，我們可以肯定，宋朝平民顯然已經在有意識地嘗試控制生育，至少有一部分宋人並不願意自然地生兒育女。

事實上，由於從宋代開始，中國社會的育齡夫婦有意識地控制生育，自覺使用了節育手段，導致南宋以降江南地區的人口增速發生了「明顯下降」：江南地區的八府一州，「7 世紀中葉約有 10.3 萬戶，12 世紀末葉則有 102.1 萬戶，5 個世紀內增加了 9 倍；而 13 世紀初，江南人口約有 800 萬，到 19 世紀中葉，則為 3600 萬，即 6 個世紀中只增加 3 倍」（李伯重：《墮胎、避孕與絕育——宋元明清時期江浙地區的節育方法及其運用與傳播》）。

在這樣的時代背景下，郭靖與黃蓉在生育了第一胎之後，基於種種考慮，比如生活比較忙碌啊，不打算那麼快要第二胎，因此主動採取了一些節育措施，也是完全有可能的。

三、歐陽鋒與嫂子私通，會受甚麼刑罰

　　姦情與愛情一樣，都是文學作品永恆的主題。《水滸傳》裡好幾位好漢，都給戴上了綠帽子，從「病關索」楊雄，到河北大員外盧俊義，再到梁山第一把手宋江。而最著名的綠帽子，是潘金蓮與西門慶聯袂奉送給武大郎的。金庸武俠小說也隱藏著好幾個通姦偷情的故事，如《射雕英雄傳》裡的歐陽鋒，與嫂子私通，還搗鼓出一個私生子歐陽克；《天龍八部》中的馬夫人康敏，生性放蕩，與丐幫執法長老白世鏡勾搭成姦，害死了丈夫——丐幫副幫主馬大元。

　　《射雕英雄傳》的故事背景為南宋，《天龍八部》的故事背景為北宋。我們知道，中國的法律，從先秦時期直至民國時期，都保留著通姦罪。那麼在宋朝，一對男女如果被發現

存在姦情，會受到怎麼樣的刑罰呢？

也許你會毫不猶豫地說，姦夫淫婦會被沉塘、浸豬籠、騎木驢啊。對不起，這說明你戲曲小說看多了，被編造故事的小文人帶進陰溝裡去了。

根據《宋刑統》，「諸姦者，徒一年半；有夫者，徒二年」。通姦的男女不會被浸豬籠，或者騎木驢，而是各判一年半的有期徒刑，如果當事女性有丈夫，則再加半年刑期。也就是說，假如白世鏡與康敏沒有謀殺馬大元，僅僅是通姦的話，即便被告上法庭，也只是獲刑兩年而已。

而且，對於通姦罪，宋政府又創造性地立法規定「姦從夫捕」。甚麼意思？即妻子與別人通姦，要不要告官，以丈夫的意見為準。這一立法表面看起來似乎是在強調夫權，實際上則是對婚姻家庭與妻子權利的保護，使女性得以避免受外人誣告。換成現代的說法，就比較容易弄明白了：宋朝法律認為通姦罪是屬於「親不告，官不理」的民事罪，如果丈夫可以容忍自己戴綠帽子，法庭就不必多管閒事了。

也許我們可以用南宋判詞輯錄《名公書判清明集》收錄的一個判例來說明。大約宋理宗時（正好是《射雕英雄傳》故事展開的時間），廣南西路臨桂縣的教書先生黃漸，因生活清貧，帶著妻子阿朱寄居於永福縣陶岑家中，給陶家當私塾先生，藉以養家糊口。有一個叫作妙成的和尚，與陶岑常有來往，不知何故跟黃妻阿朱勾搭上了。後來便有人到縣衙門告發，稱和尚妙成與阿朱通姦。縣衙的糊塗判官不問三七二十一，將妙成、陶岑、黃漸三人各杖六十，阿朱免於杖責，發配充軍。這一判決，於法無據，於理不合，顯然就是胡鬧。

黃漸不服，到州法院上訴。主審法官范西堂推翻了一審判決，根據「姦從夫捕」的立法意旨，尊重黃漸的意願，讓他領回妻子，離開永福縣。和尚妙成身為出家人，卻犯下通姦罪，罪加一等（《宋刑統》規定，「若道士、女冠姦者，各又加一等」），「押下靈川交管」，押送到靈川縣牢營服役。一審判官張陰、劉松則罰杖一百。

　　范西堂是一位深明法理的司法官，他通過這一判決，申明了一條立法原則：「祖宗立法，參之情理，無不曲盡。儻拂乎情，違乎理，不可以為法於後世矣。」國家立法，必須順乎情理，否則法律便有可能成為惡法。具體到通姦的行為，在當時人們的觀念中，確實是有傷風化、為人不齒的醜行，但是，如果男女間一有曖昧之事，不管當丈夫的願不願意告官，便被人檢舉，被有司治以通姦罪，則難免「開告訐之門，成羅織之獄」。因此，范西堂認為，對通姦罪的立法，不能不以「姦從夫捕」加以補救，將通姦罪限定為「親不告，官不理」的民事罪，方得以避免通姦罪被濫用。

　　元朝開始尚沿用「姦從夫捕」的司法慣例，但在大德七年（1303 年），元廷便廢除了「姦從夫捕」的舊法，原因是當時一個叫鄭鐵柯的官員發現，民間有男人「縱妻為娼，各路城邑，爭相仿效，此風甚為不美」，「蓋因姦從夫捕之條，所以為之不憚」。鄭鐵柯看在眼裡，急在心裡，卻又無可奈何，因為按照法律，通姦屬於「親不告，官不理」的民事罪，官員不能主動出馬捉姦。如果廢除「姦從夫捕」之法，要求「四鄰舉覺」，則小民「自然知畏，不敢輕犯」。元廷採納了鄭鐵柯的建議，頒下新法：今後四鄰若發現有人通姦，准許捉姦，「許

諸人首捉到官，取問明白」，本夫、姦婦、姦夫同杖 87 下，並強制本夫與姦婦離婚（參見《歷代名臣奏議》卷六七、《元典章》刑部卷之七）。如此一來，人民群眾心底的「捉姦精神」一下子就被激發出來，南宋法官范西堂擔心的「開告訐之門，成羅織之獄」景象，宣告來臨。

而且，從元代起，通姦的行為也變得非常冒險，除了要受國法懲罰（婦女「去衣受杖」，即剝光衣服行杖刑。元、明、清三朝相沿）之外，法律還允許私刑，姦夫淫婦被捉姦在床，殺死無罪，如《大清律》規定：「凡妻妾與人姦通而於姦所親獲姦夫姦婦，登時殺死者勿論，若只殺死姦夫者，姦婦依律斷罪，當官價賣，身價入官。」

馬夫人康敏應該慶幸她生活在宋代（但不幸的是，她遇到了手段歹毒的阿紫）。假設她與白世鏡私通的姦情被喬峰無意中撞見了，喬峰可不可以跑到衙門檢控呢？按照宋朝「姦從夫捕」的立法精神，作為旁人的喬峰是沒有檢舉義務的，即使去檢控了，衙門通常也不會受理。

宋朝法律對歐陽鋒與嫂子這類通姦行為的懲罰，又不一樣。因為叔嫂有姦，並不是一般意義上的通姦，而是亂倫。法律給予亂倫的懲罰更為嚴厲。《宋刑統》規定，（一）與父親或祖父的妾、叔伯的妻、自己或父親的姐妹、兒媳、孫媳通姦，將會被判處死刑；（二）與母親的姐妹、兄弟的妻子、兄弟的兒媳通姦，「流二千里，強者絞」；（三）與繼女（妻子前夫的女兒）或同母異父的姐妹通姦，「徒三年，強者流二千里，折傷者絞」。在所有的亂倫案中，如果男方使用了暴力，那麼他將罪加一等，女方則可以免受刑罰。

歐陽鋒的情況屬於第二種，即與兄弟的妻子通姦，法律對此的刑罰是「流二千里」，流放到二千里外。《名公書判清明集》中也有一則「弟婦與伯成姦」的判例：「楊自智與楊自成係是親堂兄弟，自成娶妻邵氏，生男女三人」，後楊自成去世，楊自智覬覦其財產，「遂並包阿邵」，合謀「將自成男女盡皆棄逐，將自成田業盡皆盜賣」。

　　楊自成的兄弟楊自達將楊自智與邵氏二人告上法庭，法官翁浩堂作出裁決：「楊自智免監贓，牒押出處州界；阿邵斷訖，責付陸氏（阿邵母親）交管」。這個案子不但有通姦亂倫的情節，還涉及圖謀他人財產，不過法官對當事人的懲罰不算太嚴厲，男方楊自智被判處三年徒刑，女方阿邵則免刑。

　　到了明清時期，官方對這類通姦亂倫的行為，處罰更加嚴厲。明清豔情小説《姑妄言》裡面有段情節説：「那神又呈上一卷，就有一個金貂少年，一個珠冠美女跪下。王看畢，問道：『曹植與甄氏罪狀顯然。當年蕭何之律法三章，不足為據。以今日之大明律斷之，叔嫂通姦者，絞，更有何疑？』」雖為小説家言，卻是實情，按《大明律》或者《大清律》「親屬相姦」條，與兄弟的妻子私通，將判絞刑。魏晉時代的曹植與甄氏私通，假如按大明法律，是要處死的。歐陽鋒要是生活在明清時期，那就死定了。

　　生活在南宋時期的歐陽鋒，如果真的因為犯了亂倫罪被告上法庭，他實際上領受的刑罰也不是「流二千里」，而是比「流二千里」更輕一些。

　　為甚麼？因為宋代實行「折杖法」，除了死刑之外，流刑、徒刑、杖刑、笞刑在實際執行時均折成杖刑：「流三千里」

的刑罰，折「決脊杖二十，配役一年」；「流二千五百里」折「決脊杖十八，配役一年」；「流二千里」折「決脊杖十七，配役一年」；「徒三年」折「決脊杖二十」，然後當庭釋放；「徒二年半」折「決脊杖十八，放」；「徒二年」折「決脊杖十七，放」……以此類推，最輕的笞二十、一十，折「臀杖七」，釋放。

那麼脊杖、臀杖會不會置人於死地呢？一般來說是不會的。我們從電視劇畫面看到的水火棍，又粗又長，絕對能打死人。但宋代用於行刑的常行杖，其實並沒有這麼粗，也沒有那麼長，法律規定常行杖「長三尺五寸，大頭闊不過二寸，厚及小頭徑不得過九分」，重量不得超過十五兩（參見《宋史·刑法志》）。宋人認為，折杖法的推行，是輕刑化的體現，一洗五代時期刑法之苛嚴，使「流罪得免遠徙，徒罪得免役年，笞杖得減決數，而省刑之意，遂冠百王」（馬端臨：《文獻通考》）。

根據宋代的折杖法，歐陽鋒的「流二千里」之刑，折「決脊杖十七，配役一年」，即打脊背十七下，再服役一年就可以了。白世鏡與康敏如果沒有謀殺人的情節，則「徒二年」，折「決脊杖十七」，打脊背十七下便可當堂釋放了。

至於你想像中的姦夫淫婦被沉塘、浸豬籠、騎木驢之類的慘烈畫面，那不過是由於下層文人與文藝作品的再三渲染而強化出來的印象而已。並不是說古代社會從未有沉塘、浸豬籠、騎木驢之類的事情發生，而是說，沉塘、浸豬籠、騎木驢並不是國家的正式刑罰，只不過是個別出現的民間私刑而已，一般只存在於一些偏遠、封閉、落後的地方，而且這些殘酷的私刑也一直受到傳統主流社會的譴責。

四、張無忌悔婚，周芷若能起訴他嗎

《倚天屠龍記》裡面，張無忌與周芷若在荒島之上，在謝遜的見證下，訂下婚約，後來濠州婚禮上，趙敏突然出現，張無忌隨趙敏而去，臨走前對周芷若說：「芷若，請你諒解我的苦衷。咱倆婚姻之約，張無忌決無反悔，只是稍遲數日……」但畢竟還是悔婚了。其實《射雕英雄傳》中的郭靖也是一名悔婚男：與華箏公主有婚約在前，與黃蓉成親在後。

那麼，問題來了：按照當時的法律，已有婚約的雙方，如果一方悔婚，另一方是否可以到衙門起訴對方？

這個問題涉及法律如何看待民間婚約的效力。多數現代國家的法律都不承認婚約的法律效力，如大陸法系中的德國《民法典》規定，不得根據婚約而提起締結婚姻的訴訟，就婚

姻不締結而作出的違約金約定，在法律上為無效；婚約在普通法系的英國也不具備強制執行的效力，當一方解除婚約，另一方不得因此向法院提起訴訟。

但是在古代，不管是羅馬的市民法，還是教會的寺院法，都承認婚約的法律效力，婚約一經訂立，雙方便構成準婚姻關係，法律保護這一準婚姻關係。按羅馬市民法，未婚夫有權對侮辱其未婚妻的行為提起訴訟；按寺院法，違反婚約的一方甚至要接受懲罰。

中國傳統的律法同樣承認婚約的效力，並將婚約納為締結婚姻的必要條件之一。一樁合法婚姻的締結，需經六禮：納采、問名、納吉、納徵、請期、親迎，否則便如同私奔：「六禮備謂之聘，六禮不備謂之奔。」（《禮記·昏禮》）這六禮中，前五禮均屬婚約範疇，五禮完成，即意味著雙方已經訂立了婚約。以後一方若違反婚約，另一方則有權提起訴訟。

按《唐律疏議》，在涉及婚約糾紛的訴訟中，悔婚一方將會被追究法律責任：「諸許嫁女，已報婚書及有私約（先知夫身老、幼、疾、殘、養、庶之類）而輒悔者，杖六十（男家自悔者，不坐，不追聘財）。雖無許婚之書，但受聘財亦是。若更許他人者，杖一百；已成者，徒一年半；女追歸前夫，前夫不娶，還聘財。」

甚麼意思？就是説，兩姓訂下婚約之後，假如女方悔婚，男方可以將女方告上法庭，女方將被「杖六十」，並強制履行婚約；不過，如果男方在訂婚時隱瞞了「老、幼、疾、殘、養、庶」等信息，女主可以解除婚約；假如男方悔婚，則不問罪，但不得索回聘財。女方違反婚約而跟第三方締結的

婚姻關係，為無效婚姻。這是唐朝的情況。

宋元法律關於悔婚的規定，跟唐朝差不多，女方悔婚會被追究刑責，男方悔婚無刑責，但不可追回聘財。宋《刑統》的相關條文直接抄自《唐律疏議》，但後來又在編敕中增補了新條款：「諸定婚無故三年不成婚者，聽離。」婚約如果三年內無故不履行，任何一方可以單方面解除婚約。

元朝典章則規定：「諸有女許嫁，已報書及有私約，或已受聘財而輒悔者，笞三十七；更許他人者，笞四十七；已成婚者，笞五十七；後娶知情者，減一等，女歸前夫。男家悔者，不坐，不追聘財。五年無故不娶者，有司給據改嫁。」宋元法律承認女方在一定條件下可以解除婚約，較之古典的《唐律疏議》，無疑是進步的體現。

看了宋元時期的相關立法，我們可以知道，張無忌悔婚，周芷若有權起訴他，但張無忌不會因為悔婚而受到刑罰，只是他送給周姑娘的聘財將收不回來。（哪位知道張無忌送了周姑娘甚麼禮物？）那麼張無忌與周芷若原來的婚約是否還有效？從法律上講，舊時婚約是具有強制執行效力的，即法官可以強制要求悔婚的一方履行婚約。不過，我們以常理常情便可以知道，強扭的瓜不甜。宋人就認為，「既已興訟，縱使成婚，有何面目相見？」若是強制執行婚約，「後日必致仇怨愈深，縈煩不已」（《名公書判清明集》）。

因此，宋朝法官在處理悔婚訴訟時，一般不會強制訂婚雙方履行婚約，而是援引「諸定婚無故三年不成婚者，聽離」的立法精神，「斷之以法意，參之以人情」，解除訴訟雙方的婚約（《名公書判清明集》）。餘下的事情，就是怎麼確定違

《彌勒經變》（局部）中的婚嫁圖。

約方的責任，主要是聘財的處分。這一般看法律的規定，以及訂婚雙方怎麼約定。許多人在訂婚時，也會在婚書上寫明雙方的違約責任，如黑水城出土的一份元代納聘婚書，上面有這麼一條約定，「先悔者罰五十両（銀）與（對方）」。

換言之，在宋元時期，婚約的強制執行效力已經有所弱化，法律往往只是將其當成一份民事契約合同，悔婚的一方按法律規定與雙方約定，承擔違約責任。

不過，在實際司法過程中，法官有時候也會根據實際情況，參酌人情與法意，要求違約方履行婚約。我們來看一個小故事，原載於宋人筆記《青瑣高議》，明代的馮夢龍整理宋元話本小說時，將它改編成《宿香亭張浩遇鶯鶯》，收入《警世通言》。

話說宋時洛陽有一才子，姓張名浩，與鄰家女子李鶯鶯在宿香亭訂下婚約，並互贈信物。但張家尊長後來卻給張浩訂了另一門親事，女方為「累世仕宦、家業富盛」的孫家之女。張浩「不敢抗拒，又不敢明言李氏之事，遂通媒妁，與孫

氏議姻」。但他卻又不能忘舊情，託人告訴鶯鶯：「浩非負心，實被季父所逼，復與孫氏結親，負心違願，痛徹心髓！」鶯鶯說：「我知其叔父所為，我必能自成其事。」

李鶯鶯怎麼「自成其事」呢？她以一紙狀書，將張浩告上法庭，說她與張浩私許終身，「言約已定，誓不變更。今張浩忽背前約，使妾呼天叩地，無所告投！切聞律設大法，禮順人情」，請法官主持公道。

受理訴訟的府尹於是傳喚張浩到庭，問他：「你與李氏既已約婚，安可再娶孫氏？」張浩說：「與孫氏的婚事為叔父所逼，實非本心。」府尹又問鶯鶯：「爾意如何？」鶯鶯說：「張浩才名，實為佳婿。使妾得之，當克勤婦道。」府尹說：「天生才子佳人，不當使之孤零。我今曲與汝等成之。」於是判張浩與李鶯鶯履行原來的婚約：「花下相逢，已有終身之約；中道而止，欲乖偕老之心。在人情深有所傷，論律文亦有所禁。宜從先約，可絕後婚。」

張李「二人再拜謝府尹，歸而成親。夫婦恩愛，偕老百年」。

故事中的李鶯鶯，可謂是一個敢於追求自由戀愛與自主婚姻的巾幗豪傑。周芷若是江湖兒女，理應比鶯鶯更加敢愛敢當。李鶯鶯敢告張浩悔婚，周芷若有何不敢？如果她狀告張無忌，未必不能獲得法官的支持，如果她與張無忌確實是情投意合的話。

不論中西，婚約都曾經是婚姻關係的組成部分，存在於久遠的傳統中。即便在今天，許多地方仍然保留著訂婚的習俗，我們的語言習慣中也保留著「未婚夫」、「未婚妻」的稱謂。只是隨著近代社會的來臨，婚約的法律效力在很多國家

都越來越弱化。

中國大陸現行的《婚姻法》並不承認訂婚，只以司法解釋的形式說明：解除婚約時，若一方給付了彩禮並造成給付人生活困難的，可以要求返還彩禮。也就是說，今天，在法律意義上並不存在「悔婚」的行為，悔婚也不需要承擔違約責任。然而，由於民間社會仍有訂婚的風俗習慣，由悔婚引發的民事糾紛時有所聞。法律對訂婚習俗的視而不見、避而不談，導致法官在處理這類糾紛時常常感到為難。

其實，今天的歐美國家，以及台灣地區，儘管都不承認婚約的強制履行效力，但都承認婚約具有民事締約的性質，訂婚雙方具有守信的義務，當一方違約時，另一方有權請求返還訂婚時的贈與物，甚至可以請求有過錯的一方支付損害賠償。因此，這些國家或地區在民法典或判例上，對於解除婚約後的贈與物處分、損害賠償請求，都作出了明確的規定。

我們假設張無忌與周芷若生活在今天的台灣，張無忌在婚禮上逃婚，給周芷若造成了極大的精神損害，周芷若因此提起訴訟。

那麼，根據台灣施行的《民法典·親屬編》第 975 條，「婚約，不得請求強迫履行」。周芷若不能請求法官判處張無忌履行婚約，與趙敏分手。但周芷若可以按《民法典·親屬編》第 977 條與第 979 條，「婚約解除時，無過失之一方，得向有過失之他方請求賠償其因此所受的損害」；「因訂定婚約而為贈與者，婚約無效、解除或撤銷時，當事人之一方，得請求他方返還贈與物」，要求張無忌賠償，並返還贈與物。（哪位知道周姑娘送了張無忌甚麼禮物？）

但張無忌也可以根據《民法典・親屬編》第 976 條：「婚約當事人之一方，有左列情形之一者，他方得解除婚姻約：九、有其他重大事由者。」為自己辯護：他在婚禮上逃婚，是為了拯救義父謝遜，屬於法律規定的「重大事由」，因而不需要為解除婚約而承擔違約責任。至於最後法庭將會如何裁決，那就看法官了。

我覺得，大陸的《婚姻法》，也應當補上婚約解除情況下贈與物處分與損害賠償方面的規定。畢竟，訂婚的習俗不可能很快消失，法律不能對它視而不見。

五、韋小寶是不是犯了重婚罪

看過《鹿鼎記》的朋友，都知道韋小寶豔福不淺，有七個老婆：沐劍屏、方怡、雙兒、蘇荃、建寧公主、曾柔、阿珂（按出場順序）。男性讀者可能都豔羨死韋爵爺了，但許多人未必知道，按照大清律法，韋小寶已經觸犯了「重婚罪」。

甚麼？舊社會的男人不是三妻四妾嗎？舊時不是一直實行一夫多妻制嗎？怎麼也有「重婚罪」？

其實，中國自古就是實行明確的一夫一妻制，在法律也很早確立了「重婚罪」，叫作「有妻更娶」，如《唐律疏議‧戶婚律》「有妻更娶」條規定：「諸有妻更娶者，徒一年，女家減一等；若欺妄而娶者，徒一年半，女家不坐。各離之。」生活在唐朝的男性，如果言明有妻，更娶一妻，將會被判處有

期徒刑一年，女方的罪責減一等，處科杖一百；如果唐朝男性隱瞞自己的婚姻事實再娶一妻，女方不知男方已有妻室，則男方判處有期徒刑一年半，女方不坐罪。不管是哪種情形，重婚的婚姻都宣告無效，「各離之」。

這一「戶婚律」的精神一直沿用至清代，《大清律·戶律·婚姻》「妻妾失序」條規定：「凡以妻為妾者，杖一百；妻在，以妾為妻者，杖九十，並改正；若有妻更娶者，亦杖九十，（後娶之妻）離異。」只是法律不再區分男方是否隱瞞已有妻室的事實，一概判處重婚的男性「杖九十」之刑，並取消重婚的婚姻。

所謂「三妻四妾」不過是一種民間說法而已，在法律上是不可能出現「三妻」的婚姻關係的，不管是在唐宋時期，還是在明清時期。

女性重婚也為法律所明文禁止。《唐律疏議·戶婚律》規定：「諸和娶人妻，及嫁之者，各徒二年。」唐朝的女性如果重婚，則嫁娶（後婚）雙方都將被判處「徒二年」的刑罰。明清法律對女性重婚罪的處罰更加嚴厲，「若妻背夫在逃者，杖一百，從夫嫁賣，因而改嫁者，絞」。女性有夫擅自改嫁，竟然要被判絞刑。

金庸書中似乎沒有交代韋小寶的哪一個老婆為「大房」，按道理說應該以建寧公主為正室，畢竟她是大清公主嘛，但沐劍屏也是前朝郡主，蘇荃更不是吃素的，而阿珂還是韋小寶的最愛哩。我估計韋小寶自己也不知道該以哪一位為正妻，哪六位為妾。但如此一來，按照清代的婚姻制度，韋小寶顯然觸犯了「有妻更娶」的重婚罪，要被處「杖九十」之刑。

說到這裡，你或許會有疑問：「妻妾成群」在古代社會不

是很常見嗎？難道這不違背「有妻更娶」的法律？「妻妾成群」是不是很常見我們另說，不過古代確實有「納妾」的制度，但「妾」與「妻」在法律上是涇渭分明的，不容混淆的。以妻為妾，或者以妾為妻，在法律上都構成了犯罪。

古人認為：「妻者，齊也，與夫齊體，自天子下至庶人，其義一也。」（班固：《白虎通》）妻子是與丈夫平等的法律主體，但妾不是，「妾，接也，言得接見君子而不得伉儷」（《御定淵鑑類函》）。妾只能承接男人寵幸，而不得有夫妻之名。不管是法律地位，還是社會地位、家庭地位，妾都不可與正妻相提並論。妻要用「娶」，有一套繁複的禮儀；而妾用「買」就行了。

古代之所以出現納妾的制度，最主要的原因是，古人認為「不孝有三，無後為大」，為祖宗延續香火被視為是一個男人最大的責任，因此，如果妻子不能生育，那就應該允許丈夫納妾。換言之，妾在古代男權社會，只是被當成生育工具。當然，男人為了宣顯其地位，或出於貪圖美色之心，也會納妾，但台面上能夠冠冕堂皇說出來的理由，還是「生育子嗣」這一條。

準確地說，中國古代婚姻制度不是「一夫多妻」制，而是「一夫一妻多妾」制。

儘管納妾是合法的，但這並不意味著舊時的男人想納妾就能納妾，因為法律對納妾也有限制。

按明代制度，貴族（宗室）當中，親王（皇帝的兒子均封親王）有納 10 個妾的指標；郡王（親王長子世襲親王，其餘諸子封郡王）婚後 25 歲如未有子嗣，經有司核實、批准之後，可納二妾，如 30 歲再無生育，可申請再納二妾，一共有 4 個納妾指標；將軍、中尉婚後，如果 30 歲仍無子嗣，可以

申請納一妾，35 歲再無子嗣，可再申請另納一妾。將軍的納妾指標是 3 個，中尉的納妾指標是 2 個。（參見《大明會典》）

補充說明一下，將軍、中尉均為明朝的宗室爵位，郡王長子世襲郡王，其餘諸子封鎮國將軍；鎮國將軍諸子皆封輔國將軍；輔國將軍諸子皆封奉國將軍；奉國將軍諸子皆封鎮國中尉，以此類推，到奉國中尉為止。

清代的婚姻制度跟明代差不多。親王有福晉一名，側福晉四名；郡王有福晉一名，側福晉三名；貝勒有夫人一名，側室兩名；貝子有夫人一名，側室一名。

至於不是貴族成員的一般士庶階層，按明朝婚姻制度，得 40 歲以上，且無子嗣，才可以納一妾：「至於庶人，必年四十以上無子，方許奏選一妾。」（《大明會典》）清初延續了這一納妾制度，到乾隆年間才廢除了庶人納妾的年齡與配額限制。但韋小寶生活在康熙年間，還得接受「庶人必年四十以上無子，方許奏選一妾」的限制。雖說韋小寶是爵爺，但畢竟還是辭官了嘛。

當然，法律的規定是一回事，實際的情況又是一回事。違律納妾的事情肯定不會很罕見。不過，對一般平民而言，即使不計法律的限制，納妾也非易事。因為納妾需要一大筆錢，妾的價格從幾十兩銀子至幾百兩銀子不等，窮人家肯定掏不出這筆錢，能夠納妾的，通常不是有權勢的貴族官宦之家，就是有錢財的富室。

有學者對清代皇族的妻妾數目做過研究統計，結果發現，上層宗室平均每人擁有妻妾 3.98 人，中層宗室的妻妾為 2.15 人，無封爵的下層宗室為 1.59 人。豔福遠不如韋小寶。又有學者統計了明清時期浙江海寧查家（金庸即出身於海寧查

家）、陳家兩個家族的納妾情況：陳家的納妾率為 14.28%，查家的納妾率為 4.28%。換言之，明清時期，在海寧查姓家族中，每 100 人只有不到 5 人納了妾。查家為海寧望族，一般人家的納妾率肯定更低。

所以說，所謂「妻妾成群」，只不過是今日男人的想像而已。只有少數有錢有勢的男人才可以做到妻妾成群。

對於韋小寶來說，錢不是問題，但法律確實對他構成了形式上的限制——按照清初律法，他不可以同時娶 7 個老婆；他只能在 40 歲之後，以無子嗣為由納一妾。

不過，在韋小寶生活的清代，有一種情況可以讓一個普通的男人同時擁有兩名妻子，那就是「兼祧」的情況。所謂兼祧，是說甲乙兄弟二人，甲無子嗣，而乙有一子，那麼可以由乙的獨子承繼甲乙兩房宗祧。法律對兼祧的承認，為民間的雙娶提供了打法律擦邊球的機會。有些人家，親父和嗣父雙方都會給兼祧之子娶一個妻子，這樣，兼祧之子就同時擁有了兩房正妻，為民間習慣所承認。

但法律不會承認雙妻。前面我們說過，按大清婚姻法，「有妻更娶」的婚姻會被宣佈無效，必須離婚。但法律對「兼祧子雙妻」的處置相對寬鬆一些：「若兼祧兩房各為娶妻，冀圖生孫繼嗣，是愚民罔知嫡庶之禮，與有妻更娶不同，止宜別先後而正名分，未便律以離異之條。」（《刑案彙覽》）即根據成親的先後順序，將先娶者確定為正室，後娶者定為偏房（妾），沒有判處離婚。一般來說，官府對民間的「兼祧子雙妻」也是睜一隻眼閉一隻眼，民不告官不理。

最後，我們順便說說傳統的納妾制度是甚麼時候廢除的。

民國初年，法律還承認納妾的婚姻形式：「凡以永續同居，為家族一員之意思，與其家長發生夫婦類同之關係者，均可成立，法律不限何種方式。」1931 年，南京國民政府施行的《民法·親屬編》才正式廢除了納妾制度，但當時的司法解釋卻默認妾的存在：「《民法·親屬編》無妾之規定。至《民法·親屬編》施行後⋯⋯如有類似行為，即屬與人通姦，其妻自得請求離婚。⋯⋯得妻之明認或默認而為納妾之行為，其妻即不得據為離婚之請求。」1949 年後，大陸施行的新《婚姻法》明文「禁止重婚、納妾，禁止童養媳」。

但作為英國殖民地的香港，要等到 20 世紀 70 年代才宣佈廢除納妾制，這又是為甚麼？

原來，英人在接管香港時，發表了一個《義律公告》：「島上華僑居民，應照中國法律習慣統治之，但廢除各種拷刑，至於英國或其他人民，則適用英國現行刑事和海事法規，以為管轄。」按此聲明，港英政府對於香港華人仍按《大清律例》的部分條款治理。後來大清國亡了，但《大清律例》的部分條款在香港仍然有效。

清律例承認納妾的合法性，於是香港華人納妾在法律上是合法的，這也是為甚麼香港富豪霍英東先生可以有三房太太的背景。

以現代的價值觀來看，納妾制度自然有悖於現代文明。呼籲廢止納妾制的團體與個人一直在發聲，20 世紀 60 年代，香港報紙發表評論《大清律例與婚姻法》：「香港是國際性的都市，在全世界都起了重大變化的今天，香港有所謂『大清律例』的婚姻法問題，這不但可憐可笑，也充分顯示出香港是一

個怎樣的社會，香港政府及與香港政府的英國人對香港的真正態度如何。」但是，反對取消納妾制的聲音也很響亮。

在香港主流社會尚未對納妾制的廢存達成共識之前，英人出於普通法治理的習慣，不會貿然廢止一項顯然沒有構成社會危害的習慣。

香港社會在等待一個水到渠成的機會，在此之前，政府只是提示更多的市民關注這個議題，並展開討論，以期達成重疊共識。

1971 年 10 月 7 日，港府終於宣佈開始實施《修訂婚姻制度條例》，正式廢止納妾的婚姻形式。不過法不溯及既往，條例實施前就已存在的納妾婚姻可獲得豁免。

澳門的情況跟香港差不多。你知道，澳門「賭王」何鴻燊先生也有四房太太，曾有內地記者問何鴻燊：「您娶有四房太太，不知依據甚麼法律？」何鴻燊回答說：「依據《大清律例》。」沒錯，在很長時間內，澳門的葡萄牙當局仍承認《大清律例》部分民法條款的效力。

我沒有查到澳門是甚麼時候廢除納妾制的，估計應該在 20 世紀 80 年代，因為 1987 年 5 月 1 日澳門《民事登記法典》（修正案）開始生效，按法典規定，所有在澳門締結的婚姻必須向政府部門登記才具有法律效力，不過 1987 年 5 月 1 日之前根據中國傳統風俗締結的婚姻（包括納妾），即使沒有登記也會獲得法律承認。很可能正是《民事登記法典》的施行終止了澳門社會的納妾制。

香港與澳門社會納妾制度的消亡，體現的是一種演進式的社會變革進路，緩慢，但水到渠成。

六、江湖中有沒有同性戀

　　網上有人問：金庸筆下的江湖，形形色色的人都有，那麼有沒有同性戀？如果有，在哪些小說裡有？如果沒有，是不是有些不合情理？

　　有人回答：有，《笑傲江湖》中的東方不敗與楊蓮亭。但嚴格來說，東方叔叔是變性人，並非同性戀。

　　又有人說：曲洋與劉正風啊。你看這二人都是玩音樂的，文藝圈正是盛產同性戀的領域。而且，書中已有暗示——劉正風說：「曲大哥和我一見如故，傾蓋相交。他和我十餘次聯床夜話，偶然涉及門戶宗派的異見，他總是深自歎息，認為雙方如此爭鬥，殊屬無謂。我和曲大哥相交，只是研討音律。」這個「十餘次聯床夜話」還不是同性之愛？但暗示歸暗示，畢

竟不是明說，不算確例。

還有眼尖的網友從《碧血劍》裡找出一個可以確認的同性戀者，不過是一個打醬油的角色，此人是鳳陽總督府的馬公子，和友人楊景亭逛秦淮河，碰到一身男裝的溫青青，以為溫青青是個美少年，馬公子神魂飄蕩，對楊景亭道：「景亭，這孩子若是穿上了女裝，金陵城裡沒一個娘們能比得上。天下居然有這等絕色少年，今日卻叫我遇上了！真是祖宗積德。」顯然，這個馬公子有「孌童」之好、「龍陽」之癖。

《碧血劍》的故事背景是明末。晚明以降，正好是中國歷史上男風最盛的兩個時期之一，另一個時期是魏晉六朝。

魏晉六朝，士林放浪，男風從皇室蔓延至整個士大夫階層。《宋書·五行志》載：「自咸寧、太康（公元 3 世紀）以後，男風大興，熾於女色，士大夫莫不尚之，天下咸相仿效，貴胄孤寡女眷尤甚，或是至夫婦離絕，怨曠妒忌者。」南朝士大夫為了同性之戀，不惜與妻子離婚。

唐宋時同性戀風氣略有收斂，但晚明以降男風又復熾，據晚明學者謝肇淛的記述，「宋人道學，此風亦少衰止，今復稍雄張矣，大率東南人較西北為甚也」。自武宗朝之後，明代士大夫對男色趨之若鶩，以狎優伶、養孌童、玩男妓為時髦生活，群起效尤。謝肇淛說：「衣冠格於文網，龍陽之禁寬於狹邪；士庶困於阿堵，斷袖之費殺於纏頭；河東之吼，每末減於敝軒；桑中之約，遂難偕於倚玉。此男寵之所以日盛也。」（謝肇淛：《五雜俎》）意思是說，男人狎男人，法無禁止，比嫖娼便宜，妻子對此又不吃醋，所以男風便流行起來了。

明清時期的名士還視男風為風流韻事而津津樂道，如晚

明文人張岱在《自為墓誌銘》中自謂:「少為紈綺子弟,極愛繁華。好精舍,好美婢,好孌童,好鮮衣,好美食,好駿馬,好華燈,好煙火,好梨園,好鼓吹,好古董,好花鳥,兼以茶淫橘虐、書蠹詩魔。」坦然將「好孌童」列為自己的人生愛好之一。清代的鄭板橋也在《板橋自敘》中承認自己是同性戀:「余好色,尤喜餘桃口齒、椒風弄兒之戲。」完全沒有「出櫃」的心理壓力。

——你可以說這些明清時代的文人名士率性坦蕩,換一個立場,也可以說他們生活糜爛。

從風流名士敢於公然炫耀自己的龍陽之癖,也可以看出中國傳統社會對於同性戀行為的寬容。我們都知道,中世紀的西歐社會將同性戀當成罪,並明確提出「男和男行可羞恥的事,就在自己身上受這妄為當得的報應。……神判定,行這樣事的人是當死的」(《羅馬書》);中國社會則從未有過類似的觀念與立法。當歐洲人對同性戀者處以死刑時,傳統中國也從未發生過對同性戀者的迫害。

檢索中國歷代立法,可以發現古代政府對同性戀行為的干預非常有限。北宋時,京城等地出現了出賣男色的行當,「今京所鬻色戶將乃萬計,至於男子舉體自貸,進退怡然,遂成蜂窠」(陶穀:《清異錄》)。但宋政府在很長時間內都對這一色情業的存在睜一隻眼閉一隻眼。時人說:「至今京師與都邑無賴男子,用以圖衣食,蓋未嘗正名禁止。政和間始立法,告捕男子為娼,杖一百,告者賞錢五十貫。」(朱彧:《萍洲可談》)政和年間朝廷才立法禁止男娼。

但南宋時,這一禁令又不了了之,以致南宋人周密感慨

地説：「吳俗此風（男娼）尤甚。新門外乃其巢穴，皆敷脂粉，盛裝飾，善針指，呼謂亦如婦人，比比求合。……敗壞風俗，莫此為甚。然未見有舉舊條以禁止之者。」（周密：《癸辛雜識》）另外，我們也需要注意：「禁男娼」跟「禁同性戀」並非同一回事，正如「找小姐」跟「男女戀愛」不可相提並論。

到了明朝嘉靖年間，明政府才在《大明例附解・附錄》中規定：「將腎莖放入人糞門內淫戲，比依穢物灌入人口律，杖一百。」但這一立法與其說是針對同性戀行為，不如說是針對污辱、侵害他人人身的雞姦行為。唯清朝乾隆年間頒行天下的《大清律例》明確對自願的同性性行為作出懲罰：「如和同雞姦者，照軍民相姦例，枷號一個月，杖一百。」但跟同時代的歐洲社會相比，這樣的處罰可謂「薄懲」，須知法國直到18世紀中晚期，還使用火刑對付同性戀。

民間對同性戀行為的態度更為寬容。袁枚在《子不語・雙花廟》中講述了一個耽美的同性戀故事：「雍正間，桂林蔡秀才，年少美風姿。春日戲場觀戲，覺旁有摩其臀者，大怒，將罵而毆之。回面，則其人亦少年，貌更美於己，意乃釋然，轉以手摸其陰。其人喜出望外，重整衣冠向前揖道姓名，亦桂林富家子，讀書而未入泮者也。兩人遂攜手行赴杏花村館，燕飲盟誓。此後出必同車，坐必同席，彼此熏香剃面，小袖窄襟，不知烏之雌雄也。」

後來二人因為抗拒城中惡棍王禿兒強姦，雙雙被殺。因為「兩少年者平時恂恂，文理通順，邑人憐之，為立廟，每祀必供杏花一枝，號『雙花廟』。偶有祈禱，無不立應，因之香火頗盛」。邑人給遇難的同性戀者立廟紀念，這是中世紀歐洲

人難以想像的。

　　儘管中國傳統社會對同性戀一直寬容相待，但在中國歷史上，卻也沒有一個同性戀者會挑戰傳統婚姻制度，宣佈男人與男人、女人與女人也可以成婚。

　　明清之際閩南一帶的「契兄弟」風俗與其說是「同性婚姻」，不如是說同性伴侶的民事結合。晚明沈德符在《萬曆野獲編》中說得很清楚：「閩人酷重男色，無論貴賤妍媸，各以其類相結，長者為契兄，少者為契弟。其兄入弟家，弟之父母撫愛之如婿，弟後日生計及娶妻諸費，俱取辦於契兄。其相愛者，年過而立，尚寢處如伉儷。」當時當地的民間社會，應該是承認「契兄弟」的同性民事結合的，因此方有「其兄入弟家，弟之父母撫愛之如婿」。但是，這「契兄弟」既無婚姻之名，也不可能在婚姻制度上獲得許可。

　　清代康熙年間，通州倒是曾經出現一起「同性婚姻」，但這起「冒天下之大不韙」的另類婚姻，在知情者報官之後便被政府取締了：「有通州漁戶張二娶男子王四魁為婦，伉儷二十五年矣。王抱義子養之，長為娶婦。婦歸，語其父母，告官事乃發覺。解送刑部，問擬流徙。」（王士禛：《居易錄》）可見在傳統中國，民間或有同性之間的民事結合，但官府絕不可能在婚姻制度上認可「同性婚姻」。

　　中國傳統社會在對待同性戀的態度，可以概括為三點：一、寬容同性戀的行為（男風基本上被視為是個人的審美偏好，跟社會公德、個人品格沒有關係）；二、容許同性戀者的民事結合（如明清時期的閩南「契兄弟」之俗）；三、同時，同性戀者也小心翼翼地不去挑戰國家的婚姻制度。

商業・財富

一、郭靖第一次請黃蓉吃飯花了多少錢

　　《射鵰英雄傳》裡的郭靖，第一次離開大草原，在張家口一家大酒樓遇見了黃蓉，靖哥哥請蓉兒吃飯，黃蓉點了很多昂貴的菜品，「一會結賬，共是一十九兩七錢四分。郭靖摸出一錠黃金，命店小二到銀舖兌了銀子付賬」。那麼問題來了，當時「一十九兩七錢四分」銀子值多少錢呢？

　　首先我們需要糾正金庸先生的一個錯誤：在郭靖生活的南宋後期，法定的貨幣是銅錢，以及以銅錢為本幣的會子等紙幣；白銀雖然也可以作為支付工具，但一般只是在大宗交易時人們才會使用白銀，市肆間的日常買賣是甚少用到銀子的。像《水滸傳》描寫的那樣，好漢們上酒樓喝酒動輒掏出銀子付款的情景，是不大可能出現在宋代的。明朝中後期之

後，人們才習慣使用銀子作為日常支付工具。

　　如果你生活在宋朝，身上只帶了銀子，沒有帶銅錢或會子，要上酒樓吃飯，那最好先到銀行（宋人兌換銀錢的銀舖，就叫作「銀行」）將銀子兌換成銅錢。宋人筆記《夷堅志》有故事說，北宋政和年間，建康人秦楚材到京師參加科舉考試，「行至上庠，頗自喜，約同舍出卜，逢黬面道人攜小籃……探籃中白金一塊授之，曰：『他日卻相見。』同舍歡曰：『此無望之物，不宜獨享。』挽詣肆將貨之，以供酒食費。肆中人視金，反覆咨玩不釋手，問需幾何錢。曰：『隨市價見償可也。』人曰：『吾家累世作銀舖，未嘗見此品。』轉而之他，所言皆然。」故事中的秦楚材意外得到了一錠白銀，打算跟同舍上酒樓花掉，所以先至銀舖中，準備兌換成銅錢，由於這錠白銀有些異常，結果銀舖都不願意兌換，酒也喝不成了。可見在宋代，酒樓通常都不會直接以白銀結算。

　　宋人有時還會以黃金為貨幣，比較常見的黃金貨幣有「金葉子」。從出土的南宋實物看，金葉子多為四方形的黃金薄片，狀如書頁，一般都鏨印有銘文，銘文內容通常為金銀舖的字號、金銀行的行首名字、金葉子的成色，比如註明「十分金」。這些銘文實際上就是為金葉子的價值背書。有些朋友將金葉子想像成樹葉形狀，純屬一知半解的望文生義。其實「葉」的古義同「頁」字，指未裝訂成冊的散頁。所謂「金葉子」，即是書頁那樣的金片。

　　黃金是貴金屬貨幣，價值高；製成金葉子，可摺疊，可夾進書籍，攜帶很是方便；交易時還可以隨意剪切，因此金葉子不失為行走江湖的首選貨幣。金庸的《俠客行》也寫到金葉

子：謝煙客「日間在汴梁城裡喝酒，將銀子和銅錢都使光了，身上雖帶得不少金葉子，卻忘了在汴梁兌換碎銀，這路旁小店，又怎兌換得出？」金庸這裡的描寫是準確的，在宋代日常瑣碎交易中，金葉子不可能是直接的支付工具，需要先到金銀舖兌換成銅錢或紙幣（但在大宗交易中，金葉子應該是理想的貨幣）。所以郭靖請黃蓉吃一頓飯，如果直接用一錠黃金付賬，可能會被拒收。

有些朋友可能還會問：郭靖與黃蓉邂逅的張家口，南宋時屬於金國管轄，金國市肆中也不使用白銀或黃金嗎？這涉及金庸先生的另一個錯誤：宋代時，其實尚沒有「張家口」這個名字，張家口這地方也尚未發展成為「塞外皮毛集散之地」。倒是附近有一座宣化城，算是「人煙稠密，市肆繁盛」的城市，也是郭靖從盛京南下的必經之路。金庸如果將郭靖與黃蓉邂逅的地方安排在宣化城，才是合理的。

但在宣化城等金國的城市，同樣以銅錢作為主要的交易支付手段。金國初期，「其京城無市井，買賣不用錢，惟以物相貿易」（許亢宗：《奉使金國行程錄》）。其後，隨著中原文明的傳入，金國開始出現貨幣，金政府發行了銅錢與交鈔（紙幣），民間也兼用宋朝的錢幣。白銀在金國雖然也可以作為貨幣，但通常只是用於大宗交易，並非市井常用貨幣。也就是說，郭靖與黃蓉在金國城市吃頓飯，結賬時還得用銅錢，或者交鈔。

那麼這一頓吃掉了郭靖「一十九兩七錢四分」銀子的飯局，如果兌換成銅錢的話，是多少錢呢？郭靖大體生活在南宋理宗朝。理宗朝時，1 兩白銀大約可以換成 3 貫錢。「一十

九兩七錢四分」的銀子，差不多就是五六十貫錢。

五六十貫錢是個甚麼概念？我們先來看看這五六十貫錢在宋代可以購買到甚麼商品。

北宋咸平年間，「日出息錢二千」，即每月支付 60 貫錢，可以在汴京租住一套豪宅（《續資治通鑑長編》卷五十三）；元符二年（1099 年），蘇轍被貶至廣東循州，「哀囊中之餘五十千以易民居，大小十間，補苴弊漏，粗芘風雨」（蘇轍：《龍川略志》），50 貫錢在循州居然能夠買下十間破屋（含地價）；南宋紹興二十八年（1158 年），平江府建造瓦屋營房，「每間支錢一十貫文」（《宋會要輯稿·兵》），50 貫錢可以在蘇州建造五間平房（不含地價）；紹定年間，臨安府昌化縣的寡婦阿章，「將住房兩間並地基作三契，賣與徐麟，計錢一百五貫」（《名公書判清明集》），平均每間房（含地價）也是 50 貫左右。

北宋嘉祐年間，福建士人崔唐臣，落第後罷舉從商，「倒篋中有錢百千，以其半買此舟，往來江湖間，意所欲往，則從之，初不為定止。以其半居貨，間取其贏以自給，粗足即已，不求有餘」（葉夢得：《避暑錄話》），50 貫錢可以買一條小商船，50 貫錢可以作為做小買賣的本錢；政和年間，根據宋朝茶法，京師舖戶所磨的末茶，「許諸色人買引興販，長引納錢五十貫文，販茶一千五百斤」（《宋會要輯稿·食貨》），50 貫錢可以批發末茶 1500 斤。

北宋末汴京的毛驢每匹約十餘貫錢，五六十貫可以購買 5 頭毛驢；南宋紹興年間，台州仙居縣陳甲養了一頭豬，「數月後肌膚充腯，持貨於張屠，正得錢千二百」（洪邁：《夷堅志》），一頭數月齡的肉豬值 1200 文錢，五六十貫錢可以買

下 50 頭豬；嘉泰年間，江陵副都統制司「買馬四百匹，每匹五十餘貫」（《宋會要輯稿·兵》），五十多貫錢可以在湖北購買到一匹劣馬。

隆興元年（1163 年），據宋孝宗透露，「向侍太上時，見太上吃飯不過吃得一二百錢物。朕於此時，固已有節儉之志矣。此時秦檜方專權，其家人一二百千錢物方過得一日。太上每次排會內宴，止用得一二十千；檜家一次乃反用數百千」（胡銓：《經筵玉音問答》）。可知宋高宗每餐飯的成本為 100—200 文，如果內廷設宴，每次則花費 1000—2000 文，權臣秦檜的生活比皇室還奢侈，一場宴會要數百貫錢。郭靖請客花掉的五六十貫錢，夠宋高宗排兩三次內宴了。南宋後期，臨安的酒樓，「兩人入店，買五十二錢酒，也用兩支銀盞，也有數般菜」（西湖老人：《繁勝錄》）。52 文錢就可以到酒樓喝一次小酒，50 貫錢足夠擺 1000 次這樣的小酒局。

宋朝的下層平民，不管是擺街邊攤做點小本生意，還是給官營手工業或私人當僱工，日收入通常都是 100—300 文錢左右。五六十貫錢幾乎是他們一兩年的收入；在岳陽，「中民之產，不過五十緡」（范致明：《岳陽風土記》），50 貫錢相當於是岳陽中產階層的家產；宋政府給予高官的伙食補貼，「宰臣月各給廚錢五十貫，參知政事三十五貫」（《宋會要輯稿·禮》），宰相每月的伙食補貼恰好是 50 貫錢；熙寧三年（1104年），「太學外舍生日破錢二十八文，內舍又加二文，米、麵、蔬、肉、薪炭、料物之直，盡在其中」（《宋會要輯稿·職官》）。太學生的伙食補貼每日也才 30 文錢左右，五六十貫錢夠一位太學生吃上 5 年的。（本文涉及的宋代物價資料，參

考了程民生先生《宋代物價研究》一書）

　　也就是說，如果忽略了不同時段的通脹或通縮因素，郭靖、黃蓉這一餐飯，等於吃掉了宋朝宰相一個月的伙食補貼、太學生 5 年的伙食補貼，吃掉了南宋初年的兩三場宮廷內宴，也相當於吃掉了一匹老馬、一條商船、一間房子。

　　最後，我們再將郭靖、黃蓉吃飯花掉的五六十貫錢折算成人民幣，看看是多少錢。有網友這麼計算：「宋代一兩金子約合 37.3 克，按照 1 兩金子換 12 兩銀子計算，19.74 兩銀子折合 1.645 兩黃金，折合 61.358 克，今天掛牌金價是 234 塊錢，也就是說，這頓飯總共花了 14357 元人民幣！」但這麼換算並不可靠。

　　相對來說，以購買力平價折算才是比較合理的。據黃冕堂《中國歷代物價問題考述》，「整個兩宋時期的糧價石米僅在 500—1000 文之間」，考慮到南宋末物價上揚，糧價漲至 1 石 3000 文錢，我們取中間價，按 1 貫錢可以購買 1 石米計算。宋代的 1 石米約等於今天的 110 市斤，而今天市場上 1 斤普通的大米，一般要賣三四塊錢（人民幣）。這樣，我們可以算出來，宋代一貫錢的購買力，大約等於今天的 400 元。五六十貫錢差不多就是 20000 元。換言之，靖哥哥請蓉兒吃的那頓飯，花掉了 20000 元。

二、韋小寶貪污了多少錢

金庸武俠小說的男主角，通常都是重情重義、不貪財、不貪色的正人君子，只有一個例外，就是韋小寶，《鹿鼎記》裡的韋小寶。韋小寶倒也算重情重義，卻貪財好色，實際上，韋爵爺是一個不折不扣的「大老虎」級巨貪（封一等「鹿鼎公」）。

網上有人問：「韋小寶從當小太監到鹿鼎公一共貪污了多少錢？」有一位熱心的仁兄，為了回答這個問題，重讀了一遍《鹿鼎記》，將韋小寶受賄、索賄的情節一一列出來。在這位仁兄貢獻的基礎上，我準備將韋小寶的貪污數額一筆一筆統計出來（康熙皇帝以及俄羅斯女王給他的賞賜不計在內）：

一、與索額圖奉旨查抄鰲拜家產，共抄得 2353418 両，卻只上報 1353418 両，那多出來的 100 萬両銀子，兩人偷偷分掉了，扣除了上下打點的支出，韋小寶分得 45 萬両。（第五回）

二、尚膳監兩名太監行賄：2000 両銀票。

康親王送的大禮：大宛寶馬「玉花驄」。（第七回）

三、索額圖變賣鰲拜的家產，為討好韋小寶，又多給了 16500 両銀。

四、掌管尚膳監的「油水」：每個月 800 両銀子。（第九回）

五、在康親王府，江百勝故意輸錢給他：700 両銀子。吳應熊的賄賂：一對翡翠雞；兩串一百粒的明珠；400 両金票。康熙前期，金銀的匯率約為 1:10，400 両黃金約可換成 4000 両白銀。（第十回）

六、吳應熊委託他打點關係，給了 10 萬両銀票，被他「先來個二一添作五」，暗中抽走了 5 萬両。（第十二回）

七、康親王為答謝韋小寶幫偷經書，送了他一棟豪宅。（第二十九回）

八、當上「賜婚使」，收吳應熊賄賂：20 萬両銀票。（第三十回）

九、施琅為得清廷重用，向他行賄：一隻白玉碗；一隻六七両重的金飯碗，換成銀子，約六七十両。（第三十四回）

十、衣錦還鄉，「沿途官員迎送，賄賂從豐。韋小寶自然來者不拒，迤邐南下，行李日重」。卻不知到底收到了多少銀子。（第三十九回）

十一、在台灣大徵「請命費」，索賄 100 萬両銀子。

施琅另送他「一份重禮」。（第四十六回）

十二、勒索鄭克塽：1334300 両銀子。（第四十九回）

十三、追討鄭克塽舊欠：1 萬多両銀子。（第五十回）

合計一下，不計零頭，韋小寶的貪污數字至少有 300 萬両白銀。而寶馬、豪宅、翡翠、珍珠、白玉等難以估值的財物，以及具體數目不明的禮金（如南歸沿途官員的賄賂；施琅的「一份重禮」），尚未計算在內，如果計算在內，恐怕數字要翻一番。就按 300 萬両白銀計算吧。那 300 萬両白銀究竟是一個甚麼概念呢？

韋小寶生活在康熙朝前期，我們不妨來看康熙二十四年（1685 年）的國家財政收入：來自地丁銀的收入是 2727 萬両白銀，鹽課是 276 萬両，關稅是 120 萬両，此三項以白銀徵收，合計為 3123 萬両；此外還有以實物徵收的田賦，為 690 萬石糧，加 230 萬束草料，折算成銀子的話，大約是 900 萬両。也就是說，康熙年間，朝廷一年的全部財政收入約為 4000 萬両白銀。韋小寶一人搜刮到的錢財，相當於國家歲入的 7.5%。

再來看康熙年間的宮廷開銷。康熙二十九年（1690 年），皇帝曾授意將宮廷每年的開銷列成清單，並跟前明宮廷開支做了比較。查得：前明宮中每年用金花銀 96 餘萬両，如今這筆錢都撥充軍餉；前明宮中冬季用上等木炭 1280 餘萬斤、木柴 2680 餘萬斤，如今只用木炭 100 餘萬斤、木柴 700 萬斤；前明負責宮廷膳食的光祿寺每年用銀 24 萬両，如今是 3 萬多

両；前明宮中所用床帳、輿轎、花毯等項，需用銀 2 萬餘両，如今這筆錢都省了下來。（參見侯楊方：《盛世啟示錄》）

換言之，韋小寶的貪污額，如果以康熙年間的膳食標準，足夠內廷安排 100 年的膳食。當然，到了晚清，官場腐敗嚴重，幾乎無官不貪，情況又不一樣。道光皇帝想吃粉湯，讓內務府做預算，內務府報出的經費是 7.5 萬両白銀。按內務府的算法，御膳房要做粉湯，得先另蓋一間廚房，這需要一大筆錢，還得請幾個專職的御廚，又需要一筆錢，還要添僱一幫打下手的，端盤送菜的，也需要錢，一筆筆算下來，共需經費 6 萬両銀。另外，常年費尚需 1.5 萬両，加起來是 7.5 萬両，一分不多，一分不少。實際上，這內務府的官員肯定也是韋小寶一樣的角色，銀子顯然都進他們腰包了。（參見《清室外紀》）

如果以康熙年間的官員薪俸標準，一個高官又需要工作多少年才能攢到 300 萬両白銀呢？我們知道，清代俸祿制度繼承自明朝，實行低薪制，在雍正朝推行「養廉銀」之前，清朝官員的合法收入都很低（灰色收入不計在內）。按順治十年（1650 年）定下的俸祿標準（順治十年之前的俸祿更低），京官正從一品歲給俸銀 180 両，祿米 90 石；正從二品銀 155 両，米 77.5 石；正從三品銀 130 両，米 65 石；正從四品銀 105 両，米 52.5 石；正從五品銀 80 両，米 40 石；正從六品銀 60 両，米 30 石；正從七品銀 45 両，米 22.5 石；正從八品銀 40 両，祿米 20 石；正九品銀 33.14 両，米 16.557 石；從九品銀 31.5 両，米 15.75 石。外官俸銀與京官同，但不支祿米。

略計算一下便可以知道，一名生活在清初的一二品大

員，差不多要工作 2 萬年，而且不吃不喝，才可以靠工資攢下 300 萬兩白銀。由於合法收入低，清朝很多官員都要靠陋規等灰色收入來維持體面乃至奢靡的生活。雍正朝推行「養廉銀」制度之後，官員的合法收入才出現一個飛躍。養廉銀的多少根據官階的高低、職務與任職地方的不同而定，大致來說，一二品大員每年的養廉銀有一二萬兩，七品小官每年也有幾百、上千兩。相比之養廉錢的數目，俸祿幾乎可以忽略不計。但即使計上養廉錢，一名清代一二品大員如果單靠合法收入的話，也需要工作 100 多年，才可以攢到 300 萬兩白銀。

如果跟清代升斗小民的收入相比，韋小寶這貪來的 300 萬兩白銀就更是天文數字了。清初，下層小民的工薪水平跟明代的差不多，晚清馮桂芬說：「如工匠一節，國初（清初）每工只銀二三分。」（馮桂芬：《校邠廬抗議》）一名工人的日工價大約是 0.02—0.03 兩銀子，他們必須不吃不喝、做牛做馬工作 30 萬年，才可以賺到 300 萬兩銀。

再按香港科技大學劉光臨教授的研究，乾隆三十五年（1770 年）的人均實際國民收入為 6.45 兩白銀（康熙時期的人均國民收入應該略低於乾隆時期），韋小寶的貪污數目大約是人均國民收入的 46 萬倍。

如果將韋大人貪來的 300 萬兩銀子折算成人民幣，又值多少錢呢？

首先我們需要建立一個換算的參照系。我認為，以貨幣對大米的購買力進行換算，是一種比較合理、靠譜的方法。

在韋小寶生活的清代康熙朝前期，即 17 世紀下半葉，

流通的主要貨幣為白銀與銅錢，銀錢的匯率約為 1:1000，即 1 兩銀子可以兌換 1000 文錢。市場上大米的價格一般在每石 300—800 文之間波動，我們取其中間值，以每石 500 文錢計算（這個數值也便於折算）。清代的一石米約等於今天的 150 斤。而現在商場中一斤普通的大米，大概要賣 4 塊錢。這幾個關鍵數目字弄清楚之後，我們便可以建立一個大體上有效的換算等式：

1 兩銀子 =1000 文錢 =2 石米 =300 斤米 =1200 元（只對清代康熙前期有效）

根據這條等式，韋小寶腐敗清單上的 300 萬兩銀，換算過來，大約值 36 億元人民幣。辣塊媽媽的，這個「韋老虎」，單就賬目一清二楚的銀子，折算成人民幣，就有 36 億元之多。若說他不是「大老虎」，那誰才是「大老虎」？

三、韋小寶真的可以從懷裡掏出一大疊銀票嗎

金庸的其他小說極少寫到銀票，但在《鹿鼎記》裡，銀票成為最具殺傷力的「武器」，韋小寶的懷裡每天都揣著一大疊銀票，行賄時掏出幾張，不管是宮中太監，朝中大官，還是江湖好漢，幾乎沒有一個不被銀票降服的。但從歷史的角度來看，在韋小寶生活的清代前期，哪裡有甚麼銀票？因為那時候還沒有發行銀票的票號呢。

中國第一家票號出現的時間，大約是在清代道光初年（1820 年後），比韋小寶時代晚了一百五十年左右。

據民國燕京大學陳其田教授的《山西票莊考略》，「大概是道光初年，天津日昇昌顏料舖的經理雷履泰，因為地方不

靖，運現困難，乃用匯票清算遠地的賬目，起初似乎是在重慶、漢口、天津間，日昇昌往來的商號試行成效甚著。第二步乃以天津日昇昌顏料舖為後盾，兼營匯票，替人匯兌。第三步在道光十一年北京日昇昌顏料舖改為日昇昌票莊，專營匯兌」。「日昇昌」就是中國的第一家票號。

票號的經營業務包括存款、放貸、匯兌、代辦結算、發行銀票等，跟銀行差不多。所謂銀票，就是票號開具的存款憑證。由於票號對銀票的兌現採取「認票不認人」的原則，即某票號發行的任何一張銀票，不管任何人持有，都可以到該票號的所有分號兌換成白銀。銀票因此獲得了流通的功能，人們都將銀票當貨幣使用。

雷履泰成功創辦「日昇昌」票號之後，眾多資本雄厚的山西商人紛紛仿效，開設票號，人稱山西票號，或晉商票號。這些晉商票號的總部，多設在山西平遙，這個不顯山不露水的小縣城，隱藏著一大批中國的早期金融家，以及大量金融機構，可謂是大清國的「金融中心」、「東方的華爾街」。

晚清京師的票號、錢店、香蠟舖還發行一種叫作「錢票」的紙幣，「錢票寬二寸許，長約五寸，中記錢額，蓋方印，左角又蓋發行各舖之圖記。票額至不等，都凡七種，有一吊者，二吊者，三吊者，四吊者，五吊者，六吊者，並有十吊者」（徐珂：《清稗類鈔》）。

然而，由於錢票的價值全憑錢店、香蠟舖的信用，不具法償地位，一旦發行錢票的商家不講信用，錢票便形同廢紙。事實也是如此，每年年終或端午、中秋前，都有一些商家「歇業潛逃」。可以想像，這種無信用的「信用貨幣」必被

172
173

使用者淘汰，果然到清末時，錢票已「日漸消滅」。山西票號由於信用極好，則在晚清迎來發展的輝煌期。

守信用，是山西票號的顯著特點，用梁啟超的話來說，「晉商篤守信用」。晚清庚子事變期間，北京的山西票號遭受亂民洗劫，連賬簿都被付之一炬。沒有賬簿，票號便無法核算存款數目，也難以核對儲戶資料。但山西票號還是決定：只要儲戶持存摺到票號，便可立即兌現存款，不用核實賬目餘欠，也不管銀兩數目多少。

山西票號雖然因此損失慘重，卻藉此樹立起響噹噹的公信力。經歷過此事的「蔚泰厚」北京分號掌櫃李宏齡後來回憶說，「至是之後，（票號）信用益彰，即洋行售貨，首推票商銀券最足可信，分莊遍於全國，名譽著於全球」；「不獨京中各行推重，即如官場大員無不敬服。甚至深宮之中亦知西號（山西票號）之誠信相符，不欺不昧」（黃鑒暉等編：《山西票號史料》）。

想說的是，票號的輝煌期、銀票的興盛期，是在晚清。韋小寶要生活在清代中後期，懷裡才可以裝上一大疊銀票。而在「日昇昌」票號出現之前，至少從史料方面來看，中國是沒有票號的，當然也就沒有相當於貨幣的銀票。我們今天看以明朝為歷史背景的古裝劇，常常可以看到，劇中人動輒就掏出一疊一疊的銀票，這是創作人員不了解歷史所致。其實明朝人寫的《金瓶梅》等世俗小說，都只寫銀兩，從不提銀票。清代中後期產生的世俗小說，才常常提到銀票。

不過晚明時候，倒是出現了一種「會票」，明末的陸世儀說：「今人家多有移重貲至京師者，以道路不便，委錢於京師

富商之家，取票至京師取值，謂之會票。」（陸世儀：《論錢幣》）會票實際上就是甲地匯款、乙地兌現的票據，功能與銀票差不多。

但是兩者的差別也非常大：其一，開具銀票的票號，是金融匯兌專營機構；會票則是個別商號兼營，這些商號在京師與家鄉之間常有錢款往來，因而順道兼營白銀的匯兌。

其二，票號打出的廣告是「匯通天下」，一些大的票號，分號遍佈國內各大城市與商埠，甚至在日本、朝鮮、俄羅斯、印度、新加坡、英國等華商密集的國家，也設有票號分號。因此，銀票的匯兌非常方便，差不多可以作為貨幣流通；而會票由於是個別商號順便兼營，分號有限，匯兌不便，流通功能也就受到限制。不妨說，會票乃是銀票的初級形態。

總而言之，那種可以像貨幣一樣使用的銀票，韋小寶時代是見不到的。從明代中後期到清代前期（韋小寶生活的時代），人們的日常瑣碎交易一般都是使用銅錢，佐以碎銀；大宗交易則用銀錠。但以白銀為支付工具，使用起來的麻煩程度超乎我們的想像，不但因為白銀沉重，異地搬運困難，而且白銀在中國基本上都是以稱量貨幣的初級形態流通於市場，明清政府似乎一直都未曾設想將白銀鑄成規定了面值的銀幣、銀元，以政府信用發行，直至清末時才出現光緒銀元。

作為沒有完成標準化的稱量貨幣，有一個天然的缺陷：交易時需要鑒別銀子的成色、稱量銀子的重量。因為一些私鑄者在銀子中加入錫、鉛等普通金屬，冒充足銀。高純度的銀錠在熔鑄—冷卻過程中，會形成水紋一樣的紋理，因此稱為「紋銀」，但市面上許多「紋銀」卻是偽造的，給交易造

成了額外的麻煩。就算不計較做偽的問題吧，由於鑄造技術與衡器本身的原因，民間各個爐房、銀號各行其是私鑄的銀錠，成色與重量都不一樣，號稱足銀的未必就是足銀，號稱十兩的也未必就是十兩。交易的時候，還得驗看、衡量。

而且，各地、各行業用於衡量銀子重量的衡器標準也不統一，比如在湖南號稱「一兩」的足銀，按清代的國家庫平，卻只有八錢一分一釐七毫。因此，在大宗交易中使用白銀結算，實際過程非常複雜，不但需要驗看銀子成色，稱量銀子重量，還要換算量衡標準。如果是長途貿易，更加麻煩，需要使用人工將沉重的白銀從一地搬運到另一地，為了保障途中安全，又需要僱請保鏢。

假如這個時候出現了以白銀本位的銀票，或者國家發行標準化的銀幣，那麼這些額外的交易成本將會大大降低。然而，從晚明至清代前期，在海外白銀大量流入、成為通用貨幣之後，居然沒有出現使用起來更便利的銀幣或銀票，所以我對所謂的「晚明資本主義萌芽」，對「康雍乾盛世」的商業發達程度，是非常懷疑的。

四、鏢局是個甚麼組織

在金庸武俠小說中，鏢局是經常出現的江湖組織。《倚天屠龍記》中有虎踞鏢局、晉陽鏢局、龍門鏢局、燕雲鏢局，《俠客行》中有西蜀鏢局，《碧血劍》中有會友鏢局，《鹿鼎記》中有武勝鏢局，《書劍恩仇錄》中有鎮遠鏢局，《雪山飛狐》中有五郎鏢局、飛馬鏢局、平通鏢局，《鴛鴦刀》中有威信鏢局，《白馬嘯西風》中有晉威鏢局，《笑傲江湖》中有福威鏢局，少主人就是林平之。

然而，事實上，鏢局的歷史並不算太長，在《倚天屠龍記》的時代，即元朝末年，人們還不知道鏢局為何物呢，因此不可能出現甚麼虎踞鏢局、龍門鏢局。即使到了《碧血劍》與《鹿鼎記》的時代，即明末清初，武俠小說所描述的那種鏢局

也尚未誕生。

有人將鏢局的歷史追溯到明代的「標行」，因為在清人的筆記中，鏢局有時也寫成「標局」，如《舊京瑣記》載，「貫市李者，以標局起家，固素豐，頗馳名於北方」。這個標局應該就是鏢局。明代有些世俗小說也寫到「標行」，比如《金瓶梅》就寫道：「西門大官人……家裡開著兩個綾緞舖，如今又要開個標行，進的利錢也委的無數。」不少人據此以為西門慶家開了鏢局。但是，明代的標行只是銷售標布的商號，跟鏢局完全是兩碼事。顯然，西門大官人並不是開鏢局的，而是布行老闆。

不過，要扯起來，鏢局跟標行還真有些淵源，因為標行需要長途販運標布，為防止途中被盜賊搶劫，往往要僱傭保鏢，當時這些保鏢也被叫作「標客」。標客幹的其實就是保安的活兒。後來（明清之際），有些標客立起字號，開了標局，客商若要販運貴重的商貨，可到標局僱請標客。這時候的標局，類似於保安公司。此時應該是明末清初之際。

再到後來（清代前期），標局承擔起運貨的服務，客商只要將貨物交給標局，支付一定的傭金，標局便負責將貨物運送到指定的地點，貨商不必自己押貨。這時候，標局就是一個物流公司了。我們從武俠小說看到的鏢局，基本上都是物流公司。由於鏢局非常講信誠，跟江湖上各路人物也保持著良好關係，又有鏢師押貨，所以將商貨交給鏢局，不但方便而且很安全。鏢局的生意也就做得風生水起。

有文獻記載、有名字可考的第一家鏢局，誕生於清代乾隆年間（18 世紀中後期），叫「興隆鏢局」，創辦人是山西

拳師張黑五。近代學者衞聚賢的《山西票號史》考證說：「考創設鏢局之鼻祖，仍係乾隆時神力達摩王，山西人神拳張黑五者，請於達摩王，轉奏乾隆，領聖旨，開設興隆鏢局於北京順天府前門外大街，嗣由其子懷玉繼以走鏢，是鏢局的嚆矢。」清代鏢師走鏢之時，沿途會喊：「合——吾——」據說這「合吾」就是「黑五」之諧音。

「興隆鏢局」也出現在金庸的《飛狐外傳》中，總部設於山西大同府，總鏢頭叫作周隆。《飛狐外傳》的故事發生在乾隆中期，這個時候「興隆鏢局」應該誕生了。

鏢局由清代的山西人所創辦是毫不意外的。因為明末清初之際，山西商人已經是華北最活躍、最有實力的商幫，每一年都有無數的商貨與白銀進出山西，必須有可靠的標客押運、護送。另外，山西民風尚武，是形意拳的發祥地，盛產拳師，且許多山西拳師都有給晉商當保鏢的經歷。換言之，既有旺盛的市場需求（大量晉商需要安全的長途物流），又有充分的供給資源（山西拳師很多），山西鏢局便應運而生。今天你到山西平遙古城旅遊，便會發現平遙城內，隨處可見的無非是兩樣東西：票號遺址，鏢局遺址。

我們知道，票號也是山西人創立的。在山西商人創辦第一家票號「日昇昌」之前，中國是沒有專門匯兌銀子——銀票的金融機構的，只不過在明代時，一些大商號會向客戶開具一種叫作「會票」的票據，持有會票，可以從該商號兌換成銀子。但會票的使用範圍有限，貨幣功能非常弱。

正是由於從晚明至清代前期尚未出現票號與銀票，會票的貨幣功能又不健全，市場對鏢局的需求才被放大，因為當

時的大宗、長途貿易通常都使用現銀，為了避免銀兩在異地轉移的過程中遭受盜賊搶劫，往往需要請鏢局押運：「爾時各省買賣貨物，往來皆係現銀。運輸之際，少數由商人自行攜帶，多數則由鏢號護送，故保鏢事業，厥時甚盛，精拳術者，亦大有用。」（嚴慎修：《晉商盛衰記》）

直至乾隆初年，西北各省的富商大賈前往東南購置綢緞布匹，還得「囊挾重貨，動至數萬金，騎馱數十頭，合隊行走。有等膂力過人、身嫻武藝之徒，受僱護送，帶有鳥槍、弓箭，名曰保鏢，所以防草竊、杜剽掠也」（嚴瑞龍：《為請嚴禁保鏢胡作非為事奏摺》）。

「銀鏢」（即替客戶押運白銀）也構成了清代鏢局的兩大主業之一，另一主業是「物鏢」，即替客戶押運貨物。我們前面講過，鏢局從本質上說就是一個物流公司，即使是押運作為貨幣的白銀，也是採用物流的思路——將押運物原封不動地從甲地送到乙地。

這種做物流的思路，用於「物鏢」是可以的，但用於「銀鏢」，顯然就比較落後了。因為白銀是貨幣，兩錠銀子只要成色、重量一樣，那它們對於使用者來說就沒有任何區別。說到這裡，忍不住想起一則笑話：有位先生好不容易淘到一張100元面值的錯版鈔票，很是高興，交給太太保管。太太說，放心，保證存得妥妥的。幾天後，丈夫問：那張錢藏到哪裡去了？太太說：我存銀行賬戶了，誰也偷不去。丈夫氣得暴跳如雷。太太說：有甚麼好生氣的，明天就取出來，又少不了你一毛錢。這個傻太太犯的毛病，是混淆了收藏品（錯版鈔票）與貨幣的區別。

對明清時期的人來說，白銀不是收藏品，而是貨幣，即一般等價物。假設一家商戶要將 1000 兩銀子從京師帶到山西，他根本就不必對這 1000 兩銀子進行物理搬運，只要將銀子存入京師的某個機構，換成一紙票據，然後帶著票據來到山西，再憑票據跟那家機構的山西分支兌現成白銀，便完成了將 1000 兩銀子帶到山西的貨幣轉移。這是匯兌的思路，做金融的思路。山西票號，就是在這一思路下誕生的金融公司。

　　由於票號的匯兌與鏢局的銀鏢之間存在著業務重合，也就構成了直接的競爭關係。我們完全可以想像，以物流思路經營銀鏢的鏢局，是不可能贏過以匯兌思路經營銀票的票號的。因為前者成本巨大，而且效率極低。就如在我們可以看見的未來，傳統的出租車公司是絕對競爭不過網絡約車的。

　　不妨來看一個例子：嘉慶年間（19 世紀初），山西拳師戴二閭在河南賒店開設廣盛鏢局，生意一度非常紅火，因為清時賒店地處南北九省交通要道，南船北馬咸集於此，秦晉鹽茶商人尤其多，大量白銀在這裡集散，因而需要鏢局護送。然而，到了道光年間（約 19 世紀中葉），隨著「蔚盛長」等七八家山西票號在賒店開設了分號，商人轉移白銀通過票號匯兌就可以了，不用鏢局走銀鏢。廣盛鏢局的生意從此江河日下，很快就宣告歇業。戴二閭回了山西老鄉，侄子戴廣興則留在賒店改營「過載行」，專職做物流業。所謂「過載行」，就是貨物運輸中介，貨主要運送一批貨物到某地，可以交給「過載行」，由「過載行」聯繫貨輪、車隊，組織貨物發運，並代理貨物承收。

　　那麼為甚麼在山西平遙，鏢局與票號卻共存了近百年

呢？說來原因並不複雜，平遙是很多山西票號的總部所在地，由於票號的一些分號存款多而取款少，另一些分號則存款少而取款多，因而平遙總部時常要給各地調撥銀子，各分號也要將一部分存款以及利潤（都是白銀）運回總部。這類白銀的異地轉移是需要物理搬運的，而只要是物理搬運，就離不開鏢局，正如現在各家銀行的營業廳，每隔一段時間，就要叫運鈔車武裝押運鈔票。因此，在平遙，票號繁榮，則鏢局興盛；票號衰敗，則鏢局式微。

不管是票號，還是鏢局，從本質上來說，都是商業組織。記住這一點之後，我們今後再讀武俠小說，也許會有特別的閱讀體驗，比如看到鏢師出場，我們會心想：咦，這不是送快遞的小哥嗎？

五、丐幫幫主的財富知多少

　　在金庸筆下，兩宋時期的江湖，第一大派是少林寺，第一大教是全真教，第一大幫則非丐幫莫屬。丐幫幫主，從喬峰到洪七公，都是蓋世大英雄。那麼問題來了：宋朝時候，是不是真的有一個叫作丐幫的江湖組織呢？

　　歷史上確實存在過一種類似於丐幫的乞丐行業組織，而且從文獻記載的角度來看，它出現的時間，也正是在宋代。不過，它的名字似乎不叫丐幫，其首領也不叫幫主，而是叫作「團頭」、「丐首」、「丐頭」。

　　馮夢龍輯錄的《古今小說》收有一篇〈金玉奴棒打薄情郎〉，裡面就介紹了南宋時杭州的乞丐行業組織：「話說故宋紹興年間，臨安雖然是個建都之地，富庶之鄉，其中乞丐

的，依然不少。那丐戶中有個為頭的，名曰『團頭』，管著眾丐。」故事中的金玉奴，是一名富家女，她父親就是杭州的丐頭——你沒有看錯，當叫花子的首領也是可以發家致富的：「且說杭州城中一個團頭，姓金，名老大，祖上到他，做了七代團頭了，掙得個完完全全的家事，住的有好房子，種的有好田園，穿的有好衣，吃的有好食，真個廒多積粟，囊有餘錢，放債使婢，雖不是頂富，也是數得著的富家了」。

團頭的財富是從哪裡來的？按乞丐行業的例規，「眾丐叫花得東西來時，團頭要收他日頭錢。若是雨雪時，沒處叫花，團頭卻熬些稀粥，養活這夥丐戶。破衣破襖，也是團頭照管。所以這夥丐戶，小心低氣，服著團頭，如奴一般，不敢觸犯。那團頭見成收些常例錢，一般在眾丐戶中放債盤利。若不嫖不賭，依然做起大家事來」。原來，眾丐平日需向團頭繳納「日頭錢」，並服從團頭的權威，以此換取組織的照應：當雨雪天氣，眾丐無處乞討時，團頭要負責熬粥供養眾丐。團頭則將收到的「日頭錢」用於放貸盤利，理財投資，慢慢便積累下過人的財富。

從政治的角度來看，歷史上真實存在的乞丐團體，是一個典型的父權型組織，眾丐必須「服著團頭，如奴一般，不敢觸犯」。團頭具有收稅（「日頭錢」）的權力，而且這團頭之職似乎還是世襲的，杭州金家至少幹了八代團頭，金老大是第七代，後來他又將團頭之位「讓與族人金癩子做了」。如此看來，下一任團頭為誰，完全由上一任團頭指定。

從經濟的角度來看，南宋杭州乞丐團體又類似於一個公積金管理公司，眾丐上繳的「日頭錢」有如公積金，當遇上雨

雪天氣、乞討不到食物時，可以從公司那裡獲得救濟，而公司用於購買救濟糧的經費，顯然來自公積金。團頭還是特別具有經濟頭腦之人，並不打算將手頭負責管理的那一大筆公積金沉澱起來，而是拿出來用於投資，借錢生錢。

或許有的朋友會說，〈金玉奴棒打薄情郎〉分明是晚明文人整理的小說，不能用它來證明宋代已出現了丐幫。有道理。不過，〈金玉奴棒打薄情郎〉其實並不是馮夢龍原創，而是根據明朝中期（16世紀上葉）田汝成《西湖遊覽志餘》中的一則記錄改編而成，原文如下：

> 宋時，杭丐者之長曰團頭，雖富而丐者之名不除。有一團頭家，富而女甚美，且能詩。心欲嫁士人，人無與為婚者。有士新補太學生，貧甚，無所避，又得妻之資，羅書而讀，遂登第，授無為軍司戶……

由於《西湖遊覽志餘》所輯錄的乃是歷史掌故，而非文人的虛構性創作，「宋時杭丐者之長曰團頭」之說必有所本。換言之，田汝成應該從宋元文獻中看到過有關杭州團頭的記載。只不過這文獻今天已經佚失了。

其實，從宋人的記載，我們也不難推斷宋代已有乞丐行業組織。據《東京夢華錄》，北宋汴京內，「其賣藥賣卦，皆具冠帶。至於乞丐者，亦有規格。稍似懈怠，眾所不容。其士農工商諸行百戶衣裝，各有本色，不敢越外」。汴京城市乞丐的衣著必須嚴格遵照行業「規格」，「稍似懈怠，眾所不容」，如果沒有一個類似行會的組織來統率、管轄眾丐，恐怕

是很難做到這麼井然有序的。

北宋陳襄編撰的《州縣提綱》也提到乞丐組織：「常平義倉，本給鰥寡、孤獨、疾病不能自存之人，每歲仲冬，合勒里正及丐首括數申縣，縣官當廳點視以給，蓋防妄冒然。」丐首即眾丐之首，既然有乞丐之首領，當然也有乞丐之組織。丐首的職責是每年冬季協助官府登記需要救濟的人口名單。——其職雖說微不足道，但畢竟也是權力，後來便有丐首將這一權力用於尋租：「丐首藉是以求賂，有賂非窮民，亦得預；無賂雖窮民，不得給。」只有那些向丐首行賄的乞丐，才有機會被丐首列入政府救濟的名單；而且，「得給者，往往先與丐首約，當給米時，則分其半」，眾丐領取到的救濟糧，往往要分給丐首一半。丐首因此撈到不少財富。

發展到清代時，乞丐組織已經相當嚴密，甚至出現了黑社會組織的特徵。據《清稗類鈔》記載，「各縣有管理乞丐之人，曰丐頭，本地之丐，外來之丐，皆為所管理」。在縣裡開商店的商家，要按時給丐頭納錢，然後便可以從丐頭那裡領到一張「葫蘆式之紙」，上面寫著「一應兄弟不准滋擾」，商家將這「葫蘆式之紙」貼於大門，「丐見之，即望望然而去」；如果有不識相的乞丐上門討錢，商家則「可召丐頭，由其加以責罰」。

丐頭雖然身份是叫花子，但財富卻遠勝於一般市民，其收入來源主要有二：「一、商店所給諸丐之錢，可提若干；二、年節之賞，慶弔之賞，無論商店、人家均有之。」此外，「新入行之丐，必以三日所入，悉數獻之於丐頭，名曰『獻果』」。

丐頭持有管轄眾丐的信物：桿子。「丐頭之有桿子，為

周臣《流民圖》（局部）描繪出淪為乞丐的流民形象。

其統治權之所在，彼中人違反法律，則以此桿懲治之，雖撻死，無怨言。桿不能於至輒攜，乃代以旱煙管，故丐頭外出，恆有極長極粗之煙管隨之。」金庸筆下的丐幫「打狗棒」，大概就是從桿子演化而來的。

　　清時京師的丐頭，還分為「藍桿子」、「黃桿子」兩種：「藍桿子者，轄治普通之丐；黃桿子者，轄治宗室八旗中之丐也。」黃桿子轄下的乞丐，「實為一種高等之流丐，非端午、中秋、年終不外出，且不走居戶，不伸手索錢。每至各店時，必二人或四人，以一人唱曲，一人敲鼓板和之。店伙以所應給之錢，至少不得逾大錢五枚」。如果給錢少了，或者慢了，此商店必被黃桿子乞丐糾纏不休，直至生意歇業。有人說，藍桿子、黃桿子便是金庸小說中丐幫污衣派與淨衣派之分的原型。

那為甚麼「丐幫」最早產生於宋代呢？我覺得主要的原因有兩個：首先，宋代是城市商業繁華、土地兼併嚴重、制度對人身束縛大大弱化的歷史時期，因此，人口流動十分頻繁，無數遊民從農村流入城市。這群遊民當中，有許多人淪為乞丐。你去看張擇端的《清明上河圖》，就可以從川流不息的人群中找到幾名乞丐。出於生存之需，城市乞丐們當然希望能夠結成共同體，相互救助。

　　其次，宋代也是一個民間結社非常發達的時代，《夢粱錄》與《武林舊事》記載的南宋杭州結社，可謂五花八門：演雜劇的可結成「緋綠社」，蹴球的有「齊雲社」，唱曲的有「遏雲社」，喜歡紋身花繡的有「錦體社」，說書的有「雄辯社」，表演皮影戲的有「繪革社」，剃頭的師傅可以組成「淨髮社」，變戲法的有「雲機社」，熱愛慈善的有「放生會」，喜歡炫富的貴家夫人結成「鬥寶會」，寫詩的可以組織「詩社」，好賭的可以加入「窮富賭錢社」，連妓女們也可以成立一個「翠錦社」。

　　其中，跟武術有關的會社有「英略社」（由棍棒武術愛好者組成）、「角抵社」（由相撲高手組成）、「錦標社」（由射弩愛好者組成）等。這是合法的結社，此外又有不合法的地下結社，如北宋時揚州一群惡少年，結成「亡命社」，「為俠於閭里」（《宋史·石公弼傳》）；耀州的豪姓李甲，「結客數十人，號『沒命社』，少不如意，則推一人以死鬥之，積數年，為鄉人患」（《宋史·薛顏傳》）。

　　以宋代遊民之多、民間結社之盛，出現一個類似於丐幫的組織是毫不奇怪的。只不過，真實的乞丐結社，並不是甚

麼武術門派，而是一個行業組織。宋人稱行會為「團行」，團行的首領稱「行首」，「團頭」之名大概正出自此。而乞丐組織首領的團頭，與其說他們是武功高強的大俠，倒不如說他們是一群很有經濟頭腦的企業家。

六、江湖門派哪來的經濟收入

　　許多看武俠小說的朋友心裡都有這麼一個疑問：江湖中那些門派，哪裡來的經濟收入，居然可以養活那麼多不事生產的閒人？按理說，一個幫派少則幾十人，多則數百人，每日開銷不是小數目啊。

　　這個問題曾引發網友的熱烈討論。有人說，「少林武當還算有點兒香火錢，那五嶽劍派啊、各類山莊啊，不會真的搞個旅遊勝地搞創收吧？」有人說：「除了殺人搶劫、收保護費之外，實在想不出來他們賺錢的第三種方法了。」也有人說：「可以挖藏寶圖啊，娶首富之女啊，開快活林啊，當殺手啊。」

　　說實話，看到這麼煞有介事的討論，我就忍不住想起河南墜子《關公辭曹》的一段唱詞：「曹孟德在馬上一聲大叫：

關二弟聽我說你且慢逃。在許都我待你哪點兒不好，頓頓飯包餃子又炸油條。你曹大嫂親自下廚燒鍋燎灶，大冷天只忙得熱汗不消。白麵饅夾臘肉你吃膩了，又給你蒸一鍋馬齒菜包。搬蒜臼還把蒜汁搗，蘿蔔絲拌香油調了一瓢。」正如舊時生活在民間下層的文人，囿於閱歷與眼界，所能想像到的王侯將相的奢華生活，無非是頓頓吃餃子油條、白麵饅夾臘肉，許多網友囿於對歷史的有限了解，所能想像到的江湖門派的經濟收入，也就剪徑搶劫、收保護費。

其實，古代那些門派，經濟收入之多樣化，資產與財富之雄厚，完全超乎你的想像。收保護費？那也未免太 out、太 low 了。

首先我們需要明白一點：江湖中的很多門派，並不僅僅是武術共同體，更是一個個經濟實體。《倚天屠龍記》中的海沙幫，是私鹽販子的組織；《笑傲江湖》中的排幫，以伐木放排為生；清代出現的青幫控制了漕運；鏢局則類似於貨物託運加保險公司。不過，這些江湖幫派的財富量級，要是跟以少林、全真教為代表的寺觀經濟實體比較起來，簡直就是拿鄉鎮企業與集團公司相比。

唐朝人說：「十分天下之財，而佛有七八。」（《舊唐書·睿宗紀》）寺院佔有的財富，一度是天下財富的 70% 以上。那麼寺院靠甚麼積累了如此之多的財產？

寺觀的財產當然包含了來自賞賜與施捨的收入。不過我們這裡所說的「賞賜與施捨」，可不是指「香油錢」之類的毛毛雨，而是大片大片的田產、大筆大筆的金銀。金庸《笑傲江湖》寫道，任盈盈接任日月神教教主之位後，拜訪恆山派，

在恆山腳下購置良田三千畝,奉送給恆山派的無色庵作為庵產。三千畝良田不可謂不多,但民間團體的捐獻跟官方的賞賜比起來,還是毛毛雨。據《少林寺准敕改正賜田牒》記載,唐初,高祖李淵曾賞賜少林寺「寺前件地,為常住僧田,供養僧眾」,「合得良田一百頃」。一百頃等於一萬畝。貞觀年間,唐太宗李世民再賞賜少林寺田地四十頃,水碾一具;又依《均田令》分給每個僧人三十畝的「口分田」。

據全真教碑銘《神山洞給付碑》的記述,蒙古汗國乃馬真後稱制四年(1245年),大汗下令劃撥給萊州神山洞道觀的田產:「萊州神山洞乃古蹟觀舍,屢經兵革,未曾整葺。今有宋德方率眾開鑿仙洞,創修三清五真聖像,中間所費功力甚大。其山前側佐一帶山欄荒地,除有主外,應據無主者盡行給付本觀披雲真人為主,裨助緣事,諸人不得詐認冒佔。」這個獲得汗廷賞賜的萊州神山洞,為道士宋德方率眾開鑿而成。宋德方又是誰?他是《射雕英雄傳》中終南山全真教「全真七子」之一劉處玄的徒弟。你知道,劉處玄還有一位師弟,叫作郝大通;但你未必知道,郝大通居住的先天觀,擁有數十萬貫的財產。

金元時期,汗廷與貴族對全真教派的賞賜非常慷慨,如張志敬執掌全真教之後,主持修繕泰山、華山等四嶽廟和濟瀆廟,得到汗廷鼎力資助:「嶽瀆廟貌,罹金季兵火之餘,率多摧毀。內府出元寶鈔十萬緡付師,僱工繕修。」(《玄門嗣法掌教宗師誠明真人道行碑銘》)又如祁志誠辭去全真教掌教職務,返雲州金閣山修建崇真宮,「王公貴人及遠近信道之士,皆樂為資助……今皇太后過雲州,遣使致香幣問遺。駙馬高唐王奉黃

金五十両，為藻飾之費」（《玄門掌教大宗師存神應化洞明真人祁公道行之碑》）。

明朝的皇帝則對武當山各寺觀給予空前的支持，用永樂帝朱棣的話來説，「朕聞武當遇真，實真仙張三豐老師修煉福地。朕雖未見真仙老師，然於真仙老師鶴馭所遊之處，不可以不加敬。今欲創建道場，以伸景仰欽慕之誠」。成化十二年（1476 年），朝廷在一道敕令上劃給了武當山自然庵一大片田產：「敕諭官員軍民諸色人等：朕惟大嶽太和山興聖五龍宮自然庵，乃羽士棲真之所。上為國家祝釐，下為生民祈福者也。其地東至青羊澗，西至行宮，南至桃源澗，北至明真庵為庵中永業。恐年久被人侵毀，特賜護持。凡官員諸色人等，毋得欺凌侵佔，以阻其教。敢有不遵朕命者，論之以法。」（《武當山明代敕書碑記》）

有了官方賞賜與民間捐獻的良田與錢物，少林寺也好，恆山派也好，全真教也好，武當山也好，基本上都可以做到衣食無憂。

但寺觀的產業絕不僅僅是一些供耕種、租佃的田地，實際上寺觀對於市場與商業的涉足之深，也許遠遠超出你的想像，他們的商業觸角已伸至種植業、紡織業、碾磑業、製鹽業、製茶業、工藝品製造業、店舖業、飲食業、倉儲業、藥局業、金融業等行業。

北宋東京的大相國寺，「每月五次開放萬姓交易」，是東京城最大的商業交易中心，四方趨京師以貨物求售、轉售他物者，必由於此。其中「兩廊皆諸寺師姑賣繡作、領抹、花朵、珠翠、頭面、生色銷金花樣、幞頭、帽子、特髻冠子、

縿線之類」，賣的是諸寺尼姑手工製作的工藝品。（參見孟元老：《東京夢華錄》）大相國寺內還開有飯店，「有僧惠明善庖，炙豬肉尤佳」（張舜民：《畫墁錄》），這位叫作惠明的大相國寺和尚，廚藝高明，尤其擅長燒豬肉，以至於得了一個「燒豬院」的花名。

南宋時，江西撫州蓮花寺出品的蓮花紗，是馳名的奢侈品品牌：「撫州蓮花紗，都人以為暑衣，甚珍重。蓮花寺尼凡四院造此紗，織之妙，外人不可得。一歲每院才織近百端，市供尚局，並數當路記之，以不足用。寺外人家織者甚多，往往取以充數。都人買者，亦自能別。寺外紗，其價減寺內紗什二三。」（朱彧：《萍洲可談》）蓮花寺製造的蓮花紗，價格比寺外紗要貴兩三成。

元朝初年，隸屬於全真教的絳州玄都萬壽宮，「闢田園，廣列肆，增置水磑，凡所收入，齋廚日用之餘，率資營繕之費」（《玄都萬壽宮碑》）。可知玄都萬壽宮介入的產業包括農業種植（田園）、開設店舖（列肆）、經營水力磨坊（水磑）等，其收入足夠支付道觀的日常用度與建設經費。

宋元時期，水磑、水碾等手工業十分發達，代表了當時最為先進的水力生產技術。而很多水力磨坊都是寺觀直接經營的，如北宋天聖年間，京兆府的逍遙棲禪寺斥資三百餘貫錢，修建了一所大型水磨坊，「其磨亭正座五間，都成七架。西開客館，東敞僧房，俾來者洗以塵襟，醒乎耳目」（《重修鄠縣誌》）。南宋紹興初年，喬貴妃的弟弟與開元寺合作，開了一間碓坊，每日獲利千錢。南宋末年，蒙古人治下的大都，西南「昔為水門，金河攸注宛然，故存引水作磨，下轉巨

輪。既助道門，亦利京人。磨之西偏，特起一觀」（《元一統志》）。全真教的掌教尹志平將這一道觀命名為龍祥觀。

寺院還是中國傳統金融業的拓荒者。我們現在如果需要貸款，通常是向銀行申請。古代還沒有銀行，怎麼貸款？找當舖。當舖是明清時期發展起來的放貸機構。而當舖所代表的古典金融機構，其實就是寺院創立的，只不過不叫「當舖」，而叫作「寺庫」。

開創寺庫金融業的僧人是生活在北魏的曇曜和尚，他利用「僧祇戶」所繳納的地租「僧祇粟」作為本金，「儉年出貸，豐則收入」（《魏書·釋老志》）。

宋代時，寺院開設的放貸機構又稱為「長生庫」，陸游對寺院設置長生庫的做法頗不以為然，他說：「今僧寺庫輒作庫，質錢取利，謂之長生庫，至為鄙惡。」（陸游：《老字庵筆記》）

不管陸游對長生庫是多麼看不慣，但放貸業務確實構成了北魏至唐宋時期寺院最重要的經濟來源之一。漢學家伯希和整理的《敦煌寫本》，收錄有敦煌淨土寺僧侶的年度結賬報告，報告顯示，敦煌寺院約有 1/3 的經濟收入就來自放貸。

如果我們將寺院的僧人界定為中國最早的一批金融家，我覺得是恰如其分的。寺院不但創設了中國歷史上第一家放貸機構，他們還創新了金融制度。我們知道，古人借貸的常見方式是「質舉」，即抵押貸款，而寺院除了質舉之外，還推行「舉貸」之法，即信用貸款。借貸雙方簽訂合約，確立一種契約關係，維繫這一契約的，並不是抵押物，而是個人信用。

宋代的寺院長生庫還像今日的銀行一樣吸納存款。南宋

黃震的《黃氏日鈔》提到一個故事：紹興府有一位叫孫越的讀書人，幼時年貧，不過他的叔祖很賞識他，在長生庫存了一筆錢，作為侄孫日後參加科考的費用，「且留錢浮屠氏所謂長生庫，曰：此子二十歲登第，吾不及見之矣，留此以助費」。我估計這個長生庫應該向儲戶支付利息，因為這樣才能夠最大限度地吸引存款，長生庫本身也才能夠利用更多的存款放貸。如果這樣，此時的長生庫跟近代銀行形態已經非常接近了。

由於寺觀在實業經營乃至金融市場上據有種種優勢，因而我們不必奇怪為甚麼很多江湖門派都有著道教或者佛教的背景，比如《笑傲江湖》中的青城派、泰山派，都是隸屬於道教系統的；《倚天屠龍記》中的峨嵋派，則是隸屬於佛教系統的。

說到這裡，你大概不會再對少林、武當、全真等武林門派的經濟收入抱有疑問了。當你看到金庸小說中的玄悲禪師、沖虛道長、全真七子出場時，千萬不要以為他們只是一介武夫，實際上他們很可能還是坐擁萬頃不動產的大業主，開辦紡織業、碾磑業、製鹽業的實業家，開設商舖、飯店的商業大亨，控制了一方金融產業的早期銀行家。

武器・武功

一、為甚麼劍客與刀客給我們的感覺完全不一樣

　　說起「劍客」，我們想到的人物形象，往往是瀟灑、飄逸的俠客，所以劍客又稱「劍俠」；而說起「刀客」，我們更容易想到剽悍的江湖漢子，甚至匪徒。事實上，清代的刀客確實由一些破產農民、失業手工業者組成，清政府的文書也將他們稱為「刀匪」。為甚麼劍客與刀客留給人們的感覺完全不一樣？以至於在漢語中，有「劍俠」而無「劍匪」、有「刀匪」而無「刀俠」之說。

　　是因為劍比刀更厲害嗎？是因為劍比刀更高級嗎？

　　在金庸構建的武俠體系中，劍法代表了最厲害的技擊術。練成邪氣的「辟邪劍法」，那必是天下無敵、東西方都不

敗；練成正義的「獨孤九劍」，也是縱橫於世、難遇對手，只好孤獨地「求敗」。而金庸筆下最厲害的刀法，應該是《雪山飛狐》中的胡家祖傳刀法吧！但胡斐的刀法也不過跟苗人鳳的劍法不相上下而已，要是碰到令狐沖的「獨孤九劍」，恐怕只會被秒成渣。看起來，劍法確實比刀法高明啊。

然而，這僅僅是武俠小說家想像出來的武術世界而已。在現實世界的實戰中，劍的殺傷力、攻擊力其實遠遠不如刀。

劍縱橫天下的時代只是在先秦，先秦的國王、貴族、武士、刺客、戰場上的士兵，都使用劍。這個時期湧現了一批著名的鑄劍師，比如歐冶子、干將、莫邪、徐夫人、燭庸子；也出現了許多著名的寶劍，比如太阿、純鈎、魚腸、巨闕、龍泉。1965 年，湖北江陵楚墓出土了一把越王勾踐使用過的青銅劍，千年不鏽，如今已列為國家一級文物。

先秦的人當然也使用刀，只不過在青銅時代，刀的質地較脆、軟，難以發揮劈砍的威力，因而在實戰中的應用不如劍之廣。秦漢之後，隨著鐵器的普及，刀的時代才宣告全面來臨，劍逐漸退出江湖，被鐵製的環首刀取代，戰場上基本已經不使用劍了。這也是為甚麼那些著名的寶劍都誕生於先秦，而漢後卻少有名劍問世的原因所在。

據陶弘景《刀劍錄》，三國時期，「吳王孫權，以黃武五年，採武昌銅鐵，作十口劍，萬口刀，各長三尺九寸」。鑄造的劍才「十口」，當然不可能分配給士兵使用。差不多同一時期，蜀主劉備命令工匠蒲元「造刀五千口」，司馬炎「造刀八千口」，可見士兵上陣殺敵所用的武器是刀，而不是劍。

唐代士兵最厲害的武器也是刀——陌刀。「陌刀，長刀

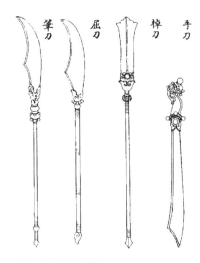

《武經總要》中記錄的刀。

也，步兵所持，蓋古之斬馬」（《唐六典》），臂力過人的戰士，運用一柄陌刀，可以斬殺敵人的戰馬，是步兵剋制騎兵的利器。這個攻擊力，是劍不可能具有的。

宋人著《武經總要》，收錄了當時戰場上的各類兵器，其中常用的格鬥兵器也是刀與槍，刀有八種：手刀、掉刀、屈刀、掩月刀、戟刀、眉尖刀、鳳嘴刀、筆刀；槍有九種：雙鈎槍、單鈎槍、環子槍、素木槍、鴉頸槍、錐槍、梭槍、槌槍、大寧筆槍。而劍只有兩種，而且都是「厚脊短身」之劍，可以像刀那樣砍殺。

在成書於元明時期的小說《水滸傳》中，梁山好漢所使用的武器，也以刀、槍為主。大刀關勝、美髯公朱仝、行者武松、青面獸楊志、赤髮鬼劉唐、立地太歲阮小二、拚命三郎石秀、病關索楊雄等好漢（名單可以列得很長），都使刀；豹子頭林沖、小李廣花榮、小旋風柴進、雙槍將董平、沒羽箭張清、金槍手徐寧等（名單也可以列得很長），則是使槍的高手；此外，使斧頭的，使棍棒的，使鞭的大有人在。

唯獨使劍的很少見，只有寥寥數人：面孔目裴宣用雙劍，鎮三山黃信有一口喪門劍，公孫勝有一口松紋古定劍，宋江

◎

武器‧武功

也有一口錕鋙劍。但這些人有一個共同的特點：格鬥功夫都比較差勁。黃信上戰場還得使用刀，宋江行走江湖時也帶著一把朴刀，而公孫勝的寶劍卻是用來施展法術的，嚴格來説，是法器，並不是武器。

明代的抗倭名將俞大猷著有一本《劍經》，其自序説：「猷學荊楚長劍，頗得其要法。」看起來俞將軍也是一名用劍高手，可是他的這本《劍經》，卻是典型的「掛羊頭賣狗肉」，裡面介紹的技擊術，跟劍法毫無關係，而是——棍法。一些想學劍的朋友，看到《劍經》喜出望外，翻開一看，扔了。哼，不帶這麼騙人的。其實並不是俞大猷想騙你，在戰場上，一口長劍的攻擊力，真的不如一根長棍。

不過，劍雖然退出江湖實戰，卻沒有消失，而是往另一個方向發展：象徵化、符號化、禮器化，最終演變成文質彬彬的裝飾物，其典型者為玉具劍與班劍。玉具劍就是飾玉的劍，劍要以玉裝飾，當然不可能拿它當殺人利器，而是想顯示劍的尊貴；至於班劍，實際上就是木劍，所謂「班劍無刃，假作劍形，畫之以文，故曰也」（《五臣文選注》）。木劍更是完全失去了作為武器的功能。

但是，劍在失去武器功能的同時，卻獲得了禮器的功能，被賦予特別的文化內涵，成為尊貴身份的象徵、符號，只有那些地位高貴的人才具有佩劍的資格。前面説過的孫權命人鑄造「十口劍」與「萬口刀」，那一萬口刀顯然是發給普通士兵當武器，而十口劍則應該賞賜給將軍級別的人物，作為軍事統帥的信符。

劍的這一功能轉化，有點像菲林相機在大眾市場被數

2 0 0

2 0 1

碼相機取代之後，並沒有被市場完全淘汰，而是演變成奢侈品，成為攝影發燒友炫耀品位與情懷的裝備。你要說菲林相機拍出來的照片品質比數碼相機的高得多，我還真有點不相信。只不過是菲林沖印讓人覺得好有格調、好有情懷，而數碼成像卻不具這樣的文化功能罷了。

我們知道，宋朝以前，貴族與高官有佩劍的待遇，《晉書‧輿服志》記載：「漢制，自天子至於百官，無不佩劍，其後惟朝帶劍，晉世始代以木劍。貴者猶用玉首，賤者亦用蚌、金銀、玳瑁為雕飾。」可知晉代以降，貴族與高官佩帶的劍是玉具劍與班劍。他們佩劍，也不是為了證明自己「尚勇」、武功高強，而是要顯示自己的血統、地位、身份高貴，用佩劍的禮儀，將自己與一般平民區別開來。

而且，甚麼級別的貴族與高官應該佩帶甚麼規格的劍，禮法上都有嚴格規定，按《隋書‧禮儀志》：「一品，玉具劍；二品，金裝劍；三品及開國子男、五等散品名號侯雖四、五品，並銀裝劍；侍中已下、通直郎已上，陪位則象劍。」這裡的「象劍」，即木劍，是班劍的另一種叫法。

有些人說，唐朝之後，士大夫不再佩劍，說明了中國人尚勇精神的流失。這是扯淡。佩帶一把木劍就能表示你多麼尚勇？誰信呢？

你要成天佩一把刀我還有點相信。佩劍禮儀的消失，其實是「唐宋變革」背景下，建立在血統與身份基礎上的社會——政治結構逐漸解體的結果。

由於劍具有象徵高貴身份的符號意義，而刀沒有這一功能，因此，刀雖然名列十八般兵器之首，實用性遠大於劍，

但與劍相比，身份卻低了一等，以至於有所謂「劍是君子所佩，刀乃俠盜所使」的說法。為甚麼劍客與刀客留給人們的感覺完全不一樣，原因即在這裡。

在兵器市場上，劍與刀的價格也相差很大。劍有如奢侈品，數量稀少，但價格昂貴；刀是普通日用品，數量巨大，價格便宜。出土的《居延新簡》與《敦煌漢簡》記錄有漢代西北邊地的一部分兵器價目，其中，「劍一，直六百五十」，「貰賣劍一，直七百」，「貰賣劍一，直八百」，也就是說，一口劍的價格大約是 650—800 錢。那麼刀的價錢呢？「尺二寸刀一，直卅」，「出錢十八買刀」，一口刀才 18—30 錢。換言之，在漢代，劍的價格是刀的二三十倍。

這是因為鑄造一口劍的工藝比刀更複雜嗎？還是因為鑄劍需要比刀更多的材料？我覺得都不是。核心的原因在於劍具有奢侈品的屬性與功能，而刀沒有。佩一把劍可以使自己顯得身份特高貴，而佩一把刀只會讓自己看起來像個士卒、盜賊。在這樣的符號功能區隔之下，刀怎麼貴得起來呢？只有極少數告別了屌絲身份、被附加了特別內涵的寶刀，才賣得出好價錢。市場是殘酷的，「實用」從來不是獲得昂貴價位的保障，「格調」才是。

關於劍與刀的這一符號功能區隔，另一位武俠小說家古龍在《飛刀‧又見飛刀》的序文中有精彩評論：

刀不僅是一種武器，而且在俗傳的十八般武器中排名第一。

可是在某一方面來說，刀是比不上劍的，它沒有劍那種

高雅、神秘、浪漫的氣質，也沒有劍的尊貴。劍有時候是一種華麗的裝飾，有時候是一種身份和地位的象徵。刀不是。劍是優雅的，是屬於貴族的，刀卻是普遍化的，平民化的。有關於劍的聯想，往往是在宮廷裡，在深山裡，在白雲間。刀卻是和人類的生活息息相關的。人出世以後，從剪斷他臍帶的剪刀開始，就和刀脫不開關係，切菜、裁衣、剪布、理髮、修鬢、整甲、分肉、剖魚、切煙示警、揚威、正法，這些事沒有一件可以少得了刀。人類的生活裡，不能沒有刀，就好像人類的生活裡，不能沒有米和水一樣。奇怪的是，在人們的心目中，刀遠比劍更殘酷、更慘烈、更兇悍、更野蠻、更剛猛。

大概也是想替刀鳴不平吧，古龍在他構建的武俠體系中，打造了幾柄令人印象深刻的傳世名刀，如蕭十一郎的割鹿刀，魔教的圓月彎刀。也塑造了幾位遠比「劍客」有魅力的「刀客」：李尋歡，小李飛刀，例無虛發；傅紅雪，蒼白的手，漆黑的刀，孤獨而高貴。

二、大俠們成天帶著一把刀，不犯法嗎

在網上看到有人問：「宋代七次頒佈禁止私人藏有武器的法律（不知這次數是怎麼統計出來的），地域範圍從京師擴展到全國，武器種類從兵器擴展到了老百姓生活日用的刀具，那麼《天龍八部》、《射雕英雄傳》、《神雕俠侶》裡面的人，怎麼還敢拿著各種兵器到處跑？」對這個問題，敷衍的回答是：武俠小說都是虛構的，認真你就輸了。

但從史實的角度來看，我必須指出，這個問題本身就包含了錯誤的信息：宋代並未在全國範圍禁止「老百姓生活日用的刀具」。提問人很可能是受了一些歷史作家所寫文章的影響，才以為宋代大範圍禁刀。比如張宏傑先生說：「趙匡胤破天荒地給武器也加上了鎖鏈。開國十年之後的開寶三年，以

一條哨棒打下了四百八十座軍州的宋太祖頒佈了一條意味深長的法令：京都士人及百姓均不得私蓄兵器。他顯然不想再有第二個人用哨棒把他的子孫趕下皇位。」

還有一些網文在很認真地討論：因為北宋禁民間私藏兵器，導致「中國兵器鑄造工藝落後於世界乃至失傳」，也致使漢唐的尚武精神從宋代開始沒落。

坦率地說，看到這樣的討論，我的心情跟看笑話差不多。因為若說政府禁止民間私藏兵器，那是歷代均如此，非獨宋朝有禁令。顧炎武的《日知錄》、《日知錄之餘》「禁兵器」條，輯錄有歷代禁止私藏兵器的法律，有興趣的朋友不妨找出來看看，我略舉幾個例子：

王莽始建國二年（公元 9 年），即「禁民不得挾弩鎧，徙西海」；

隋朝大業五年（609 年），「民間鐵叉、搭鈎、柔刃之類，皆禁絕之」；

唐律規定，「甲、弩、矛、旌旗、幡幟」都屬犯禁之物，不得私藏，「諸私有禁兵器者，徒一年半」；

宋朝的《刑統》其實抄自《唐律疏議》，也是規定「諸私有禁兵器者，徒一年半」；

明朝景泰二年，「禁廣東、福建、浙江等處軍民之家不得私藏兵器，匿不首者，全家充軍，造者本身與匠俱論死，其知情者亦連坐之」，禁令更為苛嚴。

為甚麼隋、唐、宋、明均有關於民間私兵的禁令，卻單

《清明上河圖》中試弓的大漢。

獨認為宋朝的禁私兵「導致了尚武精神的沒落、兵器鑄造工藝的落後」？如果這不是出自對歷史的不熟悉，顯然便是心存偏見了。

再說，宋朝儘管立法禁止民間私藏兵器——跟其他王朝一樣，但這裡的「兵器」有一個限定，是指「甲、弩、矛、矟、具裝等，依令私家不合有」，至於「弓、箭、刀、楯、短矛者，此上五事，私家聽有」（《宋刑統》）。也就是說，民間私人是可以合法持有弓、箭、刀、楯、短矛的。張擇端《清明上河圖》中，「孫羊正店」旁邊就有一家武器店，有一個大概是顧客的人正在試挽一面大弓。顯然，弓箭等武器是公開出售的。《水滸傳》小說中，許多好漢都是帶著一把朴刀走江湖的，因為朴刀也是民間可以持有的武器。

宋朝開國之初，太祖趙匡胤確實下過一條禁令：「京都士庶之家，不得私蓄兵器。」（《宋史·兵志》）但是，我們必須注意，禁的同樣是「兵器」，而不是一般民用武器，熙寧初年的《畿縣保甲條制》可以證明：「除禁兵器外，其餘弓箭等許

從便自置，習學武藝。」

我再講個小故事：雍熙二年（985 年），宦官何紹貞護送宮女至鞏義永昌陵（宋太祖皇陵），再從永昌陵返回皇城，行至中牟縣時，發現有幾名平民模樣的人「持兵行道旁」。何紹貞認為，這些人私帶武器，必定是心圖不軌。因此，命令隨從將他們全部抓起來，「笞掠之。人不勝其苦，皆自誣服」。

何紹貞以為自己破獲了一起私藏禁兵器、危害公共安全的案子，便將那幾個人「縛送致京師」，並報告了宋太宗。太宗聞知，「甚驚」，既而又想：這幾個人「雖持兵」，但並未作出不法之事，如果真是壞人，怎麼可能甘心被何紹貞「制而縛之」？這裡面恐怕另有隱情。

於是宋太宗詔令開封府重新審理這一案子。經開封府審訊，案情這才得實：原來，那幾個「持兵行道旁」的人，都是尋常百姓；這次出門，是要到嵩山祭神；之所以攜帶了武器，則是「自防耳」。他們所帶武器，也屬於法律許可的「弓、箭、刀、楯、短矛」範圍內。因此，開封府法官判處這幾名「私帶兵器」的被告人無罪。

宋太宗看了開封案的結案報告，大駭曰：「幾陷平民於法！」為表達政府的歉意，太宗皇帝給這幾名受了冤枉的人送了禮物，「各賜茶卉、束帛而遣之」。又對無事生非的宦官何紹貞予以處分，「決杖，配北班」（《宋太宗實錄》卷三十二）。

這個小故事說明：宋政府對於武器的使用會有嚴格管制，法律不允許民間私藏「禁兵器」；不過，平民出於防身、自衛等正當目的，可以合法攜帶法律許可範圍內的武器。

當然，個別地方由於特殊原因，一些殺傷力大的刀具也

受到管制，如在嶺南一帶，因為「民為盜者多持博刀，捕獲止科杖罪，法輕不能禁」，宋仁宗於景祐二年（1035年），詔令廣南東西路「民家不得私置博刀，犯者並鍛人並以私有禁兵律論」（《續資治通鑑長編》卷一百十七）。博刀即朴刀，不過嶺南禁朴刀只是特例。在此之前的天聖八年（1030年）三月，仁宗皇帝也曾下詔：「川峽路今後不得造著袴刀，違者依例斷遣。」所謂「著袴刀」，是指安裝了刀柄的朴刀。但兩個月後，即這年五月，地方官便上書反對這一禁令：「川峽山險，全用此刀開山種田，謂之『耕火種』。今若一例禁斷，有妨農務，兼恐禁止不得，民者犯眾。」最後朝廷不得不修改了禁令，只是禁止給朴刀安裝上長柄，作為兵器使用。（參見《宋會要輯稿·兵》）趙宋政權剛剛平定江南之時，也曾經「禁江南諸州民家不得私蓄弓劍、甲鎧，違者按其罪」。但到太平興國八年（983年），有司便提出解除這一武器禁令，因為按照法律，列入限制級別的兵器是指甲、弩、矟、具裝等，「弓箭、刀櫑、短矛並聽私蓄」（《續資治通鑑長編》卷二十四）。朝廷聽從這一建議，放開了禁令。宋真宗時，還有官員提議：「蜀民以射生為業，民私蓄弓矢，請行禁絕。」但宋真宗反對：「平時民家或用防盜，不必禁也。」（《續資治通鑑長編》卷八十一）

縱觀宋朝300年立法，大致上，我們可以肯定地說，民用的哨棒、刀具、弓箭，都是可以合法地攜帶的武器。《天龍八部》、《射雕英雄傳》、《神雕俠侶》中的宋朝俠客，以及《水滸傳》裡的好漢們，帶著一把朴刀之類到處跑，是沒有問題的。

到元朝時，元廷對民用武器的限制才變得更加嚴格，對

私藏禁兵的懲罰也更加嚴厲。元朝律法規定:「諸都城小民,造彈弓及執者,杖七十七,沒其家財之半,在外郡縣不在禁限;諸打捕及捕盜巡馬弓手、巡鹽弓手,許執弓箭,餘悉禁之;……諸民間有藏鐵尺、鐵骨朵,及含刀鐵拄杖者,禁之。」(《元史‧刑法志》)列入禁制的武器類別,遠遠超過前代,連彈弓、弓箭、鐵尺都禁止民間使用。所以坊間便有了元朝禁用菜刀、只准十戶共用一把菜刀的傳言。傳聞未必是史實,但生活在元朝的張無忌,如果想帶著弓箭、刀劍出門,確實得非常小心。

對違反禁令的人,元政府將重懲不貸:「諸私藏甲全副者,處死;不成副者,笞五十七,徒一年;零散甲片下堪穿繫禦敵者,笞三十七。槍、若刀、若弩私有十件者,處死;五件以上,杖九十七,徒三年;四件以上,杖七十七,徒二年;不堪使用,笞五十七。弓箭私有十副者,處死;五副以上,杖九十七,徒三年;四副以下,杖七十七,徒二年;不成副,笞五十七。」(《元史‧刑法志》)按元朝的標準,一張弓加三十枝箭,為一副。私藏十副弓箭,罪可論死。

明清時期,由於熱兵器的技術已經相當成熟,政府對私兵的禁制,主要放在火器上。《大明律》規定:「凡民間私有人馬甲、傍牌、火筒、火炮、旗纛、號帶之類應禁軍器者,一件杖八十,每一件加一等,私造者加私有罪一等,各罪止杖一百,流三千里。非全成者,並勿論,許令納官。其弓、箭、槍、刀、弩及魚叉、禾叉,不在禁限。」法律對弩放開了禁制,這大概是因為,明代的弩,殺傷力已不如宋弩。而且,在火器面前,弓弩的威脅也實在有限。

《大清律》「私藏應禁軍器」條仍沿用《大明律》，清政府管制武器的重點還是火器：「私鑄紅衣等大小炮位及抬槍者，不論官員軍民人等及鑄造匠役，一併處斬，妻子給付功臣之家為奴，家產入官。鑄造處所鄰右、房主、里長等，俱擬絞監候。」對私藏火器的懲罰極重。

此時，管狀火槍的應用已經相當普遍，比如在廣東，「粵人善鳥槍，山縣民兒生十歲，即授鳥槍一具，教之擊鳥」（屈大均：《廣東新語》）。因此，「禁槍」一直是清政府的頭等大事之一，乾隆曾諭令各省督撫，「將民間私鑄鳥槍一事，實力查禁，毋許工匠再行鑄造，並曉諭民間有私藏者，即令隨時繳銷」（《清實錄乾隆朝實錄》）。但效果卻不怎麼樣，據學者研究，「自乾隆四十六年至乾隆五十八年 13 年間，清政府至少收繳鳥槍、鐵銃 43666 桿。以全國之大，十幾年才收到 4 萬多桿鳥槍，平均每年也就只有 3000 多桿，這樣的成果實在有限」（邱捷：《清朝前中期的民間火器》）。

到清末時，清政府只好默認現實，允許一部分民間團體（如鏢局）合法擁有、使用火槍，但要求持槍人到政府部門登記註冊。

歷代政府禁止民間私藏兵器，主要是出於兩個方面的考慮：其一，維持官府對於民間的暴力優勢，防止民間私兵威脅政權的安全性。其二，維護社會公共安全，畢竟私兵氾濫對於平民的人身與財產安全也會構成威脅。從公共安全的角度來看，對民間兵器加以適度的管制，是可以理解的，但是，像元王朝那樣，連彈弓、弓箭都要禁止，那也太缺乏自信了。

三、為甚麼武俠世界的武功越來越退化

　　通讀過金庸武俠小說的朋友應該知道，金庸構建的武學體系有一個特點：故事年代越靠前，人物的武功就越厲害；故事年代越靠後，人物武功就越差勁。武學的發展軌跡，整體上呈現出明顯的退化之勢。

　　構成金庸武俠世界武學高峰的時期是北宋，且不說像少林寺掃地僧、《九陰真經》撰寫人黃裳那樣的神級高人，大理段氏的六脈神劍、姑蘇慕容的「斗轉星移」、逍遙派的北冥神功，都是後世望塵莫及的超一流武功；北宋喬峰使出的降龍十八掌，威力要遠勝於南宋洪七公、郭靖使用的降龍十八掌，這門武功的傳承在百年間已有衰落的趨勢，到了元末史火龍時代，降龍十八掌已全無昔日的威風了。至於明末袁承志的

武
器
·
武
功

華山劍術、清代胡斐的胡家刀法、陳家洛的百花錯拳，跟北宋武學成就相比，就如一堆渣土。

武學的演變為甚麼會呈現這樣一種「一代不如一代」的走勢？有人說，這是因為武術在傳承過程中會發生遞減，比如《倚天屠龍記》裡說：「上代丐幫幫主所傳的那降龍十八掌，在耶律齊手中便已沒能學全，此後丐幫歷任幫生，最多也只學到十四掌為止。史火龍所學到的共有十二掌。」這便是武學傳承的遞減效應。

但是，前人有智慧創造出降龍十八掌這樣的武功，為甚麼後人就不能夠呢？是因為後人更笨嗎？自然不是。無論從哪一方面來看，人類社會的智力水平都是越發展到後面，越是聰明。

那為甚麼武功又會出現明顯的退化呢？說穿了，這是因為人類社會對於武功的依賴程度越來越低了，越來越不需要武功了。武功所能提供的作用，不管是攻擊的作用，還是自衛的作用，都被武器取代了。

你是不是要說，武器？自古就有武器，怎麼宋代之前沒有取代武功？嗯，反問得好。但，宋代之前的武器，都是刀槍劍戟之類的冷兵器，而我說的武器，是指熱兵器。武功對於使用冷兵器有很大的優勢，對於使用熱兵器卻毫無意義。

實際上，武功無非是人們對於熱兵器的想像與模擬，比如說，一陽指就如駁殼槍，六脈神劍就如機關槍，火焰刀就如火箭筒，輕功就如飛行器。換言之，在火槍出現之後，六脈神劍就是多餘的。因此，武功的退化，與熱兵器的進化正好同步。

北宋是熱兵器剛剛興起的時代，汴京的「廣備攻城作」，下設「火藥作」，就是製造各種火器的兵工廠。宋人利用火藥製作出「霹靂火球」、「蒺藜火球」、「毒藥煙球」(毒氣彈)、「引火球」(燃燒彈) 等可投擲的火彈。魯迅雜文說：「外國用火藥製造子彈禦敵，中國卻用它做爆竹敬神；外國用羅盤針航海，中國卻用它看風水。」這其實是魯迅的誤解，因為事實上，中國人發明了火藥，很快即將其應用於軍事。

宋人還發明了「突火槍」。據《宋史‧兵志》記載：「又造突火槍，以巨竹為筒，內安子窠，如燒放焰絕，然後子窠發出如炮聲，遠聞百五十餘步。」這是世界最早的管狀火槍，只不過是用竹管製造的。

北宋尚處在熱兵器投入使用的起始階段，火藥通常只作用於燃燒，而不是爆炸，製造出來的火器，威力也遠無法跟後世的火槍、火炮相比。這個時候，還有武功的用武之地，也因此，北宋出現了武學的「最後輝煌」。

南宋時，火器的威力又有所發展。宋王朝之所以能夠抵禦一波又一波的北方強敵，靠的可是火器，而不是甚麼丐幫的降龍十八掌。公元 1161 年，金兵渡江南下，虞允文在采石磯迎擊金兵時，便使用了先進的「霹靂炮」火器：「舟中忽發一霹靂炮，蓋以紙為之，而實以石灰、硫黃。炮自空而下，落水中，硫黃得水而火作，自水跳出，其聲如雷，紙裂而石灰撒為煙霧，眯其人馬之目，人物不相見。吾舟馳之壓賊，人馬皆溺，遂大敗云。」(楊萬里：《海鰍賦後序》)

元明時期，隨著鋼鐵製造的管狀火炮、管狀火槍的發明與應用，武功又進一步失去了發揮作用的領地。到了清代，

基本上就是熱兵器的世界了，武功差不多不管用了。話說《鹿鼎記》裡的雙兒，就有一把火槍，並用這把火槍殺了武林高手風際中：「但見雙兒身前一團煙霧，手裡握著一根短銃火槍，正是當年吳六奇和她結義為兄妹之時送給她的禮物。那是羅剎國的精製火器，實是厲害無比。風際中雖然卓絕，這血肉之軀卻也經受不起。」

《笑傲江湖》中，日月神教教主任我行揚言：「一個月內，我必親上見性峰來。那時恆山之上若能留下一條狗、一隻雞，算是我姓任的沒種。」少林、武當聞訊馳援，想到的抵抗之策，便是在恆山埋伏下大量火藥，只等日月神教攻上來，即引爆炸藥，任我行的「吸星大法」再厲害，也吸不了炸藥爆炸的巨大能量，必被炸得粉身碎骨。這兩個例子，預示著再強大的武功，在熱兵器面前也是渣渣而已。

最有代表性的例子是鏢局。武俠小說告訴我們：鏢局的鏢師都是武功高強的好手，擅使暗器，身手不凡。真實的鏢師當然需要懂一些武術，但武功這東西嘛，效用遠沒有武俠小說描述的那般神奇。實際上，鏢局走鏢，靠的是武器裝備，包括火槍。鏢局出現的時間，也比較晚，大約是在清代乾隆朝。乾隆朝之前，是沒有鏢局的。

據史料記載，乾隆年間，西北的富商大賈前往東南購置綢緞布匹，往往都帶著現銀，動輒就是數萬兩，用騾子馱著。為保障安全，便僱傭「膂力過人、身嫻武藝」的鏢師一路護送。一位清政府官員向乾隆皇帝報告說：這些鏢師帶有鳥銃、弓箭，驕悍成性，沿途「縱任騾頭踐食田禾」；經過鬧市則「強買食物，短少價銀」；投宿旅店則「勒令先到之人搬移

他處」；過渡乘船則「爭先，輒將上船行李拋棄岸旁」；還「插旗放槍，虛張聲勢」，以「哄嚇鄉愚」為樂。（嚴瑞龍：《為請嚴禁保鏢胡作非為事奏摺》）可知那時候的鏢師走鏢，已經帶有火銃防身。

到晚清時，鏢局配置火槍的情況就很普遍了。在清政府巡警部外城巡警總廳登記、備案的京城 13 家鏢局所用槍支，就有 134 桿，包括大八響槍、大六出槍、小六輪子槍、後門炮槍等，都是當時非常先進、殺傷力比較厲害的洋槍。

由於鏢局配槍的普遍性，清政府巡警部不得不於光緒三十二年（1906 年）制訂了一份《管理鏢局槍支規則》，對鏢局槍支實施管制：

一、各鏢局前曾呈報槍支統由總廳烙印，編列號數，造冊送部，以便調查。

二、此後有未經註冊並未烙印之槍支，即係私槍，一經查出，除將該私槍充公外，仍酌量議罰。

三、各鏢局如有添置槍支，准其隨時呈報，總廳註冊烙蓋火印。

四、已經呈報註冊槍支因護送事件出外者，等該槍支回京後呈報，總廳查核實與清冊相符，當隨時補烙火印。

五、此項註冊烙印為調查槍支起見，概不收費。

六、烙印槍支如有損壞實不堪用者，須將毀槍呈驗，以憑銷號。

七、烙印槍支萬一遺失，准其將遺失情形詳細呈報總廳存案。

八、此項烙印槍支規則由部咨行崇文門稅局及沿途關卡一體查照，並傳知各分廳轉飭各區，此後遇有有印槍支一體查驗放行。

九、由外城巡警總廳刊刷執照，槍支烙印後發放執照。

十、護鏢途中必須攜帶持槍執照，萬一槍支遺失，尚有執照可憑。如無執照，雖有烙印，即作私帶軍火辦理。

十一、烙印槍支萬一遺失，必須立刻逐級上報，由總廳存案，最後報請巡警部調查。

這份《管理鏢局槍支規則》的核心意思是說，京城所有鏢局槍支，必須在外城巡警總廳統一編號，登記造冊，然後申領持槍執照；鏢局凡購置新槍，必須及時向警方備案；槍支如有損壞實不堪用者，必須將毀槍呈驗，以憑銷號；槍支遺失，必須呈報警方存案；鏢局護鏢途中必須攜帶持槍執照；鏢師持有未經註冊的槍支，即係私槍，一經查出，除將該私槍充公外，仍酌量議罰；鏢師持有註冊的合法槍支，但沒有持槍執照，也作私帶軍火辦理。

靠文學想像力創造出來的武功，從此讓位於靠科學理性製造出來的熱兵器，不好意思再在江湖中逞強。請想像一下，在機關槍掃射之下，用獨孤九劍的「破劍式」，能不能破得了？

四、甚麼才是冷兵器時代的大殺器

　　拳腳功夫、刀法劍法，都是近身格鬥的技擊術，不過，在金庸建構的武學體系中，掌有掌風，劍有劍氣，都可以用於遠距離攻擊，大理段氏的六脈神劍、一陽指，姑蘇慕容家的參合指，鳩摩智的火焰刀，更是十分厲害的遠程攻擊術。金庸小說也提到專門的遠程攻擊武器——暗器，《書劍恩仇錄》與《飛狐外傳》中的趙半山，外號「千臂如來」，是一位暗器高手，一雙手可以不停地連發鋼鏢、袖箭、飛蝗石、鐵蓮子、菩提子、金錢鏢等各種暗器。

　　不過呢，六脈神劍之類的無形劍氣，顯然只是小說家的浪漫想像而已，不可能存在於現實世界。飛蝗石之類的暗器雖非杜撰之物，但實際上的攻擊距離與力度，都非常有限，

別說在熱兵器時代的火槍面前，只有捱打的份，殺傷力其實遠遠不如冷兵器時代的弓弩。在冷兵器時代的遠程戰鬥中，弓弩可以說是最厲害的大殺器。

我們知道，宋代是熱兵器剛剛興起的時段，也是中國歷史上弓弩器術最為發達的高峰期。流行於宋朝的兵器理論認為，「軍器三十有六，而弓為稱首；武藝一十有八，而弓為第一」（華岳：《翠微北徵錄》）。宋朝部隊中配備的兵器，也以弓弩為主。部隊對士兵的考核標準，也是「弓弩斗力」，即挽開弓弩的臂力，以及「射親」，即射箭的命中率。

宋神宗熙寧年間，河北諸軍演習，將士兵的「弓弩斗力」列為三個等次：「凡弓分三等，九斗為第一，八斗為第二，七斗為第三；弩分三等，二石七斗為第一，二石四斗為第二，二石一斗為第三。」（袁褧：《楓窗小牘》）石、斗都是宋人衡量挽弓臂力的計量單位，1 宋石約等於今天 100 市斤左右，如果「弓弩斗力」為 9 斗，即意味著其臂力能夠拉開 90 斤。宋朝武士挽弓斗力的最高紀錄是 3 宋石，相傳岳飛和韓世忠都能挽開 300 宋斤的弓。

宋孝宗年間，對士兵「射親」的要求是，「弓箭手以六十步，每人射八箭，要及五分親」（《皇宋中興兩朝聖政》卷五三），即 60 步遠的射程，射中率要 60% 以上。像《水滸傳》中的「小李廣」花榮，肯定是「射親」最厲害的高手，百發百中。想像一下，如果讓花榮與段譽展開遠距離戰鬥，誰會勝出呢？我個人看好花榮，因為六脈神劍的有效攻擊半徑遠短於宋弓，拉弓射箭的好手可以射及百步，即 120 米左右。

宋弩的射程比弓箭還要遠。熙寧年間，黨項人李定（一說

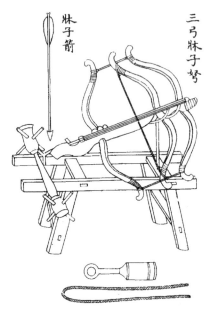

林子箭

三弓牀子弩

《武經總要》中記錄的「三弓床子弩」。

是李宏）給宋軍製造的「神臂弓」，「以[木厭]（一種堅韌的木材）為身，檀為弰，鐵為登子槍頭，銅為馬面牙發，麻繩紮絲為弦。弓之身三尺有二寸，弦長二尺有五寸，箭木羽長數寸，射340餘步，入榆木半笴」。（《宋史·兵志》）有效射程達340餘步，約400多米遠。

這種神臂弓，實際上是一種弩。由於神臂弓威力驚人，「宋軍拒金，多倚此為利器。軍法不得遺失一具，或敗不能攜，則寧碎之，防敵得其機輪仿製也」（紀昀：《閱微草堂筆記》）。

南宋初，韓世忠又對神臂弓加以改進，改製成「克敵弓」，「一人挽之，而射可及三百六十步，每射鐵馬，一發應弦而倒」（《宋史·曾三聘傳》）。

但神臂弓、克敵弓都不是宋朝射程最遠的弩。宋人製造的床子弩，「矢及七百步」（馬端臨：《文獻通考·兵考》），射程是700步，經過魏丕、陳從信的改進，可射達千步。宋代最大的「三弓床弩」，又叫「八牛弩」，意思是用八頭牛才能

武器·武功

拉開弓弦，如果用人力，則需要「以七十人張發」，射出的箭槍，可以直插入城牆。宋真宗時，遼兵圍困宋朝澶州，宋軍在澶州城頭上，就用床子弩殺了遼軍統軍蕭撻覽。

弓弩是宋軍對付北方草原騎兵的利器，深為宋人所倚重。宋人說：「虜人最怕弩箭，中則貫馬腹，穿重鎧。」（趙萬年：《襄陽守城錄》）野戰時，宋人都習慣「以步軍槍、刀手在前」，「良弓勁弩居其後，以雙弓床子弩參之。行伍厚薄，出於臨時，務於堅整，戎馬無以馳突」（《武經總要》）。

可是，既然弓弩如此厲害，為甚麼宋軍在抵抗遼兵、西夏兵、金兵、蒙古兵時，卻不能獲得壓倒性的勝利？這是因為，弓弩又存在著無法克服的弱點：裝機與拉弓都需要時間，「張遲，難以應卒，臨敵不過三發四發，而短兵已接」（《武經總要》）。為提高發射的速度，宋軍將弓弩手分為「張弩人」、「進弩人」、「發弩人」，分工合作。但效率再快，換箭之間，還是會浪費時間。

而且，宋朝嚴重缺乏戰馬。在冷兵器時代，自馬鐙發明之後（漢代時馬鐙的應用尚未普及，騎兵的威力未能發揮到最大化），戰馬就是最強悍的裝備，騎兵就是最厲害的部隊。宋人已認識到：「馬者，兵之大也，邊庭之所以常取勝中國者也。」然而，「中國之兵，步多騎少，騎兵利平，步兵利險。夫自河以北，地若砥平，目與天盡，不見堆阜，此非用步之利也，雖步卒百萬，詎能抗戎馬之出入乎？」（宋祁：《景文集》）

之所以缺馬，是因為五代以降，中原王朝控制的西北養馬地落入契丹、西夏之手，良馬的供應量嚴重減少。宋人說：

「冀之北土，馬之所生，自契丹分據之後，無匹馬南來。備徵帶甲之騎，獨取於西戎之西偏。」（《續資治通鑑·宋紀》）

良馬的匱乏，使宋朝部隊的攻擊力受到限制，難以跟草原鐵騎一爭兵鋒。相比之下，遼國、西夏都是馬資源充沛的地方，戰馬唾手可得。按遼國兵制，「每正軍一名，馬三疋」（《遼史·兵衛志》），每一名士兵配備三匹馬。這是宋人不可能做到的。

真正能剋制騎兵的大殺器，要等到熱兵器時代才出現，那就是火槍與火炮。

宋朝人製造神臂弓的技術，元朝之後便失傳了。清朝的大才子紀曉嵐曾與友人鄒念喬一起嘗試複製神臂弓，但未能成功：「（神臂弓）至明乃不得其傳，惟《永樂大典》尚全載其圖説。然其機輪一事一圖，但有短長寬窄之度與其牝牡凸凹之形，無一全圖。余與鄒念喬侍郎窮數日之力，審諦逗合，訖無端緒。」

紀曉嵐想過「鉤摹其樣，使西洋人料理之」，但隨後又一想，「西洋人用意至深，如算術借根法，本中法流入西域，故彼國謂之東來法。今從學算，反秘密不肯盡言。此弩既相傳利器，安知不陰圖以去，而以不解謝我乎？」（紀昀：《閱微草堂筆記》）只好作罷。

神臂弓為甚麼會失傳？當然並不是因為後人笨，而是因為熱兵器時代已來臨，「有神機火槍之用以代之」，軍隊不再依賴發射效率較低的弩，「故不復置歟然」（丘浚：《大學衍義補》）。明朝嘉靖年間從西洋傳入的火繩槍，明末從荷蘭傳入的「紅夷大炮」，殺傷力都是冷兵器的神臂弓、床子弩難以望

其背項的。

　　再強的武功，都比不上先進的武器；再厲害的冷兵器，也比不過後起之秀的熱兵器。在冷兵器時代，宋王朝需要用神臂弓、床子弩等當時最發達的武器抵禦敵人，保衛疆土，而不可能依靠甚麼丐幫的降龍十八掌；同樣的道理，到了晚清，已是熱兵器時代，中國也不能靠古老的弓弩對付西方列強的「堅船利炮」，還得「師夷長技以制夷」。

五、宋朝全民愛相撲

金庸在《射雕英雄傳》中描寫了諸多神奇的武功：從歐陽鋒的蛤蟆功、洪七公的降龍十八掌、大理段家的一陽指、黃藥師的彈指神通，到《九陰真經》記載的絕頂武功。這當然都是金庸虛構出來的，不過有一項功夫卻是真的，那就是郭靖從蒙古人那裡學習到的摔跤。小說第十八回寫道：

> 原來郭靖腳底被歐陽克一按，直向下墮，只見歐陽克雙腿正在自己面前，危急中想也不想，當即雙手合抱，已扭住了他的小腿，用力往下摔去，自身借勢上縱，這一下使的正是蒙古人盤打扭跌的法門。蒙古人摔交之技，世代相傳，天下無對。郭靖自小長於大漠，於得江南六怪傳授武功之前，

即已與拖雷等小友每日裡扭打相撲，這摔交的法門於他便如吃飯走路一般，早已熟習而流。否則以他腦筋之鈍，當此自空墮地的一瞬之間，縱然身有此技，也萬萬來不及想到使用，只怕要等騰的一聲摔在地下，過得良久，這才想到：「啊喲，我怎地不扭他小腿？」這次無意中演了一場空中摔跤，以此取勝，勝了之後，一時兀自還不大明白如何竟會勝了。

摔跤確實是草原牧騎民族熱愛的競技術，又稱「角力」。近人《內蒙古紀要》載：「角力：肇自古昔，為蒙族最嗜之遊戲，今則盛行於北蒙古，若逢鄂爾博祭日，則必舉行此技，角者著皮革之單衣，跨長靴，東西各一人，登場而鬥，以推倒對方為勝。族長及王公臨而觀之，授勝者以獎品，平時則其部之少年，集二三人而行之。」但金庸不知道蒙古摔跤的一個規則：不許抱腿。郭靖抱了歐陽克的小腿，已然犯規了。危急之際，犯規也不是不可以，卻不能說那是「蒙古人盤打扭跌的法門」。

金庸也未必知道，摔跤談不上是蒙古人的特有之技，實際上南宋人更熱衷於摔跤。不過名稱不是叫摔跤，而是叫作「相撲」、「角抵」。

相撲現在是日本的國技，但在 800 年前，則是宋朝最流行的大眾體育運動之一，不但城市中有日常性的相撲商業表演，還出現了全國性的相撲競技大賽。

當時汴京、杭州等城市的瓦舍勾欄，每天都有藝人表演相撲節目，並向觀眾收取門票。南宋後期，杭州最有名的相撲高手有「周急快」、「董急快」、「王急快」、「賽關索」、「赤毛朱超」、「周忙憧」、「鄭伯大」、「鐵稍工」、「韓通住」、「楊

長腳」，等等。這份名單收錄在南宋筆記《夢粱錄》中。郭靖的師父「江南七怪」，按理說，也應該擅長相撲之術才對。郭靖學到的摔跤之技，未必得自蒙古人啊。

宋朝政府在節慶宴會、接待外賓時，也會表演相撲。《宋會要輯稿》收錄有一份接待外賓的節目表：「凡使人到闕筵宴，凡用樂人三百人，百戲軍七十人，築球軍三十二人，起立球門行人三十二人，旗鼓四十人，並下臨安府差。相撲一十五人，於御前等子內差。」百戲軍是表演雜技的皇家運動員，築球軍是皇家足球隊員，表演相撲的「御前等子」則皇家相撲運動員。

宋人還建有相撲社團，叫作「角抵社」、「相撲社」。這些相撲運動協會經常舉辦地方性乃至全國的相撲大賽。在陝南、成都一帶，每年都有相撲擂台賽：「蜀都之風，少年輕薄者為社，募橋市勇者，斂錢備酒食，約至上元，會於學社山前平原作場，候人交，多至日晏，方了一對，相決而去。社出物賞之，採馬擁之而去。觀者如堵，巷無居人，從正月上元至五月方罷。」（《角力記》）

南宋臨安城護國寺南的高峰露台，也是一個相撲擂台，經常舉行全國性的相撲錦標賽，登台競技的相撲手來自「諸道州郡」，都是各州選拔出來的好手。獲勝者可得到獎金、獎杯、錦旗，只有「膂力高強、天下無對者，方可奪其賞」。冠軍的獎品，包括「旗帳、銀杯、彩緞、錦襖、官會（會子）、馬匹」（吳自牧：《夢粱錄》）。宋理宗景定年間，曾有一個叫韓福的溫州相撲手，因在相撲錦標賽中「勝得頭賞」，得以「補軍佐之職」。

最讓後人有理由覺得新奇的是女相撲比賽。不難想像，

女相撲肯定是很香豔的，甚至可能「很黃很暴力」。從出土的宋代相撲陶俑、宋墓壁畫的相撲圖來看，男相撲手都是赤裸上身，下體只包裹一塊布條，展露出矯健的肌肉；女相撲手即使不是像男相撲手那樣袒胸露臂，也必定是穿著極節約布料的緊身衣，曲線畢露是毫無疑問的。

施耐庵《水滸傳》第一百零四回描寫了一場男女混打的相撲較量，女的叫段三娘，男的叫王慶：「那女子有二十四五年紀，她脫了外面衫子，捲做一團，丟在一個桌上，裡面是箭桿小袖緊身，鸚哥綠短襖，下穿一條大檔紫夾袖褲兒，踏步上前，提起拳頭，望王慶打來。王慶見她是女子，又見她起拳便有破綻，有意耍她，故意不用快跌，也拽雙拳吐個門戶，擺開解數，與那女子相撲。」從小說的描寫看，這女相撲手穿了緊身衣。

《水滸傳》雖然是成書於元明之際的小說，書中所述未必盡符宋朝事實，但女相撲表演賽確實是宋代瓦舍中很常見的娛樂節目，而且女相撲手的著裝也要比小說中的段三娘更惹火。話說嘉祐七年正月十八日，正是元宵期間，汴京市民鬧花燈，按照宋朝的慣例，宋仁宗出宮與民同樂，駕臨宣德門城樓，「召諸色藝人，各進技藝」，其中便有女相撲表演賽。

諸色藝人的精彩表演結束後，宋仁宗很高興，吩咐「賜與銀絹」，犒賞藝人，女相撲手也得到賞賜：「內有婦人相撲者，亦被賞賚」。皇帝此舉，激怒了司馬光。十天後，即正月二十八日，司馬光便上了一道《論上元令婦人相撲狀》，婉轉地批評了仁宗皇帝，並提出要禁止女相撲。

但司馬光說歸說，民間的女相撲其實並未受到限制。南

宋時，杭州的瓦舍勾欄內，一直都有女相撲比賽：「瓦市相撲者，乃路岐人（民間藝人）聚集一等伴侶，以圖手之資。先以女颼（即女相撲手）數對打套子，令人觀睹，然後以膂力者爭交。」（吳自牧：《夢粱錄》）這些收費的商業性相撲表演賽，通常都以女相撲比賽熱場，招徠觀眾入場，然後才是男相撲手的正式競技。

《夢粱錄》和《武林舊事》還收錄了杭州瓦舍好幾位女相撲手的名號：「賽關索」、「囂三娘」、「黑四姐」、「韓春春」、「繡勒帛」、「錦勒帛」、「賽貌多」、「僥六娘」、「後輩僥」、「女急快」等。這些女相撲手跟男相撲手一樣，在「瓦市諸郡爭勝」，並且打響了名頭。

不過，宋朝之後，市井間再也未聞有女相撲之娛樂，甚至連瓦舍勾欄這樣的城市娛樂建制也消失在歷史深處。這可能是宋後的元、明、清三朝，禮教對於庶民的束縛、國家對社會的管制趨向於嚴厲的緣故。

六、為甚麼你會覺得太監的武功高深莫測

　　很多看武俠小說、武俠電影的朋友都有一個疑問：為甚麼太監的武功高深莫測？在金庸創造的武俠世界中，太監出場的機會並不多，但出場的都是高手。《鴛鴦刀》中的蕭半和算一個，他的「混元炁」功夫，在當世屬一流武功，需童子身才能練成。而更厲害的是那個寫出《葵花寶典》的「前朝宦官」，雖然沒有留下名字，如神龍不見首尾，但《葵花寶典》記載的武功堪稱驚世駭俗，林遠圖與東方不敗只是修習了《葵花寶典》殘本的武功，便稱雄於世。難怪《笑傲江湖》中那麼多人為奪取《葵花寶典》，費煞了心機。若要將金庸筆下人物按武功高下列一個排行榜，這名「前朝宦官」完全可以進入三甲。

太監的武功真的可以這麼厲害麼？其實，只要稍具醫學常識的人，都會知道，閹割之人，由於體內缺乏雄性激素，身體的肌肉會女性化，容易發胖，力氣遠不如正常男人。我們不妨先來看一個例子，宋人筆記《鶴林玉露》記載說，南宋孝宗皇帝經常攜帶一根塗了黑漆的拐杖，有一回出門，忘記了帶這根拐杖，便叫兩個太監回去取來。結果那兩名太監怎麼也抬不動拐杖，只能「竭力曳以來」。原來，那拐杖是精鐵鑄成，宋孝宗平日用它鍛煉臂力。

宋孝宗是一名會武藝的皇帝，騎術、箭法都不錯，臂力過人，能夠輕而易舉地提著一根鐵棍走路（很奇怪為甚麼沒有武俠小說寫到宋孝宗），而太監由於肌肉不發達，力氣不足，只能拖著走。

不過宋代有一名太監，應該是孔武有力之人，那就是北宋末的童貫。童貫領兵多年，是一個上得了戰場殺敵的人物，曾率兵攻打西夏、收復西北四州、平定江南方臘之亂。武功看來應該不會差到哪裡去。史書說童貫「狀魁梧，偉觀視，頤下生鬚十數，皮骨勁如鐵，不類閹人」（《宋史·宦者》），可知他身材魁梧，皮肉結實，而且還有鬍鬚，不像是閹人的樣子。這很可能是因為童貫閹割未淨，體內還能持續分泌較多的雄性激素。

明初的鄭和，則是一名武藝可能比童貫還厲害的太監。據《明史稿》，「鄭和，雲南人，初以閹人事燕王於藩邸，王舉兵，和從軍有功，暨既帝位，擢為太監。爭有智略，知兵習戰，帝甚倚信之」。鄭和也是從戰場上殺過來的人物，不管膽識，還是武略，都不會比一般的將軍差勁。《明史·鄭和傳》

説，鄭和第一次率艦隊下西洋，在三佛齊國活捉「剽掠商旅」的海盜陳祖義；第二次下西洋，在錫蘭山與亞烈苦奈兒國王激戰，「生擒亞烈苦奈兒及其妻子、官屬」；第三次下西洋，在蘇門答剌追擒王子蘇干剌。這等氣概，不讓喬峰、郭靖。

金庸《鴛鴦刀》中的蕭半和，本名蕭義，因為仰慕鄭和，才取名「半和」。還有一些網友煞有介事地考證說，那個著《葵花寶典》的「前朝太監」，要麼就是明初的鄭和，要麼就是北宋的童貫。

至於明朝東廠、西廠的太監，玩弄權術是很厲害，手段也陰狠，但要說武功，給鄭和擦鞋都夠不著。他們所恃者，不是武功，是權力。你以為「廠公」們武功高深莫測，那是受了《新龍門客棧》等武俠電影的誤導。

清代的太監，權勢已大不如明朝「廠公」，即便是清末的安得海、李蓮英之輩，也不可跟劉瑾、魏忠賢相提並論。但清代倒是出現了一些武功不錯的太監。清初康熙帝就是用一群小太監擒住鰲拜的。

來看看清人筆記《竹葉亭雜記》怎麼說：「聖祖仁皇帝之登極也，甫八齡，其時大臣鰲拜當國，勢焰甚張，且以帝幼，肆行無忌。帝在內，日選小內監強有力者，令之習『布庫』（摔跤）以為戲。布庫，國語也，相鬥賭力。鰲拜或入奏事，不之避也。拜更以帝弱且好弄，心益坦然。一日入內，帝令布庫擒之。十數小兒立執鰲拜，遂伏誅。」

這個故事也被金庸寫入《鹿鼎記》。鰲拜號稱「滿洲第一勇士」，卻被十幾個小太監活捉，儘管是「雙拳難敵四手」，但想來那群小太監的格鬥擒拿之術應該不差。

清代內廷還一直保留著「技勇太監」的編制。據《國朝宮史》載：「內各處當差太監三百三十六名，每月銀二両、米一斛半，技勇太監七十名，每月銀三両、米四斛，公費銀俱六錢六分六釐。」技勇太監的薪水比一般太監要高一些。既然叫作技勇太監，當然需要精通騎射、格鬥之術，他們的職責之一，也是保衛內廷，有點像「憲兵」。據說清末英法聯軍攻入圓明園時，拚命抵抗的就是一群技勇太監。

但要說到太監中真實的武林高手，恐怕有史以來只有一位，那就是晚清的董海川。董海川，八卦掌創始人，武功與太極高手楊露蟬不相上下。據董海川墓誌銘的記述，董氏「少任豪俠，不治生產。法郭解之為，濟困扶危，不遺餘力。性好田獵，日騁於茂林之間，群獸為之辟易。及長，遍遊四方，所過吳越巴蜀，舉凡名山大川，無不歷險搜奇，以壯其襟懷。後遇黃冠，授以武術，遂精拳勇。不意中年蹈司馬公之故轍，竟充宦官」。董海川早年是一位行走江湖的俠客，武功高強；不想中年卻淨身入宮，當了太監。

一位武林高手為甚麼要入宮當太監，史料不是說得很清楚。坊間流傳三種說法，一種說，「董海川原為江洋大盜，因積案太多而出家。後來故態復萌，官府追緝甚急，董無奈乃自宮為宦官」。這一說法來自八卦掌第三代傳人楊榮本。（卞人傑：《國技概論》）

另一種說，「董氏可能因故懺悔而自宮為太監」。這一說法來自民國孫式太極拳傳人孫存周。

還有一種說，來自八卦掌傳人劉雲樵一系的門人：「據先師劉公雲樵所言：『八卦掌的走圈要夾襠，對腎囊的摩擦甚多；

加上八卦掌內修以練精入手，年輕人腎火旺則忍耐不住。』在編者練八卦掌時，先師時常關照要千萬忍耐，以免妨礙八卦掌的進步。據先師揣測：董當年可能也有慾火難馭的苦惱，為了修煉功夫而痛下決心自宮。」（郭肖波：《八卦掌探源》）

　　看到這裡，你會不會猛然想到《葵花寶典》上那句著名的「欲練神功，揮劍自宮」？所以有一些網文也將董海川說成是東方不敗的歷史原型。但事實是不是確如這三種說法所言，已經很難考證了。總而言之，像董海川這樣的武林高手，可謂是中國宦官歷史中的異數。

第七輯

社會・制度

一、為甚麼説朱元璋時代的江湖很寂寞

　　讓我們來討論一個問題：哪個朝代最適合拿來作為武俠小説的時代背景？有位網友説：「個人認為，最適合寫武俠小説的歷史時期，應該是各種矛盾激化最為激烈的年代。皇帝、忠臣、奸臣、宦官、錦衣衛、東廠、西廠、倭寇、百姓、民間組織、幫派，每一個元素之間都存在矛盾，都可以當作寫作的材料。」顯然，他説的這個時期就是明朝。

　　但令人大感意外的是，金庸十五部武俠小説，除了架空歷史背景的《連城訣》、《俠客行》、《笑傲江湖》、《白馬嘯西風》我們這裡略過不談，《越女劍》的故事發生在春秋末年，《天龍八部》發生在北宋後期，《射雕英雄傳》發生在南宋寧宗朝，《神雕俠侶》發生在理宗朝，《倚天屠龍記》從南宋末年寫

到元朝末年，戛然止於朱元璋建立大明前夕；《鹿鼎記》、《鴛鴦刀》、《書劍恩仇錄》、《雪山飛狐》、《飛狐外傳》的故事背景均為清朝，明確以明代為背景的，只有一部《碧血劍》，但那也是明王朝快滅亡的時候了。

金庸為甚麼不寫明朝前期，特別是朱元璋時代的江湖與武林？

這或許跟金庸個人的好惡有關，但我們從歷史的角度來考察，會發現朱元璋時代的江湖——如果那時尚有江湖的話——是多麼的寂寞，波瀾不興，根本不適合江湖俠客與綠林好漢生存。

我們常說，有人的地方，就有江湖。其實未必。江湖的形成，需要很多條件，其中最重要的一個條件是：流動性。江湖永遠是流動不居的，所以江湖中人才將他們的生活方式叫作「走江湖」、「闖蕩江湖」。熱愛冒險的遊俠、出沒不定的盜賊、繁華的市井、過往的商旅、押送貨物的保鏢、暫時歇腳的客棧、遊戲人間的浪子、漂泊的劍客、遊方僧人、遊手好閒的城市閒漢，等等，構成了永遠也平靜不下來的江湖。沒有流動的江湖客，便不會有江湖。

但江湖社會的這一特徵，是朱元璋無法容忍的，他建立明王朝之後，馬上就鎮壓社會的流動性，以舉國之力建設靜止、安寧、井然的社會秩序。朱元璋相信：「上古好閒無功，造禍害民者少。為何？蓋九州之田皆繫於官，法井以給民。民既驗丁以授田，農無曠夫矣，所以造食者多，閒食者少。」（朱元璋：《大誥續編序》）他的全部努力，就是要恢復這個他想像中的「上古」秩序。

為此，朱元璋全盤接過元朝的「諸色戶計」衣鉢，將全國戶口按照職業分工，劃為民戶、軍戶、匠戶等籍，民戶務農，並向國家納農業稅、服徭役；軍戶的義務是服兵役；匠戶則必須為宮廷、官府及官營手工業服勞役。各色戶籍世襲職業，農民的子弟世代務農，工匠的子孫世代做工，軍戶的子孫世代從軍，「不得妄行變亂，違者治罪」。

朱元璋又要求，士農工商「四民務在各守本業」，農民必須老老實實待在農田上，不可脫離原籍地與農業生產，想棄耕從商，那是必須禁止的，只許「賈於農隙之時」；而且，「農業者不出一里之間」，他們平日裡，每一天的活動範圍，都應該控制在一里之內，「朝出暮入，作息之道互知」；就算碰上饑荒，逃荒外出，地方政府也有責任將他們遣送回原籍；從事醫卜之人，也「不得遠遊，凡出入作息，鄉鄰必互知之」（朱元璋：《大誥》、《諭戶部敕》）。

居民如果確實有出遠門的必要，比如外出經商，必須先向官府申請通行證，當時叫作「路引」、「文引」。法律是這麼規定的：「凡軍民人等往來，但出百里者即驗文引。」（《大明會典》）凡離鄉百里，就需要向申請通行證，經官府批准之後方許啟程；獲准外出的商民，在按規定的日程回到原籍之後，還要到發引機關註銷，「驗引發落」。

發引機關對路引的審批必須嚴格把關，「凡不應給路引之人而給引；若冒名告給引，及以所給引轉與他人者，並杖八十」；「其不立文案，空押路引，私填與人者，杖一百，徒三年」。

如果居民不帶「路引」、擅自出遠門呢？後果很嚴重，被

官方發現、抓獲的話，輕則打板子，重則充軍、處死。法律還要求：「凡軍民無文引……有藏匿寺觀者，必須擒拿送官，仍許諸人首告，得實者賞，縱容者同罪。」(《大明會典》)

洪武六年六月，常州府有一名居民，因為「祖母病篤，遠出求醫急」，來不及申辦「路引」，結果途中被「呂城巡檢司盤獲」，「送法司論罪」。朱元璋得報，說：「此人情可矜，勿罪釋之。」(《明太祖實錄》) 感謝皇上開恩。

還是洪武年間，朝廷「燕脂河，大起工役」，這個工程累死了很多人，好不容易捱到工程完工，有一個工人卻絕望地發現，他的「路引」不小心弄丟了，「份該死，莫為謀」。只好等死。幸虧督工百戶可憐他，跟他說：「主上神聖，吾當引汝面奏，脫有生理。」替他求情，朱元璋說：「既失去，罷。」(祝允明：《前聞記》) 再次感謝朱皇帝開恩。但是，如果皇帝未開恩，恐怕那名工人就要被處死了。

直到明朝後期，路引制度還一直保留，只是官府對路引的盤查與檢驗，不似朱元璋時代那般苛嚴而已。一旦遇上官府嚴查的時候，沒有攜帶「路引」的流動人口，還是要倒大霉。成化末年，由於「京師多盜」，當時的兵部尚書派官兵「分投街巷，望門審驗」流動人口，「凡遇寄居無引者，輒以為盜，悉送繫兵司馬。一二日間，監房不能容，都市店肆傭工，皆聞風匿避，至閉門罷市者累日」(陸容：《菽園雜記》)。沒有「路引」的流動人口，都被當成強盜抓起來。

按朱元璋的要求，除了外出之人必須攜帶「路引」，鄰里也需要掌握出遠門者的日程，他們何日離家，出外幹甚麼活，按計劃何日歸來，都要心中有數，如果發現有人日久未

歸，要向官府報告。洪武二十七年三月的一則榜文這麼規定：「今後里甲、鄰人、老人所管人戶，務要見丁著業，互相覺察。有出外，要知本人下落，作何生理，幹何事務。若是不知下落，及日久不回，老人、鄰人不行赴官首告者，一體遷發充軍。」（《南京刑部志》）

農村中，遊手好閒、不務正業之人，成了朱元璋嚴厲打擊的對象。他親訂《大誥》，告知天下萬民：「此誥一出，所在有司、鄰人、里甲，有不務生理者，告誡訓誨，作急各著生理。除官役佔有名外，餘有不生理者，里甲鄰人著限遊食者父母、兄弟、妻子等。一月之間，仍前不務生理，四鄰里甲拿赴有司。有司不理，送赴京來，以除當所當方之民患。」

如果鄰里對遊食之人坐視不理呢？朱元璋說：「里甲坐視，鄰里親戚不拿，其逸夫者，或於公門中，或在市閭裡，有犯非為，捕獲到官，逸民處死，里甲四鄰，化外之遷。」（朱元璋：《大誥》）好可怕！

城市中的遊手也受到朱元璋的殘酷鎮壓。他在南京修建了一座「逍遙樓」，「見人博弈者、養禽鳥者、遊手遊食者，拘於樓上，使之逍遙盡，皆餓死」。又下令：「在京但有軍官、軍人學唱的，割了舌頭；下棋打雙陸的，斷手；蹴圓的，卸腳；作賣買的，發邊遠充軍。」（周漫士：《金陵瑣事》、顧起元：《客座贅語》）蹴圓，即踢球。軍人學踢球，竟然要斫掉雙腳。

經過朱元璋苦心孤詣的努力，社會的流動性被成功地限制在最低程度，明初果然是一派寧靜、死氣沉沉，「鄉社村保中無酒肆，亦無遊民」。明末歷史學家談遷回憶說：「開國初嚴馭，夜無群飲，村無宵行，凡飲會口語細故，輒流戍，

即吾邑充伍四方，至六千餘人，誠使人凛凛，言之至今心悸也。」（《博平縣誌》、談遷：《國榷》）

如此井然有序的中世紀社會，還有哪一個人敢出去「闖蕩江湖」？此時就算還有一個「江湖」存在，也該是多麼的寂寥、平靜！

直到明代中後期，隨著「諸色戶計」制度的鬆懈，「洪武型體制」的逐漸解體，海外白銀的流入，商品經濟的興起，「一條鞭法」的推行，明朝社會才恢復了兩宋時期的開放性、流動性及近代化色彩，江湖才重新活了過來。

二、為甚麼說江湖社會形成於北宋

　　如果不計《越女劍》這個短篇，金庸先生構建的武俠世界是從北宋開始的。《天龍八部》展現了波瀾壯闊的北宋武學體系與江湖體系。不妨說，宋朝正是江湖紀年的開端。

　　當然，如果從歷史的角度來看，其實「俠」是從宋代開始走向式微的，我們都知道，中國在春秋戰國時期，從最低層的貴族——士中分離出一個遊士與遊俠階層，這些遊俠以武犯禁，輕生死而重信義，一諾千金，士為知己死。

　　及至秦漢，遊俠之風仍然盛行。漢時長安多遊俠，「閭里少年群輩殺吏，受賕報仇，相與探丸為彈，得赤丸者斫武吏，得黑丸者斫文吏，白者主治喪；城中薄暮塵起，剽劫行者，死傷橫道，枹鼓不絕」（《漢書·尹賞列傳》）。司馬遷著

《史記》，專門闢出「刺客列傳」與「遊俠列傳」。

隋唐之時，遊俠仍然是詩人歌詠的對象，李白即寫過《俠客行》：「趙客縵胡纓，吳鈎霜雪明。銀鞍照白馬，颯沓如流星。十步一殺人，千里不留行。事了拂衣去，深藏身與名。……」這一首《俠客行》還被金庸演繹成「俠客島」上的絕世武功秘笈。

入宋之後，尚武之風稍息。史家說：「迨宋興百年，無不安土樂生。於是豪傑始相與出耕，而各長雄其地，以力田課僮僕，以詩書訓子弟。」（汪藻：《浮溪集》）遊俠自此歸於沉寂。

既然如此，我們為甚麼還要說「宋朝是江湖紀年的開端」呢？這是因為，「俠」的群體儘管從宋代開始式微，但與此同時，一個生機勃勃的江湖社會，卻在宋代拉開了序幕。

雖說漢唐之時尚有遊俠遺風，但漢唐政府實行的社會制度，卻嚴重抑制了江湖社會的形成。以前我們說過，江湖的最大特點便是流動性，即允許人口的自由流動，否則，你怎麼「走江湖」？而從秦漢至隋唐，卻有一項旨在限制流動性、禁止人口自由流動的社會制度一以貫之。甚麼制度呢？「過所」制度。

「過所」就是人民外出的通行證。換言之，如果你生活在漢唐時期，政府是不准許你私自出遠門的，你想出趟遠門，必須先向戶籍所在地的官方申請一張「過所」，然後帶著這張「過所」才可以啟程。後來明王朝繼承了這一制度，只不過將「過所」換成「路引」。

申請「過所」的程序是相當麻煩的。以唐朝為例，首先，申請人要請好擔保人，向戶籍所在地的里正交待清楚出門緣

由、往返時限、離家之日本戶賦役由誰代承；然後，由里正向縣政府呈牒申報；縣政府接到申請後，核實、簽字，再向州政府請給；州政府又逐項審核，勘驗無誤，才發給「過所」。

「過所」通常一式兩份，一份給申請人，一份存檔備案。「過所」上面，會註明持有人的姓名、身份、年齡、所攜帶隨員的身份與人數、所攜帶財物數目、往返的地點，等等。唐朝政府會在各個關卡勘驗「過所」，沒有攜帶「過所」出關的人，抓起來治罪，處一年徒刑，並沒收財產。

在這一制度下，根本是不可能產生戰國時代的那種遊俠的。所以漢代的遊俠，慢慢地不再遠遊，而是與地方勢力結合，演化成坐地的「豪俠」。唐朝的遊俠，也無非是長安城內一些不良少年在街頭鬥雞走狗、縱馬馳騁、引人注目而已。

「過所」之制，在晚唐時開始荒廢，到了宋代，宋人已經不知道「過所」為何物了，南宋洪邁說：「『過所』二字，讀者多不曉，蓋若今時公憑、引據之類。」（洪邁：《容齋四筆》）可知這個時候，「過所」退出宋人的生活應該有很多年了。

不過宋朝也有類似於「通行證」的東西，一般叫作「公憑」或「引據」。但宋朝「公憑」與漢唐「過所」還是有區別：一是「公憑」的申請手續沒有「過所」那麼繁瑣；二是只在出入軍事要塞的關禁時，才需要驗看「公憑」，一般情況下，走州過縣是不用通行證的。也就是說，宋朝社會具有比漢唐社會更大的人口流動自由，這是江湖社會得以形成的首要條件。允許人口自由流動，人民才得以擺脫戶籍與土地的束縛，闖蕩江湖去也。

事實上，跟漢唐時期與朱元璋時代相比，宋朝社會的一

大特徵就是流動性非常活躍。宋人自己說：「古者鄉田同井，人皆安土重遷，流之遠方，無所資給，徒隸困辱，以至終身。近世之民，輕去鄉土，轉徙四方，固不為患。」（馬端臨：《文獻通考·刑考》）這裡的「近世」，當然是指宋代。

正如宋人不識「過所」為何物一樣，生活在宋朝的人也不知道「街鼓」是怎麼一回事兒，南宋陸游說：「京都街鼓今尚廢，後生讀唐詩文及街鼓者，往往茫然不能知。」（陸游：《老學庵筆記》）那麼「街鼓」又是甚麼東西呢？它可不僅僅是一面可以敲響的鼓而已，而是代表了兩項盛行於唐朝的城市管理制度：坊市制度與夜禁制度。

所謂坊市制度，是說北魏至隋唐時期，官府將城市劃分為兩大功能區：生活區叫作「坊」，商業區叫作「市」。「坊」內原則上是不准開設店舖做生意的，你想買賣交易，必須到政府指定的「市」，並且在政府指定的時間內完全交易。「坊」和「市」都有圍牆，入夜之後，街鼓敲響，宣佈夜禁，坊門與市門關閉、上鎖。史載，「日暮，鼓八百聲而門閉；乙夜（二更時分），街使以騎卒循行叫呼，武官暗探；五更二點，鼓自內發，諸街鼓承振，坊市門皆啟，鼓三千撾，辨色而止」（《新唐書·百官志》）。

唐朝的夜禁時間是從「日暮」、擊鼓八百下之後開始（即一入夜就開始禁行人），至次日「五更二點」、擊鼓三千下結束，換算成現在的時間單位，大約從晚上 7 點至第二天早晨 4 點為夜禁時段。夜禁時間大約為 9 個小時。在夜禁的時間內，人們只准待在各個「坊」內，不可以偷越坊牆，走上大街晃蕩。你夜裡在大街晃蕩的話，會被巡夜的兵丁抓起來打屁

股，「諸犯夜者，笞二十」。可以說，街鼓就是中世紀城市制度的象徵。

從晚唐開始，坊市制逐漸瓦解，有些坊牆倒塌了也不見官方來重修，有些坊內開起了店舖、酒樓。入宋之後，坊牆更是不知甚麼時候被全部推倒，坊市制完全解體，人們沿河設市，臨街開舖，到處都是繁華而雜亂的商業街。

在潮水一般的世俗生活力量的推動下，「夜禁」也被突破了，出現了繁華的夜市，「夜市直至三更盡，才五更又復開張。如要鬧去處，通曉不絕」；「通宵買賣，交曉不絕。緣金吾不禁，公私營干，夜食於此故也」（孟元老：《東京夢華錄》、吳自牧：《夢粱錄》）。「金吾」，即掌管宵禁的官員；「金吾不禁」，就是宵禁取消了的意思。

樹立在宋朝城市的街鼓，於是慢慢成了一個沒有實際功能的擺設，再沒有人去敲響它。一位生活在宋神宗時代的宋朝人說：「二紀以來，不聞街鼓之聲，金吾之職廢矣。」（宋敏求：《春明退朝錄》）二紀為 24 年，由此可推算出，至遲宋仁宗年間，開封的街鼓制度已被官方徹底廢除了。

因此，海外漢學家稱宋代發生了一場「城市革命」。一種更富有商業氣息與市民氣味的城市生活方式，從此興起。

這種新的生活方式，才是適合於江湖人生存的社會環境。如果說，旨在限制人口自由流動的「過所」制度的消亡，為江湖帶來了活躍的流動性；那麼，「街鼓」所象徵的坊市制度與夜禁制度的瓦解，則為江湖的夜行人創造了生存的時空。江湖人都是夜行動物，他們的夜晚比白天更重要，不管是「月黑風高殺人夜」，還是「夜深燈火上樊樓」，江湖中的

事情往往都適合發生在夜晚。

　　我們想像一下：假設盛唐之時，有一位任俠的少年，想出遠門當遊俠、闖蕩江湖，不想剛經過某州的關禁，就遇到官府檢查「過所」，遊俠的人哪裡有甚麼「過所」，所以立即被抓起來，「徒一年」。哪還闖蕩個啥的江湖？就算躲過了關卡的盤查，入夜之後，你要找個酒店「大碗喝酒、大塊吃肉」，卻發現整個城市的酒店都歇業了，根本沒甚麼夜市，「六街鼓歇行人絕，九衢茫茫空有月」。你只能待在客棧裡，洗洗睡。你如果想溜到大街上逛逛，很可能就會被巡夜的兵丁捉住，說你「犯夜」，痛打二十大板。

　　這個時候，你還有甚麼心思再「闖蕩江湖」呢？不如回家好好種田吧。

三、喬峰真要生在宋朝，又何必自殺

　　喬峰的人生悲劇始於他的身份錯位：身為宋朝丐幫幫主，卻是一名契丹人。當契丹人身世的秘密被公開之後，不但喬峰自己產生了身份認同的迷茫，而且整個丐幫與中原武林都將他當成了「非我族類，其心必異」的國家公敵。最後，處於大宋、大遼夾縫中的喬峰進退兩難，只好選擇了自殺。

　　喬峰當然是一名向壁虛構出來的人物，他的家國情仇其實也是金庸按現代民族主義衝突模式憑空想像出來的。如果北宋真的有喬峰這個人，他完全不會因為契丹人身份而受到宋人的敵視，他也完全犯不著自殺。

　　實際上，北宋時候，在宋境之內，生活著非常多像喬峰這樣具有契丹血統的居民，他們被宋政府稱為「契丹歸明

人」，意思是，他們原來是契丹人，現在回歸大宋，成為大宋的子民。

宋朝對契丹歸明人的態度，不是排斥而是歡迎。不但歡迎，而且一直給予優恤。優恤包括幾個方面：

其一，政府賜給田宅，按宋神宗元豐年間制定的標準，「歸明人應給官田者，三口以下一頃，每三口加一頃；不足，以戶絕田充」（《續資治通鑑長編》）。也就是說，一戶契丹歸明人家庭，如果是三口人及以下，可以分配到官田一頃；家庭每增三口人，可以申請再分配一頃田地。一頃，即一百畝，在宋代，擁有一百畝田產的家庭，可以劃入三等戶，即中產階層，可見宋政府對於「契丹歸明人」確實是「厚加存恤」的。

宋哲宗時，朝廷又詔「今後歸明人未給田，聽權借官屋居住」（《續資治通鑑長編》）。尚未分配到田產的契丹歸明人，可以先借政府公屋居住。當然，「契丹歸明人」對政府分配的官田與官屋，一般來說只有使用權，並沒有所有權，政府不允許他們將田宅賣掉，法律規定：「恩賜歸明人田宅，毋得質賣。」（《宋會要輯稿》）

其二，對國家有貢獻的「契丹歸明人」，還可以授予官職，一般是武職，比如元豐年間，宋政府「錄北界人翟公僅為三班借差、江南指揮」（《宋會要輯稿》）。「三班借差」即一種低階武職。

在宋神宗熙寧九年（1076 年）之前，北宋還一直保留著一個叫作「契丹直」的軍事組織，編入禁軍，隸屬於殿前司，組成這個「契丹直」的士兵，都是契丹人。到熙寧九年，「契

丹直」才併入「神騎」部隊。如果喬峰早出生十幾年，以他的身手，加入「契丹直」是毫無問題的。就算沒有加入「契丹直」，他也完全可以當個「三班借職」之類的武官。

其三，到了宋徽宗時，宋政府開始允許「契丹歸明人」參加科舉考試。時為政和四年（1114 年），朝廷下詔：「新民歸明後，經十五年，並依縣學法施行，雖限未滿，而能依州縣學法呈試者，依此。」（《宋會要輯稿》）意思是說，一名「契丹歸明人」只要在大宋生活了 15 年，便可以獲得完全的國民待遇（類似於從持綠卡者到入籍），按照州縣學條例參加科舉考試，考試通過則可以獲得授官。

當時有一些「契丹歸明人」就參加了宋朝的科舉，如宣和年間，有一個叫趙炳的契丹人，原為「北界中京人，隨父歸明，陳乞收試」（《宋會要輯稿》）。小說中的喬峰生活在宋哲宗朝，如果他不自殺，再等十幾年，就可以「契丹歸明人」身份參加大宋的科舉考試了。你要說喬峰是個武人，不是讀書種子，文化程度不高，就算參加了科舉，只怕也考不上，我也沒意見。不過沒關係，他可以參加武科舉，也可以進入學校進修。

宣和年間，有歸明人李勿父子，以前在遼國時參加過科考，但遼國科舉以詞賦取士，大宋科舉則以策論取士，李勿父子不熟悉宋朝考試內容，因此申請進入「州學聽讀修習見行規矩文義，以預將來選舉」，獲得宋政府批准。宋政府還說，以後凡需要入學補習的歸明人，都可以按李勿例辦理。（參見《宋會要輯稿》）

當然，出於國家安全的考慮，宋政府對「契丹歸明人」

也作出了一些限制，主要是居住地的限制、婚姻的限制、任官的限制。

按宋朝法律，歸明人歸宋之後，需要內遷，「不許於在京、三路並緣邊、次邊州往返及居止」（《慶元條法事類》）。這裡的「三路」指河北、河東和陝西，「緣邊」州指與處於北方邊境的州，「次邊」州指與邊境州接壤的州。這些靠近邊境的州，是不允許歸明人居住的。

宋政府又立法規定：「歸明人除三路及緣邊不得婚嫁，餘州聽與嫁娶。」（《宋會要輯稿》）按此立法，歸明人不得跟三路及緣邊州的居民締結婚姻，其他州則不受限制。不過，與喬峰相愛的阿朱是姑蘇人，不在緣邊州，喬峰跟她結婚是沒有任何法律問題的。

此外，歸明人獲得授官之後，不許安排到緣邊州縣任職，「無故不得出州界」，地方的兵權也「不得交與歸明人」。

以上限制，體現了宋政府對契丹歸明人的戒備之心。這是可以理解的，也是必要的。因為當時宋朝與遼朝是勢均力敵的兩個政權，以前還有過戰爭，現在雖然和平共處了，但彼此都在邊境駐兵對峙，雙方也一直互派間諜滲透，難保歸明人中沒有遼國間諜。但是，像《天龍八部》描述的那樣，宋人一聽說喬峰是個契丹人，立馬就視之為仇讎，拔刀相向，那是小說家的向壁虛構與憑空想像。

按金庸自己的說法，造成喬峰人生悲劇的源頭，乃是宋遼兩國的仇敵關係，喬峰自殺是無可避免的宿命：「這是沒辦法的，天生的。他一開始生為契丹人，那時契丹與漢人的鬥爭很激烈，宋國與遼國生死之戰，民族之間的矛盾衝突這樣

厲害，他不死是很難的，不死就沒有更加好的結局了。」

金庸此說，完全不合歷史真實。實際上，自宋真宗景德元年（1004年），厭倦了戰爭的宋遼簽訂了「澶淵之盟」之後，雙方約為兄弟之國，互稱南朝、北朝，早已化干戈為玉帛，實現了和平。在喬峰生活的宋哲宗朝，宋遼兩國已有近百年未曾發生戰爭。遼國邊地若發生饑荒，宋朝照例都會派人在邊境賑濟；每逢重大節日，兩國均要遣使前往祝賀，並互贈禮物；遇上國喪，對方也要派人弔慰；一方若要征討第三國，也會遣使照會對方，以期達成「諒解備忘錄」。

被金庸描述成心存南侵野心的一代梟雄——遼國國主耶律洪基，其實也是一位極力維護遼宋和平的君主。有一年，因「南朝（宋朝）兵騎越境，施弓矢射傷轄下（遼）人」，耶律洪基致信宋神宗，申明維護和平之志：「竊以累朝而下，講好以來，互守成規，務敦夙契，雖境分二國，克深於難知，而義若一家，共思於悠永。」（《續資治通鑑長編》）與喬峰生活在同一時代、曾出使遼國的蘇轍這麼評價耶律洪基：「在位既久，頗知利害。與朝廷（宋）和好年深，蕃漢人戶休養生息，人人安居，不樂戰鬥。」（蘇轍：《欒城集》）

這麼一位遼國君主，怎麼可能會處心積慮挑起伐宋的戰爭？既然耶律洪基並無南侵之心，喬峰也就不需要在雁門關外脅迫遼主退兵。既然喬峰無須作出這等「威迫陛下」之舉，自然也犯不著自殺謝罪。

總而言之，如果宋朝真的有喬峰這個人，不管從當時宋遼兩國的關係來看，還是從宋政府對契丹歸明人的政策來看，我們都有理由相信，哪怕喬峰公開了自己的契丹人身

份，也不會被中原人視為國家公敵，更不會被迫回關外。他完全可以以歸明人的身份，繼續當他的丐幫幫主——《神雕俠侶》時代的丐幫幫主耶律齊，不就是一位契丹人麼？

四、虛竹是不是一個奴隸主

《天龍八部》的另一個主角——少林弟子虛竹，陰差陽
錯地得到了逍遙派的真傳，又莫明其妙地當上了靈鷲宮的主
人。靈鷲宮的組織形式跟中原武林門派有一個很大的差異：中
原武林門派一般都實行師徒制，而靈鷲宮則實行奴隸制，梅
蘭竹菊四大女劍客，嚴格來說，並不是靈鷲宮的弟子，而是
宮主的婢女。

話說虛竹先生剛當上宮主時，非常不習慣，梅蘭竹菊四
婢女要服侍他沐浴更衣，嚇得虛竹連連叫她們快走。菊劍道：
「主人要我姊妹出去，不許我們服侍主人穿衣鹽洗，定是……
定是……討厭了我們」話未說完珠淚已是滾滾而下，虛竹連連
搖手，道：「不，不是的。唉，我不會說話，甚麼也說不明白，

我是男人，你們是女的，那個……那個不大方便……的的確確沒有他意……菩薩在上，出家人不打誑語，我決不騙你。」

蘭劍、菊劍見他指手畫腳，說得情急，其意甚誠，不由得破涕為笑，齊聲道：「主人莫怪。靈鷲宮中向無男人居住，我們還從來沒見過男子。主人是天，奴婢們是地，哪裡有甚麼男女之別？」二人盈盈走近，服侍虛竹穿衣著鞋。不久梅劍與竹劍也走了進來，一個替他梳頭，一個替他洗臉。虛竹嚇得不敢作聲，再也不敢提一句不要她們服侍的話。

就這樣，虛竹成為了一名奴隸主。儘管虛竹本人並無當奴隸主的意思，但身處於奴隸制度之中，他也只能無奈接受，竟不敢廢除這一制度。

靈鷲宮在西夏境內，保留有奴隸制是可以理解的，因為西夏社會確實存在著奴婢賤口制度。

說到這裡，我們需要先解釋何謂「奴婢」，又跟「奴隸」有甚麼不同。奴婢作為一個社會階層，從先秦到清末，一直都存在。但各個時代，奴婢的含義並不一樣。

唐朝時的奴婢，屬於賤口，法律上的地位跟牛羊豬狗等家畜差不多，是主家的私有財產。按《唐律疏議》的規定，「奴婢賤人，律比畜產」，奴婢生下的子女，如同「馬生駒之類」，被當成「生產蕃息」。主人可以像牽著牛馬一樣牽著奴婢到人口市場中賣掉，這是完全合法的。奴婢的來源，主要有二：一是國家籍沒的罪犯家屬，或者是從戰爭中掠來的戰俘，這些人往往會被剝奪自由民的身份，劃為賤口，發配為奴；二是人口市場上的奴婢交易。

換句話說，唐朝的奴婢賤口，就是奴隸，其法律上的身

份與其說是「人」，不如說是「物」，財物。

到了宋朝時，這類賤口奴婢越來越少，逐漸消失，因為宋政府極少籍沒罪犯家屬為奴，唐朝式的奴婢制度開始走向瓦解。當然，宋朝社會也有奴婢，但宋朝奴婢的法律身份比之唐朝奴婢，已經出現了非常大的變化。從法律上講，宋朝奴婢屬於自由民（雖然北宋前期尚有賤口奴婢的殘餘，但已處於消亡的過程中），並不從屬於主家，不是主家的奴隸，更不是主人的私有財產，只不過是跟主家結成了經濟上的僱傭關係。這一僱傭關係基於雙方自願而訂立，而且有僱傭期限，期限一到，僱傭關係即解除，有點接近於我們現在從勞動力市場僱傭的保姆、家政工人。所以宋人又將奴婢稱為「人力」、「女使」。

不妨這麼說，美國用一場南北戰爭結束了奴隸制度，宋朝則靠文明的自發演進逐漸告別了奴婢賤口制。當然，並不是說宋人實際生活中就沒有形同奴隸的奴婢，但那是一些非法的個例，作為制度的奴婢賤口制在北宋開始瓦解，在南宋已完全消亡。

但是，在宋朝那個時期，西夏社會還在推行唐朝式的奴婢賤口制度。與西夏、北宋同時並立的遼國，與南宋並立的金國，也都同樣保留著奴婢賤口制度，遼人所說的「宮戶」，便是劃入宮籍的奴婢賤口，遼主常常將宮戶賞賜給臣下，作為他們的奴隸。

西夏政府通常也會將一部分俘掠來的蕃漢軍民、籍沒而來的犯罪人口及其親屬，罰為奴婢，以供奴役。如按西夏《天盛律令》規定，一些犯罪人口受到的處罰是「入牧農主中」、

「租戶家主」，意思就是罰為牧農、租戶的奴隸。

西夏人將人身依附於主家的奴隸賤口，稱為「使軍」、「奴僕」。根據西夏法律《天盛律令》，主人可以自由使喚奴隸，「諸人所屬使軍、奴僕喚之不來、不肯為使者，徒一年」。主人也可以將奴隸賣掉，或者用於償還債務，「諸人將使軍、奴僕、田地、房舍等典當、出賣與他處時，當為契約」，也就是說，「使軍」與「奴僕」跟田地、房舍一樣，具有私人財產的性質。

靈鷲宮裡的奴婢，從法律地位來說，就是「使軍」與「奴僕」。按照西夏的法律，靈鷲宮主人役使「使軍」與「奴僕」，是完全合法的。實際上，在當時的西夏社會，許多寺院都養有大量奴僕。但是，如果在宋朝的管轄範圍內，靈鷲宮的奴隸制度就是非法的存在了。

宋朝之後，唐朝—中世紀性質的奴婢賤口制度又出現回潮。征服了中原王朝的蒙古人，從草原帶入「驅口」制度，使奴隸制死灰復燃。所謂「驅口」，意為「供驅使的人口」，即被征服者強迫為奴、供人驅使的人口。元朝的宮廷、貴族、官府都佔有大批驅口，他們都是人身依附於官方或貴族私人的奴隸，按照元朝法律，「諸人驅口，與財物同」。驅口的法律地位等同於財物。

明代在法律上也承認奴婢賤口制度——這很可能是來自對元朝制度的繼承。儘管朱元璋建立明王朝之後，曾下詔書解放奴隸：「詔書到日，即放為良，毋得覊留強令為奴，亦不得收養；違者依律論罪，仍沒其家人口，分給功臣為奴驅使；功臣及有官之家不在此限。」（呂毖：《明朝小史》）但這份詔書

同時又透露了一條信息：國家仍然保留著籍民為奴的制度，凡違反詔書的人，將被籍沒人丁，發配為功臣的奴隸；而功臣之家，則保留有役使奴婢賤口的權利。所以明朝人說：「庶民之家，當自服勤勞，若有存養奴婢者杖一百，即放從良；則有官者而上，皆所不禁矣。」（雷夢麟：《讀律瑣言》）

滿清入關之前，在旗人中本來就實行中世紀式的奴隸制，旗人有貴族與奴隸之分，貴族中的貴族是皇帝，因而旗人對皇帝又自稱「奴才」。入關後，清人又帶入更野蠻的投充制度，所謂「投充」，即滿洲人圈佔了大量土地，掠奪漢人為農奴，無數失地農民只能投靠滿洲人，世代為奴，稱「投充人」。投充人從事繁重的勞役，喪失了人身自由，因此大量逃亡，清廷又制定殘酷的「逃人法」，嚴懲逃人。直至康熙親政後，才下詔停止圈地和投充。而旗人中的奴隸制，則一直保留到清末，宣統元年，清廷才下詔：「凡從前旗下家奴，概聽贖身，放出為民」，「其經放出及無力贖身者，以僱工人論。」（韋慶遠等：《清代奴婢制度》）

奴隸制的本質就是嚴厲的人身依附制度。人身依附乃是中世紀社會的典型特徵之一，但凡一個社會的文明形態尚處於中世紀，都會保留人身依附制度，包括奴婢賤口制度、農奴制度。而社會文明的進步，表現之一便是人身依附制度的消亡。用英國歷史學者梅因的話來說：「所有進步社會的運動，到此處為止，都是一個『從身份到契約』的運動。」從這個角度來看，不管是盛唐，還是西夏、遼國、金國，還是元朝、明前期與清朝，都處在中世紀，只有宋代，庶幾邁入了現代文明的門檻。

五、金庸小說裡為甚麼沒有基督徒

　　一名網友在網上發帖問道：金庸的武俠小說中有佛教徒（如少林高僧）、道士（如沖虛道長）、摩尼教徒（如明教教主張無忌）、回教信徒（如霍青桐便是一名回部女性），為甚麼卻沒有提到一個基督教徒？

　　有人說，有啊，《鹿鼎記》裡就寫了傳教士南懷仁與湯若望，《碧血劍》中也出現了幾個葡萄牙劍客。可是，南懷仁與湯若望都是歷史人物，並不是武俠世界中的江湖人物，不能算數。葡萄牙劍客倒可以說是江湖中人，但他們未必是基督教徒。

　　也有人說，因為基督教傳入的時間比較晚唄，西洋傳教士來華的時候，已經是熱兵器時代，大俠們在傳教士帶來的

西洋火器之前，沒法玩啊。這話不對。基督教傳入中國的時間非常早，大約在唐代貞觀九年（635年），大秦基督教主教（唐人稱之為「大德」）阿羅本就帶著《聖經》與耶穌畫像，沿著陸上絲綢之路，一路跋涉來到長安，並受到唐太宗的歡迎：「總仗西郊，賓迎入內。」

三年後，太宗皇帝下詔：「波斯僧阿羅本遠將經教，來獻上京。詳其教旨，玄妙無為。濟物利人，宜行天下。所司即於義寧坊建寺一所，度僧二十一人。」唐高宗時，又「於諸州各置景寺……寺滿百城」，十分興盛（參見《大秦景教流行中國碑》碑文）。這就是唐代的景教，屬於基督教諸教派中的聶斯脫里派。相傳唐朝中興名將郭子儀就是景教信徒。

景教在大唐的傳播，採取了入鄉隨俗、主動融入中國文化的策略，傳教士自稱「僧」，教堂稱「寺」，並且尊重中國人的祖宗崇拜。傳教士對《聖經》的轉譯也非常中國化，不妨來看看唐代景教經書《序聽迷詩所經》記述的一段故事：

天尊當使涼風向一童女，名曰末豔。涼風即入末豔腹內，依天尊教。當即末豔懷身。為以天尊使涼風伺童女邊，無男夫懷妊。令一切眾生見無男夫懷妊，使世間人等見即道，天尊有威力。即遣眾生信心清靜回向善緣。末豔懷後產一男，名為移鼠。

這段具有佛教與道教風格的文字，說的可不是《搜神記》的故事，而是在描述《聖經》記載的基督耶穌誕生的神跡。文中的「天尊」，即是「上帝」的漢譯；涼風指「聖靈」；「末豔」指聖母瑪麗亞；「移鼠」就是耶穌了。

景教傳入大唐的經過，曾被唐德宗年間的景教信徒「僧靈寶、僧內澄、僧光正、僧和明、僧立本、僧法源、僧審慎、僧寶靈、僧玄覽」等人（從名字看，非常像是佛教僧人的法號）刻成碑文。明代天啟年間，這塊石碑在陝西出土，此即著名的「大秦景教流行中國碑」。今天你到西安碑林參觀，還可以看到這塊石碑。

「大秦景教流行中國碑」的碑文還透露了唐代景教如何過聖誕節的信息：「代宗文武皇帝恢張聖運，從事無為，每於降誕之辰，錫天香以告成功，頒御饌以光景眾。」意思是說，唐代宗非常支持景教的發展，每年聖誕節，皇帝都會給大秦寺（景教教堂）賜香，並賜美食給景教徒。從這個記載我們可以知道，唐朝的景教徒在過聖誕節時，會享用一頓大餐。今天美國人過聖誕節，不也是吃一頓有烤火雞的聖誕大餐嗎？

不過，金庸的武俠小說沒有一部是以唐朝為時代背景的，所以未寫到大唐景教也是情理中事。

景教在唐朝傳播了一百多年之後，到唐武宗時（公元 9 世紀），由於皇帝發起「滅佛」運動，景教也受到牽連，自此一蹶不振。再經五代戰亂，景教差不多在中土消失了，只在北方草原部族中尚有傳承。《射雕英雄傳》提到的鐵木真義父王罕，歷史上確有其人，是蒙古草原克烈部的首領脫黑魯勒，他就是一名景教徒；拖雷的王妃也是景教徒。但金庸似乎都沒有提及他們的景教徒身份。

南宋至元朝時期，即《射雕英雄傳》與《倚天屠龍記》故事展開的年代，景教再度傳入中土——這一次是沿著海上絲綢之路，先傳播到南宋的港口城市泉州。

泉州是南宋海外貿易最繁華的口岸城市，史書說：「泉南地大民眾，為七閩一都會，加以蠻夷慕義，航海日至，富商大賈，寶貨聚焉。」（周必大：《文忠集》）泉州也是當時世界上最開放的國際大都市之一，每一年都有無數阿拉伯商人、波斯商人、猶太商人，滿載海貨，從東南亞、阿拉伯半島乃至地中海出發，來到泉州，景教便是隨著他們傳入泉州的。

宋度宗咸淳七年（1271年）來到泉州的意大利商人雅各發現，「在（泉州）城裡，人們還可以聽到100種不同的口音，到那裡的人中有許多來自別的國家。城裡有很多種基督教徒，有些教徒還佈道反對猶太人。除此之外，還有薩拉森人、猶太人和許多其他有自己的寺廟、屋舍的教徒，並住在城內各自的地方」；「基督教徒中有許多人是聶斯托里派（即景教）的忠實信徒，他們有自己的教堂和主教」；「當一個人行走在刺桐（泉州）的大街上時，彷彿覺得不是在蠻子人（西洋人對中國人的稱呼）的城市裡，而是處在整個世界的一座城市中」。（雅各：《光明之城》）

如果說，外國人的記述不可靠，有偽造之嫌疑，那麼出土文物的說服力應該無可辯駁了。1905年，西班牙天主教傳教士任道遠在泉州奏魁宮發現了一塊元朝景教的尖拱形天使石碑，石碑上的十字架造型與風格非常特別。一位叫伯希和的法國學者將任道遠發現的景教石碑拍成照片，並公開發表，在歐洲史學界引發很大轟動。之後，泉州又陸續出土了多塊十字架石刻和景教墓碑，海外史學界將這批十字架石刻命名為「刺桐十字架」。

已發現的刺桐十字架和泉州景教墓碑，基本上都是元代遺

物，可以佐證元代泉州景教信仰之盛。學界也因此認為，泉州景教是隨著蒙古人對泉州的征服而傳播進來的。但此說可以商榷。

在泉州發現的景教墓碑中，年代最早的一塊為建立至元十四年（1277年）刻立，根據碑文，我們知道這是泉州一名自稱為「戴舍王氏十二小娘」的景教女信徒，為合葬其「故妣二親」（故去的兩位婆婆）「郭氏十太孺、陳氏十太孺」而修建了墳墓，刻立了墓碑。恰恰這塊元代遺物，可以證明南宋後期的泉州已經有景教傳播，因為元朝建立至元十四年，又是南宋景炎二年，元軍與南宋流亡政府正在泉州一帶交戰。而宗教的傳播必有一個長期的過期，不可能一夜之間就出現景教的華人女信徒。南宋時泉州蕃商雲集，帶來景教信仰是毫不奇怪的事情。

「刺桐十字架」的出土之所以引發海外史學界的轟動，不但是因為它們證明了基督教在宋元時期泉州的傳播，更是因為石刻風格的獨特性。從這些景教石刻的裝飾圖案來看，既有傳統的基督教符號，如振翅飛翔的天使形象、十字架，也有中國佛教與道教符號，如華蓋、瑞雲、海水、火焰、蓮花座；從十字架的造型看，既有希臘風格、拉丁風格的十字架，又有波斯風格、凱爾特風格、馬耳他風格的十字格，而且，往往一塊十字架石刻糅合了兩種以上的風格；從石刻的文字看，既有漢文，又有拉丁文、八思巴文、突厥文、波斯文。如此「混搭」的宗教符號風格，在世界任何地方都是極罕見的。

毫無疑問，這些「刺桐十字架」正是宋元時期泉州海納

百川一般的開放性與包容度的見證。實際上，泉州作為國際大都市的開放性，不僅僅體現在「刺桐十字架」的獨特風格上，還反映在對各種宗教信仰的兼容並包上。如果穿越回到南宋—元代的泉州，你幾乎可以在泉州城內找到當時世界上的任何宗教：本土的儒家文化、道教、民間俗信以及最早完成中國化的佛教自不待言，還有景教、伊斯蘭教、印度教、摩尼教（亦即《倚天屠龍記》中的明教）、猶太教。各個宗教流派，匯集於此地，並相互融合。那個時代，也許只有中國才能夠讓各個宗教如此和諧地同城並存。

宋元時期，除了泉州，杭州、鎮江等城市當然也有景教的傳播。元代是繼唐朝之後，景教在中土傳播最為興盛的時期，景教徒一支從陸路隨蒙古人南下，一支則從海上絲綢之路而來。元人將景教徒與傳教士通稱為「也里可溫」，有學者根據《至順鎮江志》記載的元代鎮江僑寓戶口做過統計，發現14世紀鎮江每167戶僑寓戶中，就有一戶是「也里可溫」。

張無忌生活在景教很活躍的元朝末年，那麼在他結識的江湖朋友當中，出現幾個景教徒，也是完全有可能的。金庸之所以沒有在他的小說中寫到景教徒，可能是一種疏忽。

金庸晚年大概也意識到了這個疏忽，所以在修訂《倚天屠龍記》時，簡略補充了一點景教的內容：明教楊逍屬下有天、地、風、雷四門，「天字門所屬是中原男子教眾；地字門所屬是女子教眾；風字門是釋道等出家人，明教雖為拜火之獨特教派，但門戶寬大，釋、道、景、回各教徒眾均可入教，不必捨棄原來教門；雷字門則是西域諸外族人氏的教眾」（新修版《倚天屠龍記》第二十二回）。

——那一句「明教雖為拜火之獨特教派，但門戶寬大，釋、道、景、回各教徒眾均可入教」，便是金庸老爺子增補進去的新文字。舊版是沒有的。

六、袁承志能在海外創建一個共和國嗎

《碧血劍》的結尾，海外華人張朝唐邀請袁承志到南洋的
浡泥國散散心，袁承志心想寄人籬下，也無意趣，忽然想起
那西洋軍官所贈的一張海島圖，於是取了出來，詢問此是何
地。張朝唐道：「那是在浡泥國左近的一座大島嶼，眼下為紅
毛國海盜盤踞，騷擾海客。」袁承志一聽之下，神遊海外，壯
志頓興，不禁拍案長嘯，說道：「咱們就去將紅毛海盜驅走，
到這海島上去做化外之民罷。」當下率領青青、何惕守等人，
再召集孫仲壽等「山宗」舊人、程青竹等江湖豪傑，得了張朝
唐等人之助，遠征異域，終於在海外開闢了一個新天地。

袁承志「海外開闢新天地」似乎是金庸先生的幻想，因
為在許多人的印象中，好像只有大航海時代的歐洲白人在美

洲、澳洲等新大陸建立了新的國家，從未聽說明清時期的華人移民也在海外闢土立國。

　　其實，18 世紀時，移民南洋的海外華人曾經建立過多個獨立的城邦國家，如廣東潮州人張傑緒，在安波那島成立了一個沒有特定名號的王國，自任國王；福建人吳陽，在馬來半島建立了另一個沒有特定名稱的王國；廣東嘉應州人吳元盛，在婆羅洲北部建立了戴燕王國，自任國王；同為嘉應人的羅芳伯，在婆羅洲西部建立了一個國號為「蘭芳大總制」的政治實體，立國百餘年，後為荷蘭人所滅。張朝唐所說的「紅毛國」，即是荷蘭。

　　《碧血劍》提到的浡泥國，又稱「婆羅乃」，即今之文萊（浡泥、婆羅乃、文萊，均為 Brunei 的音譯），相傳元末明初時，有福建人黃森屏率眾至浡泥國，之後又與浡泥國王（蘇丹）聯姻，黃森屏本人曾為浡泥國攝政。

　　浡泥國也是位於婆羅洲。跟白人到達前的美洲大陸差不多，婆羅洲「長林豐草，廣袤無垠，土人構木為巢，獵山禽野獸而食」（余瀾馨：《羅芳伯傳》）。我們甚至可以想像袁承志在婆羅洲建成一個「共和國」——這不是異想天開，因為羅芳伯締造的蘭芳大總制就是一個共和國。

　　羅芳伯生於清乾隆三年（1738 年），大約比袁承志晚出生了 100 年。史料稱他「生性豪邁，任俠好義，喜接納」（余瀾馨：《羅芳伯傳》）。乾隆三十七年（1772 年），他從虎門放洋南渡，直抵婆羅洲西岸，經數年征戰，終於打下一片疆土，並於 1777 年成立自治政府，定國號為「蘭芳大總制」，羅芳伯也當選為第一屆「大唐總長」（又稱「大唐客長」）。

據羅香林教授《西婆羅洲羅芳伯等所建共和國考》,「芳伯既得國,部下咸踴躍稱賀,請上尊號,芳伯謙讓未遑。以此來徵幸得片地於海外,乃眾同志協謀發展之功,若擁王號自尊,是私之也,非己志所願。顧無名號,又不足以處理庶政,乃由各代表決議稱大唐客長,建元蘭芳」。吳元盛建立的戴燕王國則為蘭芳大總制的藩屬國。

羅香林教授將蘭芳大總制界定為「共和國」:羅芳伯等建立之蘭芳大總制,「為一完全自主之共和政體」;「蘭芳大總制建立之元年,即美洲合眾國胚胎之次年,華盛頓率美人謀獨立運動被舉為第一任大總統之時代,即當於羅芳伯蕩平坤甸等地土眾受推為首任大唐總長之時代。蘭芳大總制與美洲合眾國,雖有疆域大小之不同,人口多寡之各異,然其為民主國體,則無二也」。19 世紀荷蘭東印度公司的中文翻譯官也將蘭芳說成「共和國」。

不過羅芳伯及其繼任者,從未明言蘭芳大總制為「共和國」,甚至也從未明言蘭芳為一獨立國家。學界也有一部分學者認為羅芳伯建立的「蘭芳」根本不是甚麼國家,而是一個公司,或者是一個類似於「天地會」的會社。

但是,蘭芳擁有管轄的領地與人口,有獨立的行政系統與司法系統,有眾人認可的習慣法,有民選的領袖,有武裝力量,當局向轄地民眾收稅;同時為居民提供治安、公共建設、公共教育、開拓與維護市場等職能,就算沒有明言建國,也跟一個邦國沒有甚麼分別。再據蘭芳第十屆總長劉生的女婿葉汀帆所著《蘭芳公司歷代年冊》記載,羅芳伯「初意,欲平定海疆,合為一屬,每歲朝貢本朝,如安南、暹羅

稱外藩焉，奈有志未展，王業僅得偏安」。如此說來，羅芳伯肯定也將自己締造的蘭芳視為是一個地位如同安南、暹羅的國家。

荷蘭人與羅香林教授稱蘭芳大總制為「共和國」，也並非沒有依據。

考蘭芳內部制度，「在未成文的憲法條例下，總長和其他高級官員都是由人民選舉產生，但可能未設任期。當發現官員不勝任或者失職的時候，他們將會被選民彈劾而重選。總長如果辭職、生病或者臨死前，都有權推薦幾個繼任者候選人給選民。在選舉和確認繼任人成為總長之前，由副總長代行職權」（羅香林：《西婆羅洲羅芳伯等所建共和國考》書後附記的英文提要，李欣祥譯）。有例為證：第五屆大唐總長劉台二曾推薦謝桂芳接任，但民眾因為不滿劉台二與荷蘭人勾結，否決了他提名的人選，另舉古六伯為第六屆總長；其後古六伯因與土酋作戰失敗，受民眾彈劾，被迫辭職。

再來看蘭芳的權力結構：「總長幾乎對各種大問題，皆須於次級官吏磋商……公司的權力乃由鄉村起，一層一層委託上去，不是源自最高當局，由上而下」（《沙勞越博物院院刊》第 19 卷載 James R.Hipkins《婆羅洲華人史》，張清江譯）。儘管我們不知道蘭芳大總制是否設有內閣行使執政的權力，但總長下面，有理事廳，執行政府權力；又有議事廳，議決國內大事；還有裁判廳，負責司法與仲裁。理事、議事、裁判三廳，儘管不可與西方的「三權分立」制度等同，但彷彿又有幾分相似。

難怪荷蘭人在接觸到蘭芳公司之後，要將蘭芳描述為一

個「小型共和國」。

　　現在的問題是，蘭芳大總制的這套治理制度從何而來？羅芳伯出洋之前，不過是梅縣的一名下層讀書人，沒有證據顯示羅芳伯接受過西學的訓練；在 18 世紀，古希臘的城邦民主理論與華盛頓的共和建國經驗也不可能傳至南洋的華人社會。作家張永和撰寫的傳記文學《羅芳伯傳》說羅芳伯「在東萬律首次舉辦民主政治理論研討會，把他從雅典帶回的古希臘民主文獻印發給大家學習」，顯然是文學作者天馬行空的想像，完全不可信。

　　那麼羅芳伯的「共和」治理經驗從何而來呢？荷蘭漢學家高延認為，蘭芳公司「實質上是中國村社組織在海外的重建。中國傳統村社制度具有它自己的獨立性與共和民主傾向，這是被歷代中國統治者所認可的；正是村社制度孕育培養了下層華人移民在異國他鄉建立獨立平等社會組織的能力」（袁冰凌：《高延與婆羅洲公司研究》）。這個視角的解釋並非沒有道理，中國不少傳統的村社共同體，比如鄉約、社倉，都保留著公推領袖、在鄉紳領導下實行自治的慣例。羅芳伯顯然也是一位鄉紳式的人物。

　　還有一些學者提出，蘭芳公司的制度乃是「脫胎於天地會」，甚至有說羅芳伯本人就是天地會會員者。但我們認為，並無證據說明蘭芳公司是天地會組織、羅芳伯是天地會成員。恰恰相反，有證據表明蘭芳並不隸屬於天地會：羅芳伯早期在西婆羅洲「打江山」時，曾跟控制了當地農業的天地會數度交戰。不過，羅芳伯對於天地會的組織結構應該是熟悉的，在設計蘭芳大總制的制度時（也可能並沒有有意識的制度

設計，只是按照自己熟知的經驗與習慣付諸實踐），參考了天地會的組織結構也並非沒有可能。

天地會的領袖與各級執事人員正是由選舉產生的。候選人可以是會內頭面人物提名，也可以毛遂自薦。《海外洪門天地會》一書收錄有一份義興公司各級首領候選人的公示，可作佐證：「義興公司欲立上長……茲本公司內眾兄弟欲立諸人為上長，今議定著，理宜聲明。倘若諸上人若有違法不公平不宜立為上長，祈諸兄弟務必出頭阻止，方無後患，而後可以改換別人，是為告白。」（朱育友：《蘭芳公司乃脫胎於天地會》）

天地會的山寨也分設有理事廳與議事廳，理事廳為執事機構，包括發佈蓋有鈐印的文件、委派執事人員、執行命令；議事廳為議事機構，定員 13 人，負責討論重大決策與裁判爭端。我們不排除羅芳伯模擬天地會的組織形態設置了蘭芳大總制的權力結構。（參見朱育友：《蘭芳公司乃脫胎於天地會》）

總而言之，對於羅芳伯等蘭芳制度的締造者來說，民選領袖、議事權與執事權分立、小共同體自治的做法，並不是甚麼陌生的理論，而是熟悉的經驗，因為它們一直根植於華人社會的傳統中。而富饒的「化外之地」西婆羅洲則給羅芳伯們提供了一個可以將傳統經驗付諸實踐的歷史舞台。

羅芳伯做得成的事業，袁承志有理由也能夠做出來。

責任編輯　　洪永起
書籍設計　　林　溪
排版印務　　馮政光

書　　　名	金庸群俠生活誌
作　　　者	吳　鉤
出　　　版	香港中和出版有限公司 Hong Kong Open Page Publishing Co., Ltd. 香港北角英皇道 499 號北角工業大廈 18 樓 http://www.hkopenpage.com http://www.facebook.com/hkopenpage http://weibo.com/hkopenpage
香港發行	香港聯合書刊物流有限公司 香港新界大埔汀麗路 36 號 3 字樓
印　　　刷	中華商務彩色印刷有限公司 香港新界大埔汀麗路 36 號中華商務印刷大廈
版　　　次	2020 年 9 月香港第 1 版第 3 次印刷
規　　　格	32 開（148mm×210mm）272 面
國際書號	ISBN 978-988-8570-16-4

© 2019 Hong Kong Open Page Publishing Co., Ltd.
Published in Hong Kong